跑步穿过中关村

徐则臣 著

北京出版集团
北京十月文艺出版社

晚上霓虹灯下的北京的确漂亮，哪儿都是繁华庄重，那些灰扑扑的街道和建筑，那些不好看的东西全都被夜色遮蔽了，能看到的就是那些灯，它们被五彩的光芒装饰着，然后用这些五彩装饰灯光所及的一切事物。

我跑，不信两条腿也能被偷去。

他一路跑得意气风发，闯了三次红灯，

两辆车为他紧急刹车，很多人盯着他看。

在拥挤繁华的中关村，很难看到狂跑不止的疯子。

目录

001　啊，北京

119　跑步穿过中关村

247　天上人间

啊,北京

1

我查了一下过去的日记，三月二十六号，我在北大英杰交流中心认识的边红旗。看明白了这个日期，就觉得实际上没必要查，三月二十六号是海子的祭日，一九八九年的这一天他在山海关卧轨自杀。这是个纪念。我在诗歌朗诵会上认识了边红旗，在交流中心会议厅里，热烈地挤满了说诗、听诗和看诗的人。我是看诗的，具体地说，是来看诗人的。这是我一直的愿望，想集中地看看诗人们到底长什么模样。我不写诗，也不大懂诗，所以好奇。

朗诵会轰轰烈烈地开场了，穿裙子的主持人激情澎湃地介绍了诗歌节的有关情况，然后请出第一位朗诵的诗人。接着是第二位，第三位，第四位。我就看见了那些传闻中的诗人从我面前走过，站到了灯光闪耀的舞台上。很高的，很矮的，身材臃肿的，细脚伶仃的，披一头长发的，剃光头的，满面稚气的，一脸大胡子的，扭捏近于女性的，粗犷肥硕更像是屠夫的。走马灯一样，从右边的台阶上去，朗诵完了再从左边的台阶下来。声音也各不相同，有的普通话很好，不写诗了可以改做播音员；也有的整个是一结巴，一两个字就要分一次行；还有的干脆用家乡的土话，四川的、湖南的，出口就是干货。用上海广州的方言我就听不懂了，稀里糊涂的像在听歌。每一次我都热烈地鼓掌，比他们朗诵时还要认真，尽管有些诗我听不懂。比如一个正在读中学的小女孩，在主持人宣布下一位朗诵的诗人之前，见缝插针地冲到了台上，她说她要朗诵。她解释了一番理由，就是这个以诗会友的机会难得，她大老远跑来，还花了三十块钱打出租车，然后接着说她刚出家门时看到一个比她还小的小男孩，大概上幼儿园的模样，一直跟着她，把她吓坏了，她让他走开，他不听，还是跟着，于是她想到了绑架、勒索、性骚扰和谋杀，就在她忐忑不安的时候，那个小男孩冲到她前面，抱住了拴在花坛的砖头上的一条长毛狗。然后她说，我朗诵完了，谢谢大家。

就这么结束了？她朗诵完了，也就是说，她的诗结束了。我根本就没听到诗从哪里开始的，还以为她一直在述说她朗诵的前奏呢，它就结束了。这让我更加自卑，我的确不是写诗的料。有了这个经验，我后来逐渐发现，很多诗人的朗诵都像那个小女孩，我只看到他或她在台上哗啦哗啦地说话，然后告诉我们，他们的诗歌朗诵完了，就下来了。应该说，是那个女孩把朗诵会推向了一个新的高潮，接下来就不断有诗人从大厅的各个角落里挺身而出，毛遂自荐地抢在入选名单的诗人之前来到了台上。边红旗就是其中的一个。

开始我对他并不感冒，甚至有点讨厌，他坐在我后面，一直在不住地叽叽歪歪，不是说这个的诗烂，就是批评那个的诗缺少冲击力。我回头看了他一眼，一个高大英俊的年轻人，留一个平头，松松垮垮地套一件红色毛衣，嘴还在动。我讨厌别人在会场上嘴伸得老长去义务点评，哪怕他说的全是真理。过一会儿我又回过头,我说你能不能听听别人怎么说?

"我一直在听,"他很认真地说,"他们说得不好,你一定听出来了,不刺激。诗怎么能这样写呢?"

我咳嗽两声没理他,他却看见了我放在腿上的一件广告衫。那东西是我和朋友到他供职的报社去玩,办公室的主人坚持要送我的,说多的是,谁穿都一样。让我给他们做广告了,我就拿了一件,大冷的天。

"你那文化衫借我用一用吧。"边红旗拍拍我肩膀。

为了让他住嘴,我毫不犹豫地扔给了他。他呵呵地笑两声,又问我有笔没有,最好是签字笔,越粗越好。我真是烦透他了,把水笔又扔给他。三个诗人朗诵的时间,他把笔递给我。然后我就看到他大步流星地经过走道,一边走一边往身上套那件文化衫,在主持小姐惊愕的当儿,他已经登上了舞台,站在了众多的灯光和目光之下。文化衫已经收拾停当了,套在红毛衣外面,前面写着两个粗大的英文单词:"NO WAR"。他一定把我的墨水全用光了。

"我叫边红旗,一个绝对的民间诗人,"他说,看起来还是有点紧张,"写诗的时候叫边塞。从来没在报刊上发表一首诗，这辈子第一次看到了这么多诗人，我有点紧张。对，我叫边塞。拿起笔的时候我是个诗人，目前可能只有自己承认；放下笔我是个办假证的贩子，就是在北大门口见人就问办不办证的那种。哪位要想办假文凭可以找我，诗人打八折。"

他说得大家都笑了，不知道他要搞什么名堂，主持人也在考虑是不是要把他轰下台去。这时候他说：

"我现在以诗人的身份说话，我痛恨刚刚开始的美国对伊拉克发动的战争！人类不要战争！NO WAR! NO WAR! 我听了太多不疼不痒的诗歌，现在我给大家朗诵我在半个小时前创作的一首诗，刺激的，担当的，过瘾的，呐喊的——《让美国的战车从伊拉克的土地上滚出去》！"

然后诗人边塞就斗志昂扬地朗诵起了他的新作。我记不清那些像钢筋一样干硬火热的诗句了，大致意思就是他说的，人类不需要战争，让美国的战车从伊拉克的土地上滚出去。这首诗我是听明白了，尽管有的地方有点不对味，总体来说还不错，加上他的声音豪放而且煽情，效果很好。朗诵完了，他下台的时候全场爆发了经久不息的掌声，我看到他转身的时候文化衫的后背上那条鲜红硕大的报纸的广告词。

那几天美国刚对伊拉克开战，媒体每天都向我们报告伊拉克人无辜死难的数字。边红旗的诗激起了大家的共鸣，他从台上下来，像英雄从伊拉克苦难的土地上归来。我都对他刮目相看了。

"怎么样，哥们儿？"他回到座位上，依然穿着他灵机一动改造的反战T恤，把脑袋伸到我旁边说，"够味吧？"

我笑笑，转脸看了他一眼，这家伙一脸天真的得意，像个抢到了糖果的小孩。我对他的感觉好了一点。"很不错，"我说，"枪响之后，应该有这样的诗歌出现。"

随后又有好几个诗人朗诵了反对战争的诗歌，把朗诵会像潮水一样一浪一浪地推向深远的地方。这是另外一个话题了。我要说的是边红旗，这个自称诗人边塞的家伙，在朗诵会结束之后要请我去西门的小酒馆喝一顿，因为我不打算要他还我一件T恤，也不想要他一件T恤的钱。

"你一定要去，"他说，当时我们站在英杰交流中心门外阴冷的水泥地上，观众和诗人们逐渐散去，"我是用一个诗人的身份请你，而不是一个搞假证的二道贩子。"

他都说到这样了，我只好答应。我们穿过三月底清冷的北大校园，来到西门外一家叫"元中元"的小饭店。他说他经常在这里吃饭，在海淀附近晃悠累了，就到这里要两个小菜，两瓶啤酒，自己安抚一下自己。一个人在外面混，还是干这个的，不容易。

边红旗和饭店的老板很熟，酒菜很快就上来了。

"你是干什么的？"边红旗问我，"学生？"

"无业游民。"

"就这些？我不信，这在北京是活不过两个月的。"

"没事写点小说和豆腐块的小文章。"

"是这样，"他说，"我们还是同行哪，来，干掉这一杯。"

喝酒的时候他说，我一定见过他，他在海淀附近已经晃荡了两年了，向陌生人揽活儿，办假证。因为我也在北大附近生活，抬头不见低头见，蚂蚁和大象有时候还要碰碰头呢。我想了想，没想起来，我对办假证的一向敬而远之，尽管我也需要一个冠冕堂皇的文凭和身份，但我知道，这些东西对我屁用没有。

"干这行生意不错吧？"

"怎么说呢，碰上了三五百不成问题，运气好了，逮着个冤大头，千儿八百也不在话下。就怕撞不上，一周喝上七天风也不是没有过。"

"听说抓得还挺严的，你不怕？"

"怕又怎么样？总得活下去，我喜欢这地方。北京，他妈的这名字，听着心里都舒服。"边红旗咕嘟咕嘟又喝下了一杯。"抓到了就给打一顿，大不了罚点钱，就出来了。也有蹲的，三两年，那就不好弄了。我是小杆子，赚个拉皮条的钱，接了活儿送给人家干，身上搜不到东西风险就小多了。说这个干吗？我们谈谈诗，说说文学，你搞小说几年了？"

几年了？六七年了。不过二十四岁之前的东西算不上小说，正儿八经搞出点像样的东西也就这几年，多少知道点小说是怎么一回事了。写得慢，发得少，稿费连买书都不够，所以要给报纸和杂志写些甜蜜蜜的小文章。就这样。

"呵呵，"边红旗在我对面笑起来，"都一样，就这么回事。喜欢北京？"

喜欢。觉得自己像只蚂蚁，和一千多万只其他的蚂蚁一样。蚂蚁太多了，拥挤得都找不到路了，找不到也得找，不然干什么呢。

"喝酒，喝酒，让诗人和小说家干杯。"边红旗又举起了杯子，我们又要了两次啤酒，桌子上已经摆了八个空瓶子了，燕京牌的。"不行了，喝多了，喝。"

的确喝多了。我还好，酒量有限，不敢放开肚皮，边红旗喝多了，他以为自己很能喝。我们一直喝到饭店打烊，老板示意我们该走了的时候，边红旗已经趴在了桌子上。我拍拍他的脸让他醒醒，他在鼻子里嘟嘟哝哝地答应我，眼睛就是睁不开，我后悔跟他一块喝这顿酒了。一顿无聊的酒，说了一堆无聊的话。架着他离开饭店的时候我更后悔了，他重得像头牛，闭着眼歪在我身上，还不忘抓住那件写了"NO WAR"的T恤。我突然觉得这家伙其实蛮有点意思的，一个办假证的，却想着写诗，还理直气壮地在谴责战争的时候亮出自己不法分子的身份。真是有点意思。现在已经问不清楚他住在哪儿了，我只好把他带到我的住处。

我住在北大承泽园里的一栋破楼里，和大学同学孟一明合租的三室一厅的房子。原来还有一个老同学与我们合租，他想考北大的研究生，考了两年没考上，心灰意懒地回老家去了。他走了，空出一间房子，反正也没人住，就成了孟一明的储藏室。他老婆也在这里，乱七八糟的东西一间房子装不下。若是平常，我从北大出来就直接步行，穿过蔚秀园，过了万泉河就到了承泽园的住处。现在不行了，边红旗成了一头失去行走能力的牛，我只好打车把他带到了承泽园。

费了好大的力气才把他弄上三楼，孟一明和他老婆已经睡了。我开了门，边红旗准确地躺到了我的床上，已经是凌晨一点了。我骂了他一句，他没反应。我的床给他占了，这一夜我的日子是不好过了。他的脚很臭，但却自觉地伸进了我的被子里，看得我心疼。我洗脚的时候他的手机响了，《铃儿响叮当》的调子。他哼了一声，转身又睡了。手机顽强地响着。我拿过来，上面显示"老婆"两个字。是他老婆打过来的。我替他接了。

"你在哪儿？"对方的女声吓我一跳，有点凶，声音不是很悦耳。

"你是边红旗老婆？"我说，"他喝醉了，没法回去了，睡在我这里。"

"我，我是他老婆，"对方说，"你是谁？他没事吧？"

"没事,就是喝多了。我是他朋友。"

"好的,麻烦你了。他醒过来让他给我打个电话。"就挂了。

2

第二天上午边红旗醒来,问我的第一句话是:我怎么睡到了这里?我一听就冒火,我他妈的把舒舒服服的床铺让给你睡,自己在沙发上蜷缩了一夜,你好像还委屈了。他蹲在沙发边上,他的口臭我受不了。我扇了扇鼻子前的空气,说:

"你还有点人性没有?要不是房间里还有点暖气,我早冻成人干了!"

"哎呀老兄,不好意思,昨晚我喝多了,"他又冲着我说话,自觉地用手遮住嘴,"送佛送到西,有空牙刷没有?旧的也行,只要不脏。"

我裹着毯子起来,从抽屉里找了一个用过的牙刷给他,然后打了一个哈欠躺到了床上。这一夜把我折腾死了,蜷在小沙发里,几乎把自己折叠起来了。还有点冷，凌晨四点钟我被冻醒了，爬起来到箱子里找了羽绒服穿上。

边红旗从洗手间里出来，人精神了不少。"这地方很不错呀，叫什么名字？"

"你说我这房子？左岸。"

"塞纳河边上的左岸？"他笑起来，悠闲地点上一根烟，"现在附庸风雅的人可真不少，什么都叫左岸。没看出来你还很小资。"

"穷得叮当响，小个鸟资！万泉河左边的岸。"

"我说呢。你这房子有点问题好像，我刚刚看到一个女人从洗手间里出来，"边红旗诡异地说，"是不是还有段好看的故事？"

"扯淡，那是人家的，朋友之妻。我们合租的这房子。"

"一套三的，你们住得完吗？"

"住不完也得住，闲着也是闲着。"

"租给我怎么样？我想要一间，最小的也行，钱一分不少。"

"这事我得和一明商量一下再说，"我说，看来也睡不着了，索性起来，"对了，你老婆半夜三更打电话，查你的岗。你原来住哪儿？"

"我老婆？"他有点吃惊，拿起手机看了看，"这个女人！"他说，拨了一个号码，刚拨通手机没电了，断了。

我把手机给他，他没用，说算了，不打了。又点上一根烟，在烟雾里半天才说："她不是我老婆，我老婆在乡下的小镇上。"边红旗的脸色板起来了，他一正经我就不好意思再问下去了。用他的话说，这里头看来很有点故事可讲了。

边红旗抽完那根烟就离开了我的住处，临走的时候又恢复了先前的洒脱，说这个左岸也不错，万泉河的左边，能靠上水就是好地方。我把他送下楼，他拍了拍楼前那棵空了心的老柳树又嘱咐我，他想跟我们合租那房子，请我务必和孟一明商量一下，他是个办假证的，但绝不是坏人，还是个诗人呢，他拿自己打趣。

他走了我就把这事给忘了，第二天晚上正在电脑前敲键盘，他打了我的手机。口气很郑重，他说他的确想租，现在住的那个地方他实在待不下去了，每天都要为什么时候回去睡觉伤脑筋，他不想见那个正处在更年期的女房东。他让我尽快和孟一明商量，越快越好。我只好去敲一明的房门，他老婆，其实是他女朋友，沙袖，让我进去，她正坐在被窝里嗑瓜子看电视。她说一明在隔壁赶教案。一明在北大法学院读研究生，业余给一个民办高校代课，赚钱养家糊口。我想这事先和沙袖商量可能更妥当，就把边红旗的要求说了。

"就是昨天上午那个人？"

"就是他，一个办假证的，不过人倒是挺不错。"

"办假证的？"沙袖犹豫了，"我们家一明可是搞法律的。你能保证他不会出问题？"

"这个，怎么说呢，他人的确很不错，没事还写诗。"

"还是个诗人？"沙袖眉目有点松动了，她对着墙敲了几下，喊一明过来。

孟一明进了门就开始擦眼镜，问我们什么事。我简单地重复了一遍。一明戴上眼镜，说："我看算了吧，一个办假证的，让人不放心。"

"那好，我就把他回绝掉。"

我回到自己的房间，刚拨好边红旗的电话，沙袖就在客厅叫我了。边红旗问我结果怎么样,我只好说,先等一下,过会儿再打给你。

一明说,沙袖同意了,她希望那一个房间也能租出去。

"那你的意见呢?"我问他。

"就按袖袖说的办吧,"一明说,"当然是听老婆的。"

沙袖说:"装好人!我就是想省点钱,现在房租太贵了,三个人承担总比两个人要舒服点。给一明省一点,也给你省一点。"

"一明,看你老婆多体贴。我一个京漂住这么好的房子的确有点奢侈。"

事情就这么定了,他们俩答应了。看得出来,一明也想把那间空房子租出去,沙袖现在无业,所有的花销都靠北大每月发给他的那点补助和代课赚来的钱,一个人挣的粮食两张嘴吃,真够他受的。

我把这个消息告诉了边红旗,他很高兴,说总算可以搞一搞战略转移了。后来我才知道他所谓的战略转移是什么意思,接下来我会说到。边红旗第二天就找辆车把行李搬过来了。东西不多，被褥和一些基本的生活用品，此外就是一大堆书，都是文学方面的，小说和诗集，还有一些关于中学教育的。他的藏书让一明和沙袖放心了不少。

和边红旗一块儿来的还有一个块头小一号的小伙子，是他在北京为数不多的朋友之一，他叫他小唐，是他生意上和生活里的小兄弟。另外一个是女孩，长相还行，头发有点干枯，后来细看一下，不是干枯，而是焗油焗得欠火候，成了干涩的土黄。边红旗没有介绍，但她一开口我就知道是谁了，就是半夜里打电话找他的那个女的，大概是边红旗在北京的女朋友。她自我介绍说她叫沈丹。在整个搬家过程中，沈丹执行的完全是女主人的任务，床铺和桌子如何摆设，书籍如何堆放，生活用具怎样使用，都由她一一道来。边红旗、小唐、一明和我，都服从她的调遣，磨磨蹭蹭从下午三点钟一直搬到傍晚六点。原来房间里一明的桌椅和书架一部分搬回了他们的房间，剩下的一部分移到了客厅里。沙袖说，就放客厅里好了，空着也是空着。

结束后边红旗请我们吃饭，在承泽园附近的一个川味馆子里。尽管一起搬了家，一明两口子和边红旗他们还是不熟，所以让他们点菜就很矜持，沙袖微笑着不愿意点，意思是客随主便。边红旗就说他是真心请我们三个的，不是因为我们帮他搬了家，而是能够接受他住进来。

"我知道办假证的名声很臭，"他大大咧咧地说，"尤其是在海淀这儿，警察见着就逮，过路人碰上了也要绕个弯子走。有什么办法呢，想活得好一点，呵呵，有罪啊。你们能接受我，很感谢，从今天开始，我用诗人的名义在左岸生活。不会牵连你们的，只管放心。"

边红旗的话我听得半真半假的，他的样子有点像开涮，语气却很真诚。这话起了作用，一明说："诗人见外了，既然住到一起了就不说两家话，都是小人物，有什么连累不连累的。袖袖，点吧。"

边红旗拍着手掌说："嗯，一明这话我爱听。"

沙袖说："水煮鱼。"

一盆四十。平常我们很少吃的，以我和一明的进账，隔三岔五吃上一顿还是相当奢侈的。如果我们在一起吃饭，点了水煮鱼基本上就不会再点更多的菜了，三个人伸长脖子，用筷子在盆里打捞，能捞到最后一根豆芽都看不见了。

边红旗又说:"好!我就喜欢吃这道菜。麻,辣,香。"

沈丹说:"红旗嗜辣,三天不吃辣心里就痒痒。他跟我说,回到老家就想起水煮鱼了,一想到水煮鱼就待不下去了,就得回北京。是不是呀,红旗?"她挑衅似的斜起眼看边红旗。

边红旗伸手揽住沈丹的腰,笑了笑,说:"是啊,离不开水煮鱼,离不开北京了,三天见不着心里就空荡荡的。水煮鱼可是丹丹的拿手绝活,离不开呀。"

这种暧昧的表达让沈丹很舒服,一下子回到了小姑娘时代,脸都幸福得红了。那顿饭我们就水煮鱼聊了不少,边红旗说他去过成都,在那儿也吃过水煮鱼,感觉味道也不错,但不知怎么的,就是放不下北京的水煮鱼。小唐说,不是放不下北京的水煮鱼吧,是放不下别的吧?沈丹就隔着边红旗去打小唐。边红旗就笑,不说话。后来,有一次边红旗做成了一桩大买卖,又请我们吃饭,他解释说,其实不是因为沈丹,为什么他目前也想不明白,就是觉得北京好,他经常站在北京的立交桥上看下面永远也停不下来的马路,好,真好,每次都有作诗的欲望,但总是作不完整，第一句无一例外都是腻歪得让人寒毛倒竖的喊叫：

啊，北京！

是啊，北京。我们也都喜欢，都莫名其妙地希望在这里生根发芽，大小做出点事来。我和一明已经毕业五年了，我们在不同的城市转了一圈，又不约而同地回来了。读大学的时候没怎么觉得北京有多好，但是几年以后就不一样了，人人都说北京是个机遇遍地的地方，只要你肯弯腰去捡，想什么来什么。正如所有人说的那样，这是个做事的地方，先来了再说。既然别人能干出名堂，我们就没有理由两手空空。于是就一天一天住了下来。

晚饭后小唐先回去了，边红旗把沈丹带到了我们的住处。都知道是怎么回事，他关上门我们就不便打扰了。我泡了杯茶，点上烟，对着电脑开始发呆。这个长篇已经写了一个多月，除了混点零花钱的小文章之外，这段时间我把心思都放到这上了。断线了，一个拐弯处我不满意，重写了三次还是没感觉。这个青黄不接的关节眼陡然让我觉得，自己实际上已经老了。不是年龄上的老，而是生活上的老，我的生活停止呼吸似的那种老，那种茫然无措万念俱灰的老。甚至有那么一会儿，觉得边红旗那样的日子也不错，整天就是逛逛街，寻找一些可疑的眼睛，见到了就上去和他们搭话，然后动动嘴就让那些急于求成的家伙把钱送到自己的口袋里。边红旗他们赚钱是如此偶然和可观，几乎已经具有了必然性。一根烟抽完了我还忍不住为之心动。

十一点钟结束了，我还在抽烟、喝茶和发呆。外面的门不时在响，可能是一明他们在出入洗手间。我知道今天晚上已经到此结束了，没写出来的也不会再写出来了，于是从抽屉里翻出一张盗版碟准备放进电脑。有人敲我的门。是边红旗，松松垮垮地站在门前，来找开水喝的。

"把水瓶提过去吧，"我说，"差不多够你们俩喝的。"

"她回去了。"

"惹人家生气了？"

"没有，她妈晚上看得严，"他说，倒了半杯水，加了我的一半凉茶，咕咚咕咚一口气喝完，"没意思，真是没意思。我都快渴死了。"

"你这人，搞完了就抱怨没意思。"

"是没意思，两头吊着，你说男人有个鸟意思啊。"

"不行了？你应该拿出朗诵诗歌的劲头去搞。"

"不一样，老兄，朗诵诗歌是用大脑的，那事大脑大部分时间是使不上劲儿的。"

"看来你潜力有限啊，你看那些官儿的款儿的，哪个不是三个两个的都玩得挺转。"

"那是人家。说正经的，我是拿你当朋友的。上午我老婆打电话来，要我回家，她不想让我继续待在北京了，她已经感觉到我出问题了。刚刚沈丹又叽叽歪歪让我马上离婚，跟她过。操，你说这事，男人就这么一个东西，总不能分两下用吧。"

他问我该怎么办。开玩笑，我要知道怎么办也不至于现在还守着自己过。

"你不是写小说嘛，知道怎么编瞎话骗人。"

这话让我有点伤心。编好了可以骗别人，编不好就只能骗骗自己了，现在看来，我那些卖不出去的小说大概就只有骗自己的功用了。荒诞的是，我还自视甚高，对它们好像还有用不完的信心。真他妈的鸟鸟。

3

二〇〇一年，新世纪之前的边红旗还是苏北一个小镇上的中学教师，教初三年级的语文。应该说他是一个不错的中学语文教师，在那个镇中学里多少也算是一块牌子，人长得不错，课讲得也动听，能把上上下下的人都逗得开心。老婆是镇上的小学教师，教美术的，一天到晚不停地画画，白天在黑板上向一帮小孩描绘各种美丽的图画，晚上到了家里，躺在被窝里就在边红旗的肚子上描绘他们美好的新生活。她是个知足常乐的好女人，边红旗一直对这一点持肯定态度，和她在一起生活男人不会有气受。问题是边红旗不是，他觉得日子有点别扭，一是诗再也写不出来了，再一个就是当地的教师工资几乎减半，每月只发总数的56%。据说是当地地方财政包干，政府没钱，只好拿这帮老师开刀。这样一来，在小镇上仅有的一点成就感都被取消了，稍微头脑活络一点的都跑出去了。和边红旗年纪相仿，乃至更小一点的年轻小伙子和姑娘都离开了小镇，到外面的大好世界去闯荡了。在边红旗当时看来，继续留在那个地方是毫无出路的。别人能走，他也能走，就辞职了，带了一本诗集和一套中学语文课本来到了北京。本来他是不想带课本的，老婆坚持让他带，说是早晚还是要回来的，不能把老本行丢掉。开始老婆死活不同意他离开家，刚结婚没两年，甜蜜的小日子还没有过够，就分开了，而且分得很彻底，谁能受得了。但是边红旗还是来了，一个人懵懵懂懂地进了北京城。

这是他有生以来第一次来到北京，大客车在傍晚时分进了首都，边红旗激动得哭了。这时候已经是新世纪第一年的第三个月了，北京正值沙尘暴的高峰，手伸出车窗外，抓哪一把都是干涩粗粝的空气。邻座的老头问他怎么流眼泪了，他说沙子进了眼，抹了一把脸又说，你看，一脸的沙子，这北京。尽管笼罩在沙尘暴下的北京没有想象中的雍容和繁华，边红旗还是十分满足，借着沙尘暴的借口，一直把眼泪流到车站。从车站出来，他把脚结实地踩在马路上，扔下手里的旅行包开始给老婆发信息。他在手机上诗情画意地说：

老婆，我站在了冰凉的水泥地上，看见了夜幕下火热的北京。

然后又发了一条信息：老婆，我爱你；老婆，我也爱北京。

就这样，边红旗没来由地就喜欢上了北京。后来他才醒悟到，其实那天晚上很冷，和每一个三月的沙尘暴夜晚一样冷。但是他只感到热，夹克的拉链一夜都没拉上。他就敞着怀在北京的大马路上走，他想投奔的那个在北京打工的远方亲戚没找到，打了四次电话都找不到人影，索性不找了，就在马路上逛一夜也不错。后半夜的路上车辆和行人少了，他走得有些清冷，但是感觉很好，满肚子都是诗人的情怀，觉得路灯下的影子也是诗人的影子。然后他来到了天安门前，见到毛主席的巨幅画像时，眼泪又下来了。从小就唱《我爱北京天安门》，现在竟然就在眼前了，像做梦一样。他趴在金水桥的栏杆上，看见自己的眼泪掉进水里，泛起美丽精致的涟漪。他就想，北京啊，他妈的怎么就这么好呢。

没事的时候我琢磨，边红旗哪来的这些激情？我当初来北京时怎么就没发现有多美呢？后来想出了一个理由，就是边红旗是晚上到的北京，而我是白天到的。晚上霓虹灯下的北京的确漂亮，哪儿都是繁华庄重，那些灰扑扑的街道和建筑，那些不好看的东西全都被夜色遮蔽了，能看到的就是那些灯，它们被五彩的光芒装饰着，然后用这些五彩装饰灯光所及的一切事物。我第一次来北京，下了火车就是早晨，空气清凉，能见度极好。我就纳闷了，北京怎么这么旧呢，跟电视上完全不一样哪，车到了海淀，我都快哭了。那时的海淀完全可以说是荒凉，和我生活的那个小城的郊区没有任何区别。大学四年我几乎都待在校园里，不想出去。这种先入为主的感觉到了现在才逐渐改变，现在海淀也不同了，到处都闪耀着玻璃和不锈钢的刺眼的光芒，像一个不知深浅的虚幻的世界。

边红旗坚持他的看法。即使当初几乎活不下去时，他也一直在心里大声地赞美北京。第二天他总算找到了亲戚，拖着一大包行李挤进了亲戚的小屋里。出乎他的意料，他的亲戚混得实在不怎么好，完全不是他在小镇上天真地想象的那样，到了北京狗也是个人物了，现在看来，狗还是狗。亲戚正在煮面，小桌子上摆着三四个馒头和一碟咸菜。亲戚三下五除二吃了半锅面，抓起外套就走了。临走的时候让他先好好睡一觉，养好精神了好找活儿干。然后他就看到亲戚骑着一辆破旧的三轮车出去了。他们住在巴沟村的一户小院里，租人家的平房。

养好精神了他独自出门找工作，他也不知道自己到底能干什么，不过还比较自信，找个记者、编辑之类的活儿干干总还是可以的吧。一路上见到报纸就买，专门找过去从来不看的夹缝里的广告，挑好的工作，谦恭地把电话打过去。那一天他用了两张手机卡，一个也没成，直到最后口袋里只剩下坐车回家的钱时，才想起亲戚的告诫，别挑挑拣拣的，不管什么活儿，能找到一个填饱肚子的就不错了。边红旗不服气，自己好歹也是个中学教师，还写诗呢。电话里的人为什么总是问他的生活和居住情况呢？这跟工作有个鸟关系！第二天他接着找，他觉得自己不应该和亲戚一样，亲戚是个大老粗，靠力气吃饭是正常的，他不是。怎么说也是个知识分子。这一天他学乖了，不用手机打电话了，用公用电话，省了不少钱。但是这一天的运气也不比前一天好。晚上他垂头丧气地回到巴沟，像从滑铁卢归来的拿破仑。亲戚已经躺下了，他说今天被警察追着跑了很远，累坏了，原因是他的三轮车没有牌照。亲戚没有问他成功了没有，都摆在脸上，哪还要问。边红旗很悲伤，把亲戚从床上拖起来，两人瓶碰瓶地喝了五瓶啤酒。

他在海淀附近转了好几天，连公交车站牌上贴的广告都看了，都联系了，还是不行。整个世界都跟他对着干，真是没办法。边红旗还是不怀疑，一千多万人都活下来了，凭什么我边红旗活不下来，没道理嘛。我们的边红旗找呀找，又找了两天还是没找到。不是一个都找不到，而是他想找的那种看起来体面、干起来轻闲的没找到。他只好去了中关村人才市场，周三周六才开放的地方。排了半个下午的队，轮到了，把身份证交上去。玻璃窗里的女人问，证呢？边红旗说，不是交给你了吗？那女人心情很糟，大概中午和丈夫吵架了，什么证都不知道还找什么工作！下一个！话音还没落，他的身份证就被扔出来了，搞得边红旗半天没回过神来。

"她要什么证？"他问旁边的人。

"暂住证。"

"什么暂住证？"

"老兄，"那个用安徽口音和普通话杂交出来的声音说话的小伙子说，"这东西都没有，可要小心点，别让警察给揪到了。"

"下一个！"窗口里面的女人气急败坏地敲着玻璃，

边红旗只好让出了位置,他排了半个下午,就等来了这几句训斥。

眼看着一天一天地晃下去,快坐吃山空了,最要命的是,没法向家里交代。老婆担那个心,每天都要打电话问他有没有着落,打得他心疼,他的钱快光了。我不知道边红旗是怎么克服心理障碍的,反正最后他是和亲戚一块儿出去蹬三轮车了,到巴沟的一个土著家里租了一辆没有牌照的三轮,见缝插针地跑到硅谷那儿揽生意,帮别人运电脑。边红旗讲到这些时一点也不伤感,相反,这段三轮车车夫的生活他还相当满意,觉得自己很像电影《有话好好说》里的张艺谋,整天骑着三轮车到处跑。他说,人一旦降低了自己,就无所谓了,就像妓女,卖一次就想着卖第二次,然后第三次,这东西搞不清楚,它一定是有快感的。他在那段时间甚至还经常跑到北大听讲座,隔三岔五还进课堂,以便瞻仰那些久闻其名的学术界大师。他和我住一块儿后,我们聊天,我发现他对北大的老师,尤其是中文系的老师,了解得不比我少。

边红旗在蹬三轮期间没有告诉家人他在靠什么吃饭,他的亲戚也同样没有告诉自己的家人。他们只说是一项工作，不好也不坏。他更不可能告诉他老婆，他最倒霉的时候，一个星期被警察追过四次，好在都逃脱了。他都没想到自己还有蹬三轮车的天赋，能在到处是汽车和人的马路上跑得飞快。这个新工作对他是个刺激，所以这个时候他还坚持写诗。据他自己说，在他秘不示人的诗歌生涯中，这是一个创作的高峰。坐在三轮车上满脑子都是诗，他由衷地觉得北京就是好，你看看，蹬三轮也照样诗兴盎然。

接下来生活就有了变故，亲戚家里出了点事，他要回去了。回去之前他把能带走的东西都收拾好了，不想再在北京混下去了，他觉得蹬三轮，即使在北京也不是件值得称道的事，还是回家干点正事。他在北京找不到自己的位置。尽管他走得不免伤感，还是义无反顾地走了。临走的时候他终于说实话了，待在北京几年了，他一直都不服气，希望能有起色，心里恐惧着，希望着，但是现在，他语重心长地说，他服了。就这样。他把房子留给边红旗，自己组装的那辆破三轮也给了他，希望他不要一直把这个破三轮蹬下去，也蹬到他离开北京的那一天。

现在边红旗独自奋战了，蹬着三轮回到家，自己跟自己喝酒。左手一杯，右手一杯，相互致意，互相祝福。

这样的日子没过多久，出事了，他的三轮在人民大学西门那儿被警察扣住了，他一不小心闯了红灯。警察发现竟然还是个没户口的黑车，立马扔进了立交桥底下的仓库里，那里面已经堆了很多黑车。边红旗想花几块钱赎出来，警察不让，随口出了一个买一辆新车也绰绰有余的价。边红旗没辙了，恨得门牙都痒痒。当时还只是觉得难堪，后来突然有了恐惧，那种一下子失去依靠的恐惧。他一直以为他在北京就是光溜溜的一个人，十三不靠的主，现在才发现，他还是有所依靠的，就是那辆破三轮车。它是他和北京的大地发生联系的唯一中介，现在没有了，他觉得脚底下空了，整个人悬浮在了北京的半空里，上不能顶天，下不能立地。唯一能和北京发生关系的凭证丢了，他第一次发现北京实际上一直都不认识自己，他是北京的陌生人，局外人。除了那个警察，谁会知道他失去了那辆三轮车？说不定那个警察转身也忘了这事。他悲哀地蹲在桥底下的柱子旁，有那么一会儿想到，即使他死了也没人会知道，别人凭什么知道？你边红旗算是哪根葱哪根蒜？他觉得自己蹲在那儿像个猥琐的农民，哼哧哼哧干了这么多天，一辆破三轮一下子就把他送回了苏北的小镇上。

他想拿回那辆三轮车,其后的几天他一直在算计这事。吃过早饭他就出了门,像往常一样,步行到人大西门,为了省下坐车的钱。到了北京,边红旗发现自己的一个变化,就是对钱斤斤计较了,外出的时候他都要考虑坐不坐车,坐公交车还是打的。在老家是从来不用把钱放在心上的,不是他腰包鼓,而是那地方的生活开支永远也不会超出他的想象力。北京不行,说不准什么时候就要花钱,花多少心里也没个底,所以出门前他总忘不了看看钱包。他来到立交桥底下,冷着眼看在红绿灯底下指手画脚的警察。早已经不是那天找他麻烦的那个了。他盯着他们,因为他们手里有开仓库门的钥匙。那个仓库其实只是一个铁栅栏围起来的一块场地,栅栏太高,要想把车子弄出来必须经过铁门。他希望警察能把铁门打开,然后忘掉这回事,他就可以偷偷地进去,把车子推出来。边红旗想好了,他只要自己的那辆破三轮,不要别的,尽管里面新车子也不乏其数。

这种守候相当辛苦,几乎无机可乘。要么是铁门不开,要么是警察不来,要么是门开了,警察却站在门边上,或者是隔三岔五地回头。真要命,边红旗都守了好几天了，他像中了魔一样，非要把车子给弄出来。有一次几乎成功了，他趁警察盘查另一辆三轮车的空当溜进了仓库，刚从乱七八糟的车子堆里找到他的破三轮，还没来得及拽出来，就听到警察对他大喊：

"你，就你，干什么的？！"

他慌忙撤回手，装作找东西的样子，对向仓库跑来的警察说："我找我的打火机。"

"打火机怎么会跑到这里来？"

"我走路时扔着玩，不小心扔到这里了。"

"出去出去，"警察说，顺手锁上了门，"超市里多的是，到那里找去！"

边红旗对我说，当时他突然产生一种要和警察拼命的冲动，他觉得那家伙很讨厌。当然没动手，动了手他恐怕就不会安安稳稳地过到现在了。他拳头都攥起来了又松开，还是有点怕，毕竟是警察。他无望而又顽强地守在桥底下，车子最终也没能再回来，却撞上了现在的这种办假证的生活。

那天和往日没有什么不同，他蹲在桥底下，看着车子和行人水一样从眼前流过。他都快睡着了，似乎已经忘了来这个地方是干什么的。一个大男孩拼命地向这边跑来，后面二十米远追上来一个警察，喊着让他站住。大男孩的惊慌显而易见，完全是捞不到救命稻草的模样，看到边红旗站起来，甚至都想躲到他身后。边红旗把路让开，那大男孩跑过去了，他却斜穿路面迎上去，正好和警察撞到了一起，警察一个趔趄，差点摔倒，大盖帽掉下来滚了好远。警察骂骂咧咧地捡起帽子后，那男孩已经不知去向了。边红旗受到的惩罚是，连着向警察道了三次歉。

第二天，那男孩在桥底下找到了边红旗，要谢谢他。边红旗说，没什么好谢的，他不认识他，没想到要帮他，他只是看那个警察不顺眼而已，就这样。

"但是你确实帮了我，我知道，"那男孩说，"请你吃顿饭总可以吧。"

边红旗没和他客气，他已经很久没吃上一顿像样的饭了。这些天他一直蹲在桥下，一分钱没挣到，连房租都要成问题了。他们吃饭的时候瞎聊，边红旗爽快地说起自己的破三轮。那男孩觉得他很真诚，就告诉他自己是个办假证的，刚出道，不懂行，差点湿了水，然后向边红旗大力推荐这种发财的终南捷径。

男孩说:"说到底,就是讨价还价的事。你能侃倒客户,就能赚到钱。"

边红旗不这么想,他明白这是犯法的事,所以同样爽快地拒绝了。男孩说没什么,给了边红旗一张名片,说想通了随时可以找他,他负责向他的朋友推荐。当然,如果没钱了,过不下去了,也可以找他,多了没有,解几天燃眉之急还是没问题的。然后就散了,两个人喝得很开心,觉得对方可以成为不错的朋友。

喝完了边红旗就把那个男孩给忘了,直到房东催着要房租时才想起来。那几天他大部分时间已经开始花在寻找一份新的工作上了,但还没找到。他翻出名片,死马当活马医,拨了电话。那男孩说,他正在北大的蔚秀园里,现在就可以过去找他,中午一块儿吃顿饭。边红旗就去了,那男孩正在和一个西装革履的胖男人谈话,争执是八百块合适还是五百块合适。男孩要八百,胖子只给五百。男孩就对边红旗说:

"这是北大的,不好搞的,你说值不值八百?"

"当然值,"边红旗说,"要是其他学校的你给八百也不敢要。不给拉倒。"

经他这么一说，胖子就软了，犹豫了一下点出了八百块钱。

胖子走了以后，男孩说："边哥，多亏你那句话，一句话就赚了三百。你要干这一行肯定前途远大。"

"干什么？我不会，犯法的事。"

"怎么不会？刚才不是干得很漂亮嘛。"

"那也算？"

"就是这么干的。你觉得犯法了吗？犯在哪里？不过是说几句大话，吹牛又不犯罪。"

说得边红旗一愣一愣的，他觉得不可思议，这么就算做成生意了？好像感觉不到在犯法呀。

后来边红旗请我们吃饭的时候，笑嘻嘻地拍着小唐的肩膀说："妈的，就这样上了小唐的贼船了。"

那男孩就是小唐。那时候他还不成熟，混了两三年了，吃得膘肥体壮的，已经看不到当年那个大男孩的影子了。之后边红旗和小唐混在了一起，逐渐发现，办假证并不像蔚秀园里的那样简单，当然，即使通晓了其中的所有门道，他也发现，并不像想象的那样恐怖。他就逐渐干上了，给自己定的原则是，绝不涉足大的，只挣嘴皮子的钱。

日子很快就好过了,他搬了家,从巴沟搬到了西苑。租了那儿一户人家的一间平房,然后认识了沈丹,因为沈丹就是房东的女儿。他和沈丹搞上,又是半年以后的事了。

4

我没有觉得和一个办假证的生活在一起有什么不对劲儿,一明和沙袖大概也是这样。如果说开始他们还有所顾忌,那么一段时间以后,所有的疑虑都打消了。我们在一起的任务,只是在一个屋檐下生活而已。大家都忙,一明要上课和教书,我要写东西,要到处乱逛,边红旗要出门怂恿有钱人办假证,清闲的只有沙袖,除了偶尔找个工作干两天,大部分时间都是在房间里做饭和看电视。我们的公共时间主要集中在晚上,偶尔相互串串门聊聊天,或者是聚会,一周出去吃那么一两顿。主要是边红旗请客,如他所说,他的钱来得容易。

他的钱来得容易,这个我信。他晚上经常到我房间里来,讲一些白天里好玩的事,说是给我的小说提供素材。

比如他说，半年前他就宰过湖南的一个当官的。那天他寻寻觅觅地在海淀周围转悠，天快黑了也没有一个生意，他就倚着一棵树抽烟。一辆轿车停下了，他直觉是有事干了，果然，刚掐灭了烟车门就打开了，出来一个戴墨镜的家伙，一看就知道是司机。车里还坐着一个四十多岁的中年男人，西装领带，眼睛瞅着别处。边红旗歪头看见了车牌，湖南的车。他凑上去说，办证？戴墨镜的四下看了看才说，到前面说。边红旗跟他到了一棵树底下，墨镜才说，要个研究生毕业证书，学位班的那种，北大工商管理的。边红旗说没问题，开价两千。墨镜认为太贵，说他了解过了，一般都在八百块钱左右。边红旗说，看来老兄还是门外汉，北大工商管理的证书原件不好找，找个原件看看还要请客送礼，还担心两千块钱不够呢。你知道读北大工商管理的学费是多少吗？边红旗伸出几根指头晃了晃，这个数。实际上他也不知道这个数是多少。他们压低声音争执了一会儿，轿车的喇叭响了。墨镜屁颠屁颠地跑回去，撅起屁股和车里的老板谈。一会儿过来了，说就这样吧，两千就两千，给了边红旗一千块钱订金，又给了他两张照片。就是车里的那个人。然后约好了取货时间，墨镜就上了车跑了。

有意思的还在后面,边红旗说。他把照片拿回去,找到小唐,让他把东西拿过去找人制作。小唐一看照片就乐了,照片上衣冠楚楚的家伙两年前就办过一个假的,是本科毕业证书。那时候小唐刚到北京,跟他表哥混着玩,当初他表哥就狠敲了那家伙一回。小唐说,那家伙是长沙一个什么局的局长,不敲白不敲。边红旗心里有数了。交货那天他卖了一个关子,说两千不够,他找原件就花了一千五,再花成本费,还有人力,赔大了,要提价,三千。他把做好的假证给墨镜看,要就三千,不要拉倒。假证看起来比真的还诱人,墨镜只好屈服了。

"那你到底赚了多少?"我问边红旗。

"两千七。"

"操,这么容易,"我说,"今天如何?"

"还行,一千。"

"赚了这么多,老边,要不要表示一下?"

"没问题,走,吃水煮鱼去。"

就去了。往往都是这样,我一怂恿,就去了。叫上一明和沙袖。走到半路,沙袖提醒他要不要叫上沈丹,边红旗说，叫就叫吧，反正她在家也屁事没有。打沈丹的手机，她说正在和朋友逛街，怕是赶不回来了，明天晚上再过来。边红旗挂了电话说，这样最好，女人有时候很烦，总喜欢叽叽歪歪地说你不爱听的话。我知道他的意思，就是沈丹见了面就让他赶快离婚。

遥远的战争还在打，美国的战车正在向伊拉克南部挺进。我们坐在饭店里边吃边看电视，中央四套，几个军事专家正在屏幕上分析即将到来的战争局势。所有人的分析似乎都有道理，水煮鱼的味道也好，所以大家吃得都很开心。后来画面切换到战火过后的断壁残垣和伤亡的伊拉克人时，就让人有点吃不下了。

边红旗说："死一个伊拉克人跟死一个法国人是一样的，跟死一个丹麦人是一样的，跟死一个中国人、一个俄罗斯人、一个阿根廷人、一个哥伦比亚人、一个毛里求斯人，也是一样的，跟死一个美国人也是一样的。他妈的美国人有什么权力去草菅人命！"

他是容易激动的那号人，嘴里骂骂咧咧，筷子也跟着摔起来。老板赶快把电视关上，都熟悉，老板知道关了电视边红旗就会没事的。

一明说:"老边,说点别的吧。"

"说什么?"

沙袖说:"你在老家也这样?"

"哪样?"

"激动呀。"

"不激动,"边红旗说,把水煮鱼里的豆芽挑来挑去,"激动不起来。现在想来,在家里简直就是生活在世界之外,什么事都不知道,也不关心,激动个啥?也不是不关心,就是觉得那东西离你很远,远得根本与你的生活无关,完全是另一个不相干的世界的事。"

"现在呢?"

"世界一下子离我近了。我跟你说,不矫情,到了北京我真觉得闯进了世界的大生活里头了。这话是不是像把自己当个人物了?没关系,随你们怎么想,就是这样。感觉看到了自己在世界上占据的那个点了,别人可能看不见我的那个点,可我自己看见了。过去我什么都看不见,像一头蒙上眼睛拉磨的驴那样过日子。"

"那样也不错,"我说,"一到阴雨天,我心情就低沉,就想着找个好女孩结婚算了,生个儿子,老婆孩子热炕头，安静平和地守着两间屋檐，就像拉磨的驴一样活着也挺好。"

"操，作家就这境界？"边红旗说，"这可不行。不就活得惨点儿吗？都一样，首要的是先说服自己，什么才是最重要的。"

这话听得我和一明都不明白。啥意思？

"举个例子，"边红旗说，刚才义愤填膺的边红旗不见了，取而代之的是一个意气风发的边红旗，捋起了袖子，"比如我，比如今天上午，我遇到了两个要办假证的女孩。说是韩国人，想办北师大的研究生毕业证，我就骗了她们一千块钱。"

"你不是说办假证也讲职业道德的吗？"

"那两个女孩让我不想讲了。跟我说话的时候操着硬邦邦结结巴巴的普通话，她们俩商量价钱的时候，一转身你猜怎么着，一口流利的山东腔。把我给气坏了，一气之下我给了她们我的拷机号码。"

"怎么说？"

"拿到订金我就把拷机给扔了，又不值钱。不道德是吧？我不觉得，我要挣钱，要干自己的事，我不喜欢她们这样搞，既想当什么又想立什么的。所以我问心无愧。"

"你就是这样说服你自己的？"我说。

"还不充分吗？"边红旗呵呵地笑，让我们继续喝酒，"我想多赚点钱做点事。还有，这事你可不能写到小说里，否则那两个女孩看到了要找我拼命。"

边红旗说得我们一愣一愣的。你摸不透一不小心他会怎么想。说实话，从边红旗住到我们的房子里一直到他离开，我都没法说清楚他到底是怎样的一个人。不过这也没关系，一明说，大家萍水相逢，只要相安无事，弄那么明白干吗。是啊，搞得太清楚也许就没意思了。我们碰到了就在一起玩玩，聊聊天，吃吃饭，生活说到底还是每个人自己的。

按理说，我和边红旗的关系应该是很不错的，但我很少向他打听生意上的事，在这一行有些应该是忌讳的。他平常也会说起一些，说了也就说了，都没往心里去，当一句笑话。有时候他也会找我和一明帮忙。比如翻译个东西，或者随便写点假材料什么的。翻译我不行，英文只记得二十六个字母了。这种事他都找一明。一明念书刻苦，英语这些年都没丢掉，加上在读书，又要复习考博，翻译一点小东西还是没什么问题的。我的字写得还不错，有什么假材料要钢笔誊写，他就找我。我写过三个，一个是毕业鉴定，我在那份假材料上过了一回系主任的瘾，签了一个后来怎么也想不起来的名字。另外一个是班主任评语，按照边红旗的要求，尽拣好听的说。还一个只是签名，大概是模仿某个单位的头头的笔迹，签之前练了大半个小时，把那个名字绕完了我都不知道写的是什么。但是很像。为此他又请我们吃水煮鱼。席间他说，和我们住在一起真不错，基本不用再求别人。原来每次翻译材料都要联系甘肃的一个外语老师，长途跋涉地把材料寄来寄去，因为北京这边找不到合适而又可靠的人。边红旗开玩笑说，我和一明都是从犯。我们就笑笑，大家在一起时间长了，对这些东西已经不再敏感了，在翻译和签名的时候，头脑里根本没有什么办假证的概念，只想到是在帮室友一个小忙，如此而已。

水煮鱼吃完了，刚到住处，一杯茶还没喝完，沈丹就打车过来了。我推推边红旗后背，让他赶快回自己的房间。一明和沙袖也暧昧地笑了，就那么回事，他们俩当然比我更懂。然后就听到洗手间传来水声，我开玩笑地问一明，你猜他们在干吗？

"你又在耍流氓了,"一明说,"轮到你,你的动静会比谁都大。"

我说:"沙袖,你看看一明,满口胡言。赶快把他带回去修理一下,动静最好不要太大。"

沙袖像往常一样,脸及时地红了,嘟囔着抱怨我,把一明拉走了。一明很乐意,他们俩已经触景生情了。

我百无聊赖地躺在藤椅里喝茶,电脑里的音乐响起来,觉得这些锣鼓笙箫的声音离我很远。别人的快乐离我也很远。也许是该找一个女朋友了,可是总以为时候不对,我感觉脚底下空空的,站不稳,这样的生活让我一直有漂着的感觉。也的确是漂着。可是这种漂着的难以生根的感觉,让我不愿意在爱情和婚姻上扎根。大概就这样。我没法说服自己安定下来,尤其是打开电脑,看到我敲出的那些字的时候,我不得不怀疑它们存在的意义。就这样,让我难过。

喝了一点酒,现在上头了,有点晕乎,半真半假地在躺椅上就迷糊过去了。我是被边红旗和沈丹的吵架声弄醒的。他们又吵了,为离不离婚的事。我听到沈丹说,你看我这样像什么?三天两头往这跑,半夜三更地再摸黑回家。我为什么不能跟自己的男人在一起？为什么不能有一个心安理得的家？

边红旗说："你给我一点时间好不好？要离我也得回去再离吧，现在跟谁离？"

沈丹说："那你现在就回去，离不了就不要回来！"

边红旗说："都十二点了，我怎么回去？"

"好，你不回去我回去！"沈丹的声音突然放大了，带了一点哭腔。她把门打开了。"我现在就回去！我像什么呀？我不是个妓女，招之即来，挥之即去！"她穿过客厅，狠狠地带上了大门。

我听到边红旗穿着拖鞋在客厅里趿拉来趿拉去，然后敲响了我的门。

"兄弟，给根烟，"他说，"我的抽完了。"

"你怎么不追出去？"说完我又觉得不合适，我应该装作什么都没听到。

边红旗走到窗户边，伸出头向下看，点上了烟。"她打车了。车开了。"他说，"你看，女人嘛，就要跟你闹，闹完了什么事都没了。我知道的。"

我把音乐声音调小。边红旗沉默着抽完那根烟，掐灭的时候说:"这烟,中南海,中南海。"停了一下又说,"兄弟,你说我到底该怎么办?"

"什么怎么办?"

"还有什么?女人呗。"

"你更喜欢哪个?"

"说不清楚,"他又点上一根烟,"在家里觉得老婆是世界上最好的女人,到了北京,又觉得和沈丹在一起其实也不错。"

"有种说法你试试。就是认真想着哪个女人要离开你了,如果你觉得有股尖锐的痛楚从小腹泛上来,那这个女人就是你最爱的。"

"早就试过了,是我老婆。可是如果把北京和我老家比作女人,离开北京我会更难受。"

"你就这么想待在北京?"

"我觉得北京更适合我,我能做出点事来。"

"让你老婆过来就是了。"

"她不愿意,她一直觉得北京很可疑。她希望能在那个小镇上安安静静地教书,她是个不错的小学教师。"

我也点上一根烟,"那怎么办?"

"我也不知道,"边红旗说,"快把我烦死了,搞假证也没这么复杂。有的女人你他妈的就不能惹,惹了一辈子就没办法清净。"

"谁让你光着屁股去惹马蜂的。"

"是啊,妈的,谁让我光着屁股去惹的呢。"

5

西苑那地方我去过很多次,从北大西门坐公交,很多车都经过西苑。如果从承泽园出门左拐,步行去那里也很方便。有一回一起去颐和园,边红旗指着西苑站牌附近的一条小巷对我说,沈丹家就在那里,就是那栋小灰楼后面的一个小四合院,沈丹祖父留下的,破得不成样子了,但听说很值钱,大概打算奇货可居。

边红旗租到沈丹家的房子,纯粹是一个偶然。巴沟不想待了,房东在他最困难的时候催得他屁滚尿流,他跟小唐合伙赚的第一笔钱就填补了欠下的房租,声明第二天就搬走。当时小唐就住在西苑,他说那地方有很多人家愿意租出空房子,只要价钱合适。他们俩花了一天的时间在西苑打听，傍晚的时候找到了沈丹家。沈丹的妈妈说，先前家里是住过一个房客，刚走，现在不太想租了，价钱太便宜，整天还跟着提心吊胆的，划不来，除非价钱合适。她和老头耳语一番出了一个价：每月六百。

边红旗和小唐说："每月五百吧。"他们实在不想再跑了。

老夫妻俩说："六百。还加上免费的洗澡间哪。"

边红旗说："五百。就是因为可以洗澡才出五百的，要不就四百了。"

他们为着一百块钱争执不下的时候，沈丹带着两个朋友回来了。边红旗说，当时他对沈丹没什么感觉，就是一个比较时髦的北京女孩，说不上难看，也说不上有多漂亮，很青春很活力的那种。她的一个朋友小声说，那是你们家亲戚？蛮帅的。沈丹就停住了，她本想穿过院子和朋友进自己的房间的。她站在边红旗对面，知道了他们争执的原因，就对父母说：

"五百就五百吧。闲着也是闲着。"

她妈说："丹丹，这钱可是都归你的，少了也是少你的。"

沈丹说:"不就一百嘛,多这一百我也发不了。"

边红旗和小唐顺着沈丹这个梯子就上去了,坚持五百。老两口也不好再说什么,就答应了。后来沈丹告诉边红旗,所有的房租都是留给她做嫁妆的。

刚住进沈家,边红旗还很老实,从来不往歪处想,也没那个心思。老婆在远处如饥似渴地思念,还是个好老婆。办假证他刚出道,胆怯、谨慎,而且尽心尽职,生怕有一桩生意做不好。尝到甜头了,想赚点大的,又不敢十分深入,觉得两脚悬着,弄得整天心事重重的样子。他曾想过赚足了钱自己搞,所有东西都自己来,从拉客到制作一条龙,那样赚多少都是自己的。后来打消了这个念头,因为有个类似的家伙被抓到了,警察在他的住处搜出了制作假证的一套设备,罚了好几万,还被判了五年。这就太不值了。他有点怕,为了过好日子到头来蹲了班房,他不愿意,从此才定下心来做一个皮条客,凭一张嘴赚个差价。这一担子事放下了,边红旗才觉得生活比蹬三轮的时候轻快多了,好日子近在眼前,伸手就能抓到。他才开始注意到沈丹,这时候,他已经在沈家住了半年了。

根据边红旗的介绍,如果不是我的歪曲,应该是沈丹更主动一点。边红旗说,不记得具体日期了,反正是一个晚上,房东的女儿敲响了他的门,问他要不要开水。她刚下晚班,坤包还挎在肩上。她站在门外微笑着,光影里边红旗觉得她突然有了点味道,女人的味道。他喜欢这种娴静的平和的女人的味道,他老婆就是这样的女人,处处都像一个女人。尤其是扎着围裙在厨房里忙碌的时候,边红旗心中总能在两秒钟之内升起温暖巨大的爱意,他喜欢在老婆做饭的时候从背后抱住她,把脑袋贴在她背上。这种时候他觉得自己像个踏实的孩子,老婆像他妈。边红旗在房东女儿的身上突然看到了一个女人,他慌得拖鞋都穿倒了。

"要开水吗?"沈丹说。

这句话边红旗已经听过很多次了,沈丹从天刚有了一点凉意时就开始给他送开水。她说边红旗一个单身的男人,大概连开水都懒得烧,不过是顺便,多烧一壶就是了。

"要吗?"沈丹又问。

"要,呵呵,"边红旗都有点结巴了,"要。"

门敞着,沈丹拎着水瓶到了门前。"水。"

边红旗走上去接住,说了声"谢谢"就往回走,准备放到床前。

沈丹说:"不请我进去坐坐?"

边红旗搓着手说:"请进,请进。你看,多不好意思,乱七八糟的。"

沈丹说:"单身汉的房间都这样。"她在椅子上坐下,"北京过得惯吗?"

"还行,我喜欢这地方。"

然后是一大段沉默,两个人都数着自己的手指头。

沈丹说:"我朋友说你很帅。"

边红旗说:"往哪帅?都老得不像样了。"

沈丹说:"瞎说,三十都没有,老什么。"接着莫名其妙地小声笑起来。

跟着气氛就放松了,和谐了。其实早就很熟悉了。他们聊起来,不再只看着自己的手指,眼光谨慎地放到对方的身上去,经意的,不经意的,聊得很好。外面的风有点冷,沈丹伸手关上了门。她说她是百盛超市的收银员,边红旗说他知道,他在她工作的超市里买过东西,不过不是她收的钱。他们又笑了,觉得这种事也很有意思。后来又聊了一些，但是不多，因为沈丹的妈妈在院子里叫她了，说电话来了。

就这样，第一次深入一点的接触结束了。有了第一次事情就好办多了，未来的道路并不漫长。

这一段时间沈丹都是下午连同晚班，下班回到家大约十点。父母是那种老派的市民，习惯早睡早起，天冷上一点就早早上了床，睡不着就坐在被窝里看电视、说话。现在沈丹也养成了一个习惯，就是进了家门先问问边红旗要开水不要。当然是要的，每次的回答都是肯定的。她还是先问。聊过天的第二天晚上，沈丹没有问，直接拎着水瓶敲了边红旗的门。第一下敲门声刚响，门就开了，边红旗站在门口。

"下午我看见你了，"沈丹说，"到超市去买烟。为什么不到我的收银台去？"

"怕你不要我的钱。"

"美得你！"沈丹笑着，把水瓶放到该放的地方，直起腰来斜着眼睛看他。边红旗又看到了一个女人。

"你很漂亮。"边红旗说，说完了立刻觉得自己俗不可耐，他知道自己心思已经出了问题。但是说出来了，而且被对方听到了。

沈丹低着头不吭声，坐下的时候差点碰倒了椅子，边红旗伸出了手。其实没必要伸手，他想缩回来时已经迟了，沈丹抓住了他的手。她没有坐下，而是站起来钻进了边红旗的怀里。真简单，边红旗想，当年他花了一年的时间才算计到他老婆，现在就这么简练的几下子。怀里多了个东西，他倒觉得心里空了，有点紧张，莫名其妙的有点怕。他觉得自己应该表现得像个男人，于是把沈丹抱紧了，两个人找了半天才扭扭捏捏地找到对方的嘴。

对这一段我本能地产生好奇，我问他："下面演什么？"

"什么也没演，亲完了就差不多了。有点快，我没反应过来。"

"压轴戏什么时候唱的？"

"三天以后。"

还是晚上。白天边红旗要出门做生意，租房子时他对沈丹的父母说，他是个搞推销的，白天上班晚上休息。他担心他们知道他是个办假证的不愿意把房子租给他。三天时间足够他反应了，而且其后的几个晚上他们一直都在温故知新，边红旗的两只手到处乱跑，跑得他们两人都快受不了了。

边红旗等沈丹回来，十点半了还不见人影。他决定先洗澡。肥皂刚冲干净，有人推门，是沈丹。沈丹一手抱着衣服，一手捂住了眼，嘴里发出弱化了的惊讶之声，以表明她的闯入是无辜的。窗户的灯光在院子外面，又听不见水声。边红旗毫不犹豫把她拽进了浴室。接下来的事情在他的想象里已经发生过了很多次，唯一的区别是，他把地点搞错了。

门插上了，他们在热水存留的暖气里赤裸着身子，沈丹缠在他身上，像一根饱满的藤蔓。都是忍了很久的样子，有点凶狠，有点残酷，所以十分激烈。

边红旗气喘吁吁地说："我等你好长时间了。"

沈丹也气喘吁吁地说："我知道。"

边红旗说："我喜欢你。"

沈丹说："我知道。"

边红旗说："我是个办假证的。"

沈丹说："我知道。"

边红旗说："我已经有老婆了。"

沈丹说:"我知道。"

边红旗说:"你知道。你知道。你知道。你知道。"

沈丹说:"我知道。我知道。我知道。我知道。"

结束以后,边红旗问她:"你怎么什么都知道?"

沈丹说:"我当然知道。"

边红旗说:"你是怎么知道的?"

沈丹说:"半年多了,什么事打听不到。"

边红旗长舒了一口气,原来人家都知道,自己还绷着脸打算把能藏的都藏着,能掖的都掖着,没必要。

边红旗又说:"你知道我是办假证的,又有老婆,干吗还跟我这样?"

沈丹说:"你说呢?喜欢呗。"

这话听得边红旗浑身毛孔都舒展开来了。听听,喜欢呗。他觉得有点像那么回事了。他一直把婚外恋视为洪水猛兽,没想到这个庞然大物被北京女孩三个字就给消灭了。你再听听,喜欢呗。多好。听得他心安理得。

他们的关系秘密地维持了三个月才被沈丹的父母发现。都是该死的房租。老太太有一天对边红旗说,现在烧暖气了,过去的房租有点少了,加五十吧,顺便也把前两个月的暖气费一块儿交了。边红旗爽快地答应了。过了几天，老太太问女儿，房客的房租交了没有？女儿说，昨天就交了。老太太又问，他交了多少？女儿说，当然是每月五百了，不是早就说好了吗？老太太是个过来人，大概梳理了一下这段时间以来女儿和房客的蛛丝马迹，觉得可能有问题了。事实上的确有问题了，自从他们俩搞上以后，沈丹就再也没收过边红旗的房租。每次边红旗装模作样地要交房租，沈丹就说，交什么交，留着买点补品吧。

边红旗嬉皮笑脸地说："我交得还少吗，哪个月不交个几十次？"

沈丹羞了，要打他，两人又抱在了一起。半个小时后，边红旗疲惫不堪地说，又交了一次房租。

老太太把她的疑心告诉了老头，老头给她这么一说，越想越像，汗都出来了。房客不过是个房客，来路还都没摸清楚呢。他们没敢声张，决定暗察。他们和平常一样，晚上早早就熄灯睡下了，到了午夜十二点，老太太摸黑起来，轻轻地敲响女儿的房门。里面的灯还亮着，就是不见回应。老太太觉得寒气开始上身，从脚底往上爬。她回到卧室，扼要地把情况跟老头说了，两个人趴在黑暗的窗前看着边红旗的小屋,两眼瞪得出了火。一点钟左右,房客的门开了,他们看到女儿抱着一堆衣服鬼鬼祟祟地跑回了自己的房间,女儿只穿着贴身的棉内衣,月亮在半天上明晃晃地照。

老两口泪流满面地拷问女儿,越问越多,房客竟然是个结过婚的假证贩子。老太太差点当场晕倒,老头子痛不欲生,家门不幸啊。沈丹倒很平静,说,反正都这样了。老两口一下子听懂了,"都这样"了,女儿都给人家"这样"了,他们不能不想得开一点了。

"你图他个什么?"

"我喜欢他,人好。"

"他是个办假证的!"

"我知道。"

"他结过婚了!"

"我知道。"

"你知道什么!"父亲气得浑身哆嗦,"你说你知道什么?你这是第三者插足!是和有妇之夫通,通那个!你什么名分都没有!"

"那我怎么办?"

"你真的断不了？"

"断不了，也不想断。"

"那好，让他离婚，明天就滚回家离婚！"

老两口的教育起了不小的作用，效果不在阻止沈丹和边红旗的交往，而是提醒了沈丹，对一个女人来说，仅有爱情是不足以保障的，还得有婚姻。沈丹觉得这么长时间实在是昏了头了，稍微动一点脑子也知道，没有一张结婚证书你拿什么拴住边红旗。他老婆离得再远还是老婆。她觉得父母说得对。她找到了边红旗。

"我要你离婚。"沈丹说。

"你怎么突然有这个想法？"

"我为什么不能有这个想法？"

"我不是说了我结过婚了吗？"

"我不知道！"

"我也告诉过你，我是个办假证的。"

"我不知道！"

"你不是什么都不在乎的吗？"

"我不知道。我什么都不知道！我就要你离婚！"

边红旗头都大了，果然是天下没有免费的午餐。这女人,头脑犯晕的时候什么都知道,一清醒了就什么都不知道了。边红旗无话可说,吃了几个月丰盛的大餐,人家逼着统一付账了。他气呼呼地摔了门出去了。他希望沈丹能够再次想通,就像当初一样,两眼盯着所谓的爱情,而不是像十字架似的婚姻。他不想离婚。

好玩的是,沈丹的父母突然也回过神来了,开始反对他们俩在一起,离了婚也不行,理由是边红旗不是北京户口。工作可以暂时放一放,有没有北京户口是大事,谁知道他以后会跑到哪儿去。沈丹不答应,她就是不愿意断,用她的话说,她想跟红旗过一辈子。边红旗听了头皮都发麻。他们不断地谈判,终于有一点击中了边红旗的要害。

沈丹说:"你喜欢我吗?"

边红旗说:"喜欢。"

沈丹说:"你喜欢北京吗?"

边红旗说:"喜欢。"

沈丹说:"你想留在北京吗?"

边红旗说:"想。"

沈丹说:"我们结了婚你就可以一辈子留在北京了。"

边红旗勾到裤裆里的脑袋抬起来,死鱼一样的眼里放出了光。他觉得手心里出了汗，什么话都不敢说，怕说错了。沉默是金，先沉默才有可能抓到金子。过了半天他才说：

"你让我想想，离婚是需要时间的。"

这句话里充满了希望，成了沈丹以后很长时间里安慰自己的工具，也是她和父母相持的武器。看得出来，沈丹是那种坚忍不拔的人，从她和边红旗吵架中就能发现，她喜欢把自己的想法顺利地贯彻到底。老头老太太的反对无效，只好妥协了，没办法，女儿已经跟人家"这样"了，而且现在依然"这样"，甚至都不太注意回避他们老两口。他们只好寄希望于边红旗早点离婚，偏偏边红旗只说不练，拖拖拉拉一个婚一年了也没离掉。他们也没辙，婚是人家的，你急没用，他们就唠叨，边红旗一回去他们就唠叨。边红旗终于受不了了，就搬到我们那里了。

6

从三月份开始，流行于广州的非典型肺炎就开始向北京转移。开始大家都没当回事,再非典型它也是个肺炎。二月中旬我给家里打电话,姐姐说,家里现在到处都在抢购白醋和板蓝根冲剂,听说可以预防广州的那种肺炎,让我赶快到药店去买点,防患于未然。我安慰姐姐说,别听谣言,广州人最喜欢大惊小怪了,报纸上不是说已经差不多了嘛。那时候的报纸的确是这么说的,没什么,能有什么?广州人畏之如死,让我好笑,觉得是一场闹剧,有点隔岸观火的冷嘲。没想到好日子不长,非典型肺炎过来了,人们愤恨地简称为"非典",医学界则科学地称之"SARS"。

这个叫作非典和SARS的东西在四月中旬开始像股市和国际新闻一样挂在了北京人的嘴上。伊拉克战争的枪声零零落落地响,一般市民的神经已经被拖得疲沓了,在伊拉克战争几乎不再成为新闻时,非典像一盆冷水,让整个北京激灵了一下,然后哆嗦不止。北京人原来比广州人更怕死。

五月份非典开始进入高发期,报纸和新闻整天都在头条报道最新情况。我订了一份《北京青年报》,头版中下位置每天雷打不动一个报告:今日新发病例多少,疑似多少，死亡多少，出院多少。第二版详细地介绍病人所在区域。后来又增加了外地非典信息，全国在今天的非典状况一目了然。终于看得我头皮发麻，我也害怕了，不能不怕。大街上行人开始减少，几乎所有人都戴上了口罩，有的还戴上了手套、帽子和眼镜，因为传闻曾说，病菌也可以存留在头发和手上，还可以通过角膜传染。宁可信其有，不可信其无。不仅他人成了地狱，就连自己也不安全了，你没法完全相信你自己，你不知道什么时候你的头发、你的手、你的角膜将会和空气中的一颗病菌合谋起来置你于死地。我们惴惴不安，担心非典的鬼魂附体。

我有了一个很好的借口逼迫自己待在房间里写小说，因为外面乱糟糟的，太不安全。白天写上一天，晚上再写一会儿，然后在十一二点钟下楼散步，散步回来看碟。很有规律，因为哪里也去不了。很多地方都关了门，朋友上班的也越来越少了，都窝在家里，有事就打电话。非典期间其实是我的好日子，我完成了长篇小说的初稿，看了六七十部碟。一明的课后来也停了，上不下去，听说北大出了一例非典患者，医学部还有一位年轻有为的教授牺牲在岗位上。一惊一炸的，能停的都停了。出门的主要是边红旗，他在家里待不住，待了半天就烦。沈丹开玩笑说，他就是沿街乞讨的命，待着不动就活不下去。

边红旗的确是待着不动就活不下去，但是他出去不是为了沿街乞讨。没人可以乞讨了，正儿八经干正事的都轻易不敢上街，何况想办假证的，海淀周围已经没人有心思再去看公交车站牌上贴的办假证的小广告了。开始的时候，边红旗每天回来都说，妈的，生意难做，要办证的是不是都得非典死绝了？转了一天连个暧昧的眼神都没见着。后来他就不再提生意上的事了，而是及时向我们报告外面的最新动态。比如哪家饭馆熄火了。哪家娱乐场所关门了。硅谷附近怎么门可罗雀了。又说，大街上车子少多了，公交车常常空荡荡地晃来晃去，没人敢坐了。坐出租车的也少了，有钱的都去买私家车，没钱的就只好改骑自行车，或者步行，因为一夜之间人人都明白了增强体质的重要性。他还断言，非典期间北京私家车的增长率一定远远高于同期的任何时候。

"反正满大街都是口罩，"边红旗摘下自己的口罩说，"我进承泽园的时候，门卫差点没让我进。我戴了口罩他就不认识了。他让我带话给你们，下次出门一定要把出入证带上，马上要换一个新来的门卫。"

边红旗说，到处都在查证件，非本单位本住宅区的一律不让进入。为了让沈丹能够和过去一样出入承泽园，边红旗给她也办了一个出入证。有一天小唐也来了，我很奇怪他是怎么进来的。他说当然是凭证进来的，然后对我亮了一下他的出入证，上面有他的照片，写的地址却是我们的房间，他还特意注了"左岸"两个字。

我问小唐："你什么时候办的证？我们几个是统一办的。"

小唐一脸狡猾地笑："别忘了我是干什么的，办假证的。"

因为非典，边红旗也很少到外面的馆子里吃了，和我们搭伙，轮流买菜，沙袖掌勺。有时候是沙袖和沈丹两个共同在厨房里忙活。沈丹现在空闲的时间多了不少，非典同样极大地影响了超市的生意，客流量只有原来的三分之一。顾客们戴着双层口罩，一次至少要采购一周的用品，大包小包地往回拎，因为超市是人口密集的公共空间，传染的概率比较大。她经常可以轮到歇班，歇了班就来找边红旗。买菜，做饭，吃饭，温存一番，然后为离婚的事吵架，吵完了就骑着边红旗给她买的电动自行车回家。不吵架的时候一般心情都比较好，就叫我们几个陪他们打扑克。打八十分，沈丹放苍蝇的技术很高。

周末的一个早上，沈丹打电话告诉边红旗，她进承泽园的出入证丢了，问他怎么办。当时小唐也在，小唐说，还能怎么办，搞个假的呗。然后他就回去了。大概一个小时以后，小唐挎着一个小包回来了，往桌子上一摊，纸片、印章、刻刀、封塑薄膜、印泥，一应俱全。我第一次目睹制作假证的全过程。小唐按照出入证的格式，在我的电脑上打印了纸片，然后让我模仿真本上的字迹写好有关文字，贴上沈丹照片。他在一边刻章，大约一个小时，印章搞定，在一张白纸上试了一下，很像那么回事。午饭之前沈丹的出入证就弄好了。他让边红旗给沈丹打电话，只管过来，到时候边红旗把她的出入证送下楼去。

我和一明、沙袖他们多少有点大开眼界，就这么轻松就做好了。这就是办假证。

小唐说："这是正儿八经的小儿科，我只会搞这一点。看毕业证造假那才叫过瘾，水纹，暗记，全是专业人员电脑分析出来的。纸张也要特制的。"

我们只有瞪大眼睛的份儿了。果然隔行如隔山啊。

那天我们四个男人碰巧了都无聊，就放开了肚皮喝酒，我酒量不行，喝了两瓶啤酒就爬到床上睡觉了。一觉醒来，他们喝完了，清醒的只有边红旗，一明和小唐的筷子都抖了，总是夹不住菜。我继续躺着，不想起，听他们叽里咕噜地说酒话。接着迷迷糊糊又睡了过去。后来，我被沈丹的哭声弄醒，他们又吵了。

沈丹说："再不离我就死给你看！"

边红旗说："那我明天就回家。"

沈丹说："非典这么严重，你怎么回去？我不放心。"

边红旗说："你到底想不想我回去？"

沈丹说："我也不知道。"

边红旗说："好，好，我回去。反正待在这里也赚不到钱，回去算了。"

沈丹就算默认了。这么长时间以来，他们总算达成了一点共识，就是边红旗最近就回家，把婚离了。但是怎么回去是个问题。外面传闻，北京居民外出受限，很多地方都在歧视北京来客，担心他们把非典也顺便带过去。

据说有个在北京打工的小伙子刚回老家,又被村里人赶了出来,村领导找了几个壮汉,硬是把他拖到了村子外面,从公款里拿出几百块钱,让他想办法再回到北京去。更有甚者,地方上的领导公开通知客居北京的人,不得随便返乡。我一个朋友告诉我,他们那地方的火车站贴了告示,凡有举报北京来客者,每个奖励人民币五百元。能不能回得去,这是个问题,还有一个问题是,如何在途中避免病毒感染。汽车火车都不保险,飞机更难说,空气流动差,感染的机会更多。

"那怎么办?"沈丹说。

"什么车都不能坐,自行车还不能坐吗?"

边红旗的回答吓了我一跳,从北京到他们家,大概不少于一千公里,骑自行车还不骑死。小唐半梦半醒,听了也不免兴奋,说:

"操,边哥,真的假的?你骑车回去?"

"有什么?我爹当年贩卖私盐,牵着毛驴一次就步行五百里,不也过来了?"

"都老皇历了,那是什么年代。你真能骑回去,我就陪你。"

"好,就这么定了。我们就骑自行车回去。"

小唐的酒一下子醒了,噌地从椅子上坐起来:"真干?"

"真干。"

小唐打了一个饱嗝说:"操,这下亏大了。"

边红旗的决定让所有人都觉得不可思议,在一个交通如此便利的时代,这种做法完全是超出我们的想象力的。送走了沈丹,边红旗和小唐就商量起了骑自行车回家的事。这家伙做事常常让你不知所措,他不按常理出牌。非典在北京刚刚兴起时,他老婆打了好几次电话让他回家,说家里更安全。边红旗不回去,他说这边挺好的,不是出门就能撞上非典的,大不了待在屋里睡觉。他对我说,的确是不想回去,待北京两年多了,回到家反倒不适应了,他还是喜欢待在北京,没事也喜欢。现在他突然又要回去了。我想可能是被沈丹逼急了,一个女人在你耳边把同一句话唠叨了一年,你就是块石头也受不了。

小唐问他:"真离?"

边红旗说:"真离。"

小唐说:"想结婚不容易,想离还不好办。我帮你。"

他们第二天到商场里买了两辆赛车，要撅起屁股才能骑的那种。一人一辆。然后是准备，地图、食品和水、背包、墨镜、返乡的详细路线。出发之前他们憋足了劲睡了一天一夜，第二天凌晨四点就出发了，那是为了减少出城的麻烦，他们怕在路上遭到交警的盘问。我起床时已经上午十点，看到边红旗留给我的便条贴在门上，他祝我健康，还在开玩笑，让我无论如何也要活过这场非典。一明门上也有一张便条，边红旗让他们快点结婚算了，早晚的事，越迟麻烦越多。

我刷牙的时候接到沈丹的电话，问我边红旗走了没有，她说他的手机关了。我说边红旗四点就走了，便条上注明了时间，大概是为了节约用电才关机的。半下午的时候，边红旗给我发了一条信息，说他到天津了，一路狂奔，两条腿快变成木头了。

他们沿着京沪高速公路走，沿途能找到地方住就找地方住，找不到就在路边找一个避风的角落睡上一觉，醒了填饱肚子继续上路。我每天都通过手机信息打听他的行程，他回信说，越来越觉得做人真他妈的荒诞，就这么跑，像西绪福斯，累得都想死在路上了，但是没办法，还得跑,上了路就回不了头了。不知他指的是什么,是赶路这件事还是关于离婚的事,或者二者得兼。半个月后,他和小唐终于穿过辽阔的天津、河北和山东地界,回到了他的苏北小镇。他打电话给我说,像死了一回,又像活了一回,总算是回来了,裆部都快被车座磨烂了,现在吃饭都得站着吃。真他妈的鸟鸟。

7

边红旗在家的日子具体好不好过,我就不得而知了。我们的联系主要是手机信息,隔三岔五也会打一次长途电话。信息往来中,他只提到过沈丹两次,更多的话题是,他开不了口,一看到老婆安静贤惠的样子他就成了哑巴,怎么离?这样不行,他说,我得找机会说。可是一个月差不多过完了,他还是没找到机会。他跟我说,他还是开不了口。

"北京的非典如何了?"

"如火如荼。"我说,"是不是离不了了?"

"不知道。老婆是感觉到了,可就是不说话。实话跟你说了吧，自从回到家我们就没干过那事。开始是她排斥，后来我就不行了，有心理障碍，一想到回来是为了离婚，就他妈的心虚，心一虚就什么感觉都没了，不像个男人了。彼此心照不宣，天也热了，就背靠背睡。半夜里她经常哭，我听见了，只能装作睡着了。妈的，没办法。"

"那你打算怎么办？"

"不知道。过一天算一天，希望她能主动提出来。想回北京了。"

边红旗在家很无聊。那里防非典防得也很可怕，他们刚回到家，当天晚上镇上领导就知道了，戴着口罩和秘书登门，后面跟着一个医生。医生先给他们测量体温，确保一切正常了领导才开始和他们说话。都是套话，希望他们一周内不要随便出门，要留在家里观察，一周后仍然没有发烧迹象才能和正常人一样到外面活动。又详细地询问了首都的非典状况，慰问了一番才离开。这一周不能出门，他就待在家里给朋友打电话，聊天。正巧一个朋友跳槽到县里的报社做记者，听说他从北京回来了，就骑着摩托车来采访他。让他说说对北京的感受，以及眼下中国人都关心的北京的疫情。边红旗哗啦哗啦说了一通，总的意思只有一个：不管怎么说，北京是个好地方。

过了一周，报纸出来了，题目就是《北京是个好地方》。当然，在文章里朋友没有说他是个办假证的，而是说，边红旗同志是个孤身闯京城的猛士，是他所在的镇上第一批在北京打工并获得初步成功的年轻人，完全可以成为青年人的楷模。边红旗在电话里把报纸念给我听，很得意，说这辈子总算上了一回报纸，还是个正面形象。

上报纸的兴奋劲儿过去了，边红旗又无聊了。小唐更无聊，他原来以为边红旗回家后很快就能把婚离了，没想到一拖再拖，让他攒足开口的勇气大概遥遥无期了。更要命的是，从北京回来很不容易，现在要离开小镇回北京更困难。他们给市里的汽车站打电话，竟然被告知开往北京的客车已经停了好多天了，一切为了防非典，地方上不惜切断和外界的交通联系。小唐没办法，他实在不想再把自行车骑回去，他怕死在路上。所以不得不百无聊赖地待在边红旗家。他们俩没事就喝酒，喝了酒就睡，瞎玩，竟然无聊到给边红旗家的狗和猫分别取了一个让人浮想联翩的名字。看门的大狼狗叫西门庆，因为见到有狗从门前经过就兴奋不已。那只整天昏昏欲睡的白猫叫潘金莲，小唐说那只猫老是向他软绵绵地抛媚眼。

刚开始小唐还动员边红旗挺起腰杆来，向老婆说明一切，他说只要边红旗挑明了，他就可以帮上忙了，可是边红旗就是挺不起来，小唐也灰心了。过了一段时间，小唐连动员也免了，他在电话里说，他深刻地体会到了边嫂的贤惠淑贞，换了他他也开不了口。他成了一个名副其实的食客，吃了睡，睡了吃，实在睡不着了就和边红旗一起出去玩。边红旗的老家那儿也没什么好玩的，一片毫无特色的大平原，没山没水，连点古迹文物都找不到。当他们俩在野地或者哪个俗不可耐的娱乐场所里玩时，就痛心疾首地怀念起北京了。比小唐的怀念更深刻的是边红旗，他连着好几夜梦见北京了。我问他是不是梦见沈丹了，他说不是不是，他现在害怕梦见沈丹，他梦见的是一盆盆总也吃不腻的水煮鱼。

"我都快想疯了，真想吃，"边红旗说，"我让老婆做，她做不好。这边没人能做得好。北京怎么样了？能不能回去？"

"再等等吧，听说又要来一个发病高峰，"我告诉他，"水煮鱼不能吃太多。刚看了报纸，上面说，一个家伙吃水煮鱼吃多了，就是吃辣吃多了，毒素一时排不出去，就在屁股上害疮。两个大疮，流脓，为了清除脓和坏死的腐肉，只好在屁股上钻洞下捻子，一下下了十几厘米。还有一个家伙屁股上下了十根捻子。"

"下二十根捻子也想吃。只要嘴巴能快活，屁股吃点苦也值。"

边红旗在家的事情很少，除了想想北京的水煮鱼，唯一烦心的就是如何向老婆开口。沈丹这边他基本上不用烦神，离开北京之前他就嘱咐过沈丹了，为了能够顺利离婚，沈丹千万不要贸然给他打电话，发手机短信也要谨慎，以免坏事。沈丹很认真地遵守了，因为离婚这种事有时候要讲究艺术，该快的时候要快，该慢的时候，你必须得让它慢下来。沈丹的短信都是先发给我，我再转发给边红旗。沈丹在短信里只重复两句话，一是她想边红旗，第二句就是问他谈妥了没有。说得比较隐蔽，这样我发给边红旗就不会引起他老婆注意了。

后来边红旗告诉我，其实他老婆有一次主动问过他，当时他们是背靠背躺在竹席上，睡不着也装着想睡。老婆突然问他："北京的那个长得漂亮吗？"

边红旗以为她在说梦话,也没反应过来,就没应声。他老婆又问了一句:"漂亮吗?"

边红旗一脸无辜地说:"什么漂亮吗?你说谁?"

"北京的那个女的。"

"哪个女的?"

"她。你的那个女人。"

"别瞎说,我哪有什么那个女人。"

"你不想说就算了。"他老婆轻声地抽泣起来。

"没有我怎么说?"

"你变了,北京把你给变了。"

"我哪儿变了?关北京什么事!"

他用手碰了一下老婆的屁股,这是他过去哄她的习惯性动作。当他的手落到老婆身体上的时候,她的身体抖了一下,他也抖了一下,赶紧把手拿开了。他没有勇气把手放的时间哪怕延长一秒钟。"睡吧,别瞎想了,"他说,"什么事都没有。"

这句话彻底断送了他挑明真相的勇气,说过之后他就后悔了,他知道,以后哪怕透露出一点关于离婚和另一个女人的信息,都是自己给自己来一记耳光。他把自己送进了绝望的沼泽地里,爬不出来了。也许从一开始他就知道,离婚是一件遥遥无期的事,他知道自己,更知道自己的老婆。她的温柔贤惠让你无话可说,因此也让你痛苦不堪。所以他又想离开小镇回北京了。沈丹对他的折磨不过是听觉和视觉上的折磨,而老婆于他却是精神上的、灵魂上的炼狱,让他时刻感觉到自己是怎样昧着良心活着的。

六月中下旬,他和小唐准备回北京了,那会儿北京虽然很多公共场所还没解禁,但是疫情已经完全控制住了。《北京青年报》头版中下方的小方框里,已经连续好多天表明,该日的病例为零。就在他要无功而返的那几天,出了一件谁也想不到的事:他老婆和小唐抱在一起的时候被他撞见了。

那天午睡起来,已经四点多钟了,边红旗起来后一身大汗,他想到镇子北边的运河里洗个澡。他让小唐一块儿去,小唐不愿去,正抱着西瓜在电视前看碟片。边红旗就一个人骑着摩托车去了。他避开周围洗澡的人,独自找了一个偏僻的地方洗了一个百无聊赖的澡,想游上一会儿,游了几米远就觉得气不够喘了,有点恼火,这么快就衰了,于是冲完肥皂就上了岸。他骑着摩托车进了镇子,快到家时遇到了本家的一个堂弟,正猴急地要去商场买东西,见了他大叫,要借他的摩托车用。就给了他。大门敞开,他甩着毛巾向屋里走,电视的声音开得老大,他伸头向里看了一眼,眼珠子差点掉了下来。电视上画面变换,电视前面的沙发上,小唐和他老婆抱在一起。他看见小唐的后脑勺在动,他的嘴显然在寻找他老婆的嘴。

边红旗当时突然就被击垮了,毛巾从肩头上滑下来。一种荒诞感让他悲愤不已,悲哀和愤怒。他处心积虑地要离婚,就得到了这个结果。他老婆眼睛闭着,下巴高高抬起,一脸痛苦,脸上的泪水还没干。边红旗跳进屋里时差点摔倒,右脚踩了左脚的拖鞋。他抓着小唐的T恤一把将他扔到了一边,顺便给了他的右腮一拳。他老婆睁开眼,叫了起来。

"你给我起来!"他指着老婆喊,声音都变了。

他老婆站起来,下意识地后退了两步。此刻小唐捂着半边脸跑到他面前,结结巴巴地说:"老边,你听我说。"

"听你说什么?"

"我是想帮你。"

"就这样帮我的？你他妈的为什么不到床上去帮？！"

"边哥，我不是——"

"你给我滚一边去！"边红旗眼都红了，指着老婆，"你说！"

他老婆突然镇定了，大义凛然地擦干眼泪，说："说什么？你不是都看到了？你外面有女人，为什么我就不能有男人！"

小唐争辩着："嫂子，你怎么这样说？"

"你给我滚一边去！"边红旗对小唐吼起来，指着老婆的手开始哆嗦。"好。好。"他眼泪跟着就下来了。

边红旗快速地向门外走，走掉了一只拖鞋也没回头去捡，就这么一只赤脚一只拖鞋到了院子里。他老婆此刻开始大哭，他觉得她的哭声很可笑。那只名叫潘金莲的白猫不识时务地挡在路上，边红旗又看到了某种象征，他的光脚抡起来，潘金莲尖叫着起飞，一个黄昏时分耀眼的弧度，嘭地撞到了南墙上，四肢抽搐一阵就安静了。边红旗觉得脚有点疼，低头一看，白猫在飞出去时救命似的想抓住一点东西，把他的脚面抓破了，血珠渗出来。他又看到了那条叫西门庆的狗，此刻正茫然地看着他，然后又转头去看那只叫潘金莲的猫。边红旗顺手抄起倚在桃树上的铁锹，气势汹汹地向西门庆走去。西门庆感到大事不好，夹起尾巴跑出了院门，一路委屈地哼唧。边红旗用力把铁锹掷出去，还是落在了狗的身后。

晚饭之前出奇地安宁，边红旗坐在茶几前吃西瓜。其实不想吃，他空荡荡地一片片削着西瓜，想起来就放一片进嘴里。他说不清心里什么味，莫名其妙地想哭又想笑。小唐犹犹豫豫地走过来，在他对面的沙发上坐下来。

"边哥，"小唐说，两只手放在茶几上不安地蠕动，"边哥，你别误会，我真是想帮你的。嫂子问我沈丹的事，我只是想安慰她一下，没想到，我，我看到嫂子伤心很心疼，就——"

"就什么？"

"就给你看到了。"

边红旗的火噌地又起来了，小唐没有任何防备。边红旗突然摁住小唐伸过来的左手，右手上切瓜的菜刀跟着就下来了。小唐的叫声撕心裂肺，像泡沫擦过玻璃，边红旗的老婆从厨房里跑过来，她看到了小唐抱着自己的左手在沙发边上跳舞，左手的中指和无名指的第一个骨节连同指甲血淋淋地躺在茶几上，边红旗的脸上溅了几滴血，刀还在手里举着。她站在门口放声大哭。

小唐的两个指头在小镇上没能接上去，医生的能力仅限于帮他止血、包扎、防止感染。两天以后，小唐抱着他的伤手离开了边红旗的小镇，那时候市里去往北京的班车重新开通。边红旗送他到车站，一路上两人一句话也没说。

不知道边红旗后悔了没有，他没说，事后的想法他也没有告诉过我，也许他有所忌讳。我知道这种时候，他的心里一定和麻一样乱，和麻一样复杂。小唐离开之后三天，他也回到了北京。当时的北京刚刚全面开禁，非典之后的生活渐渐变得和非典之前的生活一样，街上的人多起来，陆续摘掉了口罩，公交车重新开始拥挤。

8

边红旗回到北京的当天晚上，我请他和一明、沙袖去北大东门外的蓝旗营吃水煮鱼，那儿有一家很不错的川菜馆。既是为了给边红旗接风,也是小小地庆祝一下,我的长篇小说已经和出版社签了合同,八月份就能出来。去饭店之前,我问边红旗要不要把沈丹叫上,他说不要叫了,沈丹还不知道他已经到了北京,他现在也不愿意让她知道,他想安静两天再说。吃饭的时候,沈丹给我发了短信,让我转告边红旗,北京已经全面开禁,离了婚就可以回来了。我问边红旗怎么回,他说,告诉她,还在磋商阶段,会尽快回京的。我按原话回了。

我们要了两盆水煮鱼,边红旗要大开吃戒。一明也提起屁股上下捻子的事,沙袖说他净拣吃饭的时候恶心人,老边气色不好,应该让他好好吃一顿。边红旗说无所谓,就是谁把下了捻子的屁股撅在他面前,他也照吃不误。

那顿饭吃得很痛快,喝得也很痛快。边红旗喝多了,闷着头喝,很少说话。本来打算边喝边聊,了解一下离婚的进展状况的,我们也不好多嘴了,就拣好玩的事说,非典时期的奇闻怪事,以及人面对疾病的恐惧。

拖拖拉拉吃到了十一点,离开的时候留下一大串空啤酒瓶子。六月底的天气已经比较热了,夜晚还好,有点黏稠的凉爽。边红旗诗兴大发,要到高处看一看,我们就上了万圣书园前面的天桥。都市的夜景看上去很美，车辆从脚底下穿过，拖曳着流动的灯光，车显得很小，人站在桥上觉得自己也很小。对面不远的地方是夜间的北大校园，那些雍容的建筑伏在大地上，安静而又庄重。校园里灯光稀疏，一副沉醉不知归路的样子。边红旗双手撑在栏杆上，嘴里咕噜咕噜地响，我以为他要吐，谁知道他竟作起了诗。一共三句：

啊，北京
我刚爬到你的腰上
就成了蚂蚁

一明说，靠，你还打算爬到哪儿？沙袖笑出声来，大骂男人的无耻。我刚想也凑上一嘴，手机响了，响了两声就挂了。我看看号码，是沈丹的，还有两条短信。打开一看，也是沈丹的，饭店太吵，手机响了我没听见。第一条说的是：他是不是离不了？看来我爸妈说得对，他根本就不想离！第二条是：怎么不回话？是不是他嫌我烦？我就烦，他一天不离我就烦他一天！全用惊叹号结尾。我把短

信给边红旗看,边红旗看完了又咕噜咕噜地说:

"离婚,离婚,离他妈的鸟婚!"

他的手掌击打着栏杆,忽然哇地吐了出来,他真是喝多了。酸腐的秽物越过栏杆自由落下,恰好落到了一辆从桥下经过的别克轿车上。小车紧急刹了一下车,为了防止后面的车追尾,又向前行驶了一段才停下。一男一女从车上下来,凑到车前挡风玻璃上看了一眼,那个男的顿时大骂起来,急吼吼地向天桥这边来,穿着短裙子的女人在后面企图拉住他,但是那个男的还是过来了。我知道惹事了,叫上一明跟我下桥向人家赔礼。

"真是对不起,"我说,"我朋友喝多了,吐到您的车上,不好意思啊。"

那个男的说:"对不起就完啦?车脏成那个样子我怎么开?"

我想最好还是息事宁人,就提出来给他擦,可是擦也不行,那么多一摊。我和一明把口袋里所有的卫生纸都用光了也没擦干净。

"这样吧,先生,麻烦您洗一下车,费用我来出,怎么样?"

那家伙看看我和一明,又看看身边的短裙女人,脖子一梗,挥挥手说:"算了,我自己来吧,车都买得起了还在乎一点洗车的钱!让你的朋友下次少喝点,管不住自己的嘴就往厕所跑,别在大街上乱搞。简直是破坏伟大首都的形象!"

我和一明不住地点头。他们上了车走了,我们才笑起来,男人哪,死要面子活受罪,就为了在短裙子跟前长点脸。

回去边红旗倒头就睡,半夜里渴醒了,爬起来问我要水喝。一声不吭灌下去两杯水,扔下杯子又回去睡了。他的状态显然有问题。此后的两天他都没有上街,也不提办假证的事,就待在房间里,在自己房间里抽一会儿烟,然后再跑到我的房间里抽一会儿烟。问他话,他就说,什么都不想说,像做了一场梦,说不好。他把手机关了,让我转告沈丹,就说他的手机出了毛病,正找人修。他以为这样就能清净两天。

一天中午,我们刚要睡午觉,有人敲门。边红旗去开门,打开门就愣了,沈丹站在门外。沈丹也愣了,她揪着边红旗的T恤说:

"你不是在家吗?你不是在修手机吗?"

"回来了,"边红旗说,"你怎么知道我今天刚回来?"

沈丹没理他,直接进了他的房间,她在里面巡视了一番,然后把满满一烟灰缸的烟头端到边红旗的鼻子底下,"你骗我!你一直在骗我!你说实话,你来了多少天了?"

"没几天。真的没几天。"

"一天也不行!你说要再过几天才能回来,你一直在骗我!"

"我只是想休息两天再找你。你看我这精神,你来了我也什么都干不了,大家都难受。"

边红旗的调侃多少收到点效果,沈丹不再继续追究为什么来了不通知她,她开始追问离婚的事。

"这个我抽空再和你细说。"

"不要细说,"沈丹说,"就直说,一句话,离还是没离?"

"怎么说呢,你听我慢慢解释。"

"解释?我都听你解释一年多了!边红旗,你直说,你是不是要跟我解释一辈子?"

"小点声,别让人家听见了。"

"我偏不!我就大声,丢人都丢到家了,我还怕什么?你骗我,你离不了还骗我!"

"离!我他妈的一定离还不行吗!"

动静小点了。他们关上了房门。沈丹走后,边红旗说,她是到海淀买东西,顺便经过这里,她想在他回来之前,帮他把床单、被罩什么的给洗一下,没想到撞了个正着。他们说了些什么,做了些什么我就不知道了,我睡着了。午睡起来,边红旗红着眼在抽烟,一副失败者的狼狈相。

"不行了?"我想开个玩笑。

"早就不行了,"边红旗笑得像哭,掐灭烟头的动作都比过去迟钝了,"他妈的怪事,你怕女人它也跟着怕,怎么也不听使唤了。没治了,都怕了。"

"沈丹怎么说?"

"还能怎么说?她对我很失望,说我离婚不力。我说力不力你都看见了,这就是我闹离婚的见证。"

"你到底打算怎么办?"

"不知道。她说以后只要有空，下了班就过来，让我当她的面跟我老婆谈离婚。"

"没办法，世上有个性的女人都给你摊上了。她竟然还没绝望，要是我，早绝望几百回了。"

"好像有点绝望，她爸妈说，我离不了。她不甘心。说实话，我也绝望，我觉得我早就绝望了。"

沈丹不再像过去那样，几乎每个晚上都来，她常常对边红旗说，她有点累，也许已经看到了将来，今晚就不过来了。边红旗且喜且忧，喜当然是少受一点逼迫之苦，忧的是觉得好像在一点点失掉沈丹。他也说不清楚为什么会这么想，他跟我说，看来男人有时候更贱，我到底怕什么呢？他都不知道我哪里知道。事实上沈丹只逼着他给家里打过一次电话，长时间没人接，挂掉后边红旗出了一身的汗。

一天早上，我正在做梦，边红旗把我叫醒了，让我赶快起来帮他一个忙。我问他什么忙这么急，他说他老婆来北京了，已经到了莲花池车站，让他去接站，她是第一次来北京，不识路。他认为他老婆这次一定是来者不善，让我跟着去解解围，天大的事也到了房间里再说。

我们打车到了莲花池车站，我们的边嫂正坐在候车室里默默地抹眼泪。见到陌生人她很不好意思，赶快把泪水都擦干了，对我露出友好的微笑。尽管生活在小镇上，边嫂给人的感觉却很好，眉眼清爽娴静，尤其身上的某些气质，是都市里的时装装饰不出来的，朴素，大方，很有女人味。看到她你就不自主地会想到温暖的家庭和幸福的生活。我想这大概也是边红旗迟迟开不了口的原因，一个好老婆，丢了就再也找不回来了。

上了车他们俩就没有正儿八经地交谈过几句。为了避免尴尬冷场，我充分发挥了大功率电灯泡的作用，一路都在询问边嫂旅途是否愉快，工作是否满意，因为我妈也是小学教师，找到了一点共同语言。我喋喋不休地说，不知道她烦没烦。到了宿舍，他们关上门我就解放了，赶快找水润嗓子。

他们关门的时间不长，一个多小时，边嫂出来洗澡，换了一身干净的衣服。收拾好了边红旗就叫我和一明、沙袖一起去吃饭。当然是水煮鱼。当着我们的面，边嫂有关他们俩感情和离婚的话一句都没说，说的都是上得了台面的话，怎么看都是一对恩爱夫妻。她向我们表示感谢，这么长时间来对边红旗的照顾和帮助，她说他是个生活上粗枝大叶的男人，有什么冒犯我们的地方还请原谅。完全是一个心地坦荡的好妻子。边红旗只在一边吃，脸上波澜不惊，偶尔笑笑，一个幸福的丈夫模样。

边嫂给他夹菜，夹了很多水煮鱼里的豆芽，她说："红旗喜欢吃水煮鱼，其实倒不是因为鱼，而是喜欢这菜的辣味和豆芽。"

我听了悚然一惊，细细想来，边红旗的确很少吃鱼，更多的是吃豆芽。我看看一明，一明也颇有会心，惋惜地摇摇头。沙袖正在给一明夹菜，他喜欢吃剁椒鱼头的鱼脑。边嫂一顿饭把我们三个全给搞定了。

午饭过后，他们俩直接出门，去看北京。我们回去，一路上唏嘘不已，边嫂天生就是一个好女人、好老婆。此后，我们三个从心底里都不赞同边红旗离婚，尽管都没有放在嘴上。第二天边嫂走后，我问边红旗，到底怎么想？

"慢慢来吧。"他说。

"为了对沈丹有个交代？"

"也不全是。"

"还有北京？你就这么想留在北京？"

"你不懂的。"

这么说我就不太懂了。北京是个好地方,可我还是不太懂。边嫂大概比我更不懂,听边红旗说,她对北京有点失望。和我们分了手,他们俩上了公交车,去公主坟坐地铁,边嫂想看一看天安门。从西单地铁站出来,边红旗对他老婆说,这就是著名的长安街,然后告诉她,这是西单,这是时代广场,再前面的是图书大厦。他把老婆带进了西单,那里充斥着各种各样大大小小的专卖店,沈丹一直都热衷于让边红旗陪她逛西单。边嫂似乎对西单兴趣并不是很大,她对边红旗详细的介绍产生了怀疑。

"你经常陪她来这里?"边嫂说。

"没,没有。都是和他们几个一起来的,买点便宜衣服。"

"我不是来买减价货的,"边嫂的委屈开始显露出来,"我想看天安门,看真正的北京。"

他们沿着长安街向前走,一路豪华的大厦和富丽的民族建筑,玻璃和不锈钢在闪光,琉璃瓦和水流一样的轿车也在闪光。

"这里就可以看见北京,"边红旗说,"高贵的,伟大的,繁华的。"

这是边红旗所看到的北京,边嫂的北京不在这里,在天安门。她多次向边红旗表示过,一定要亲眼看看天安门。我们这代人,尤其是外省的,大多都有一个天安门情结,从小就唱《我爱北京天安门》。从幼儿园的美术课上开始,老师就反复教我们画天安门,威严壮观的天安门,飘扬着五星红旗。边嫂是个美术老师,现在依然在教学生画天安门。在他们的小镇上,她大概是天安门画得最好的人,镇上的重大活动若需要,都请她去画天安门。他们沿长安街继续走,天安门越来越近,边嫂开始紧张了,然后天安门出现在眼前。

"这就是天安门?"边嫂站在广场前,突然就哭了,"怎么没有我想象中的高大?"

她哭得很认真,很伤心,她画了这么多年的天安门,原来是这样的。

边红旗安慰她说:"天安门也是个建筑,是建筑就有它的局限性。它和艺术是有区别的。"

这些道理我们的边嫂当然都懂,但她就是不能接受,它们之间有距离,二十多年的距离,她一两步跨不过去。

此后她的情绪一直不高，到了王府井依然伤怀。

边红旗说："你再看看这些，这也是北京。"

边嫂干掉的眼泪又出来了，第一次挎着边红旗的胳膊说："我不喜欢这些。红旗，我们回我们的镇上去吧，我们不挣这个钱了。"

边红旗不置可否，看看天上飘过来的厚云朵，"先回去吧，要下雨了。"

他们在海淀下了332支线公交车，雨就开始下了，还跟着电闪雷鸣。从蔚秀园跑进去，到了北大产业招待所时雨已经是瓢泼一般，边红旗突然想起了沈丹，便拉着边嫂进了招待所。他决定让老婆住在招待所里，理由是宿舍人多，洗澡不方便。边嫂同意了，她也不太习惯那么多男男女女的都住在一起。开房间的时候出了点问题，他们的结婚证没带，不能住在一个房间里。边嫂挽住边红旗的胳膊，盯着经理看，说：

"我们就是夫妻，你看不像吗？"

经理愣了一下，说："我信。你们俩很有夫妻相。"

他们洗了澡，到招待所外的"老家快餐店"吃了晚饭，又回到了客房。边红旗有点坐不住了，他担心沈丹会找他。他的手机一直关机，却跑到服务台给我打了一个电话，问我沈丹过去没有？我说可能要过来，她说打你电话你关机了，雨停了可能就会过来。他打电话给我时大约晚上九点，雨已经停了。边红旗说，这样，三分钟后我开机，你打过来，我有事。

三分钟后我打过去，刚问了一句什么事，边红旗就不喘气地说起来：

"哎呀不好意思，李先生，你要的那个证件我已经办好了，现在就给你送过去好吗？真不好意思啊，今天我老婆来了，陪她出去看了天安门。好的，好的，麻烦你等一下。客户，一个常客。不是和你说话，我是在跟我老婆说话。我要出去一下。好的，好的，待会儿见。"

十分钟后，我见到了边红旗。进了房间他就说我救了他一命。他担心沈丹过来，也害怕留在招待所里，只好耍了个滑头跑回来了。我问他这么干嫂子会不会怀疑，他说怀疑个啥？我对她说，我去给客户送货了，回来得早就过去，迟了就算了，招待所十一点半锁门。当然会迟了。边红旗在表达自己的小聪明时，看起来一点都不狡猾，倒像个天真烂漫的小孩。

大约十一点钟的样子,边嫂来了,把边红旗着实吓了一跳。他正抽着烟和我瞎聊,她竟然杀了一个回马枪。

边嫂说:"货送过了?"

边红旗说:"送过了。你怎么来了?"

边嫂说:"十一点半不是没到嘛,我怎么不能过来?"

她语气平静,让边红旗一句话没上来。正如边红旗所说,其实他老婆对他了如指掌,他翘一翘尾巴就知道他要拉什么屎。我要把电扇转过头对着她吹,她拒绝了,她说她不热,边红旗已经快让她凉透了,从里向外凉。

边红旗把烟抽得很响,呵呵地说:"你看我老婆,幽默吧?我早就说,她应该去写小说。"

"有你一个写诗就够了,"边嫂说,"我再写小说,一家人就没一个正常的了。"

我打圆场,夸她的话说得才华横溢。她笑笑,忍住了才没让眼泪掉下来。然后她就随便问我的一些情况,比如在北京生活得怎么样,比如觉得北京如何,比如是否想在北京待上一辈子,有没有女朋友,等等。我听出来了,她其实是在当我的面问边红旗。我看看边红旗,只好含含混混地回答了。

我的手机响了,是沈丹发来的短信,说今晚不过来了,刚刚一直在跟爹妈吵架,太晚了,也没心情,边红旗关机了,只好发给我。我略略放了一点心,边红旗可急坏了,坐立不安的模样边嫂却视而不见。时间过得很快,一会儿工夫就十一点半了。边红旗像是抓到了一根救命稻草,指着手表说:

"已经十一点半了,再不回去招待所就关门了。"

"十一点半关门,现在过去也迟了。"边嫂说。

"这里不太方便。"

"有什么不太方便?我跟我老公住一起有什么不方便?要么我在客厅里坐一夜好了。"

边红旗没招了,两眼扑闪扑闪向我求救。我脑袋一亮,把沈丹的信息拿给他看,说是一个好玩的信息。他看后长舒一口气,放松地笑起来,嘴里说,这是哪个无聊家伙,净发黄段子。然后对边嫂说,你要不嫌弃,那就留下来好了。

可是第二天上午还是出事了。沈丹上午歇班,昨晚上吵架塞了一肚子气,一大早跑过来是准备撒气的,没想到在边红旗的床上看到了另外一个女人。她呆住了，边红旗也呆住了，镇定的只有我们的边嫂。她慢慢腾腾地穿好衣服，然后才问边红旗：

"这就是沈丹小姐吧？"

"你是谁？"沈丹说。

"还用问吗？睡在边红旗的床上还能是谁？当然是他的老婆了。"

沈丹指着边红旗，昨晚郁积的火气一下子全出来了，"边红旗，你给我说清楚！"

"你想听什么？"边嫂说，"我告诉你。我男人胆小，你别把他吓坏了。"

沈丹大声哭着说："边红旗，你流氓！你说过要离婚的，你们还一起睡！你骗我！"

边嫂说："他不跟自己老婆睡跟谁睡？跟别人睡要犯法的。"

沈丹有点急了，声音怎么也压不下去："你流氓！"

"你说清楚，谁流氓？随随便便就跟男人睡，你说到底谁流氓？"

"我愿意！我就是喜欢边红旗，他说过他要离婚，他早就不想要你了!"

"是吗?你让他跟我说一句,他要离婚,他早就不想要我了。"

"边红旗!边红旗!"沈丹发现边红旗突然不见了。

此刻边红旗正躲在我的房间里无计可施,他从来没想过两个女人会撞到一起。他像报仇一样吸着烟,牙都没刷,他跟我说,让她们闹吧,闹明白了我就省事了。沈丹用脚踹我的门,边红旗不吭声,也不让我开,我担心她把我的门踹坏了。

"边红旗,你这个胆小鬼!你滚出来!"

边嫂说:"别踹了。我不是说过嘛,我男人胆子小。"

沈丹还是踹,力道越来越小了,嘴里还是不饶人:"边红旗,你这个胆小鬼!我妈说得对,你就是个骗子!大骗子!"

"谁骗谁还难说呢!你回去吧,他离不了婚的。"

"我就不信他离不了!我一定要让他离婚!"

"好,那你就等着吧。"边嫂说,"我告诉你,我是不会和他离婚的。你还是早点回去吧。"

最先离开的当然是沈丹。边红旗躲在我的房间里,一明不在家,是沙袖出来劝的架。再吵下去也没什么意义了,边嫂主动回到边红旗的房间里,关上门。沈丹在客厅里哭了一会儿,在沙袖的劝说下极其失落地离开了。我和边红旗从窗户向下看她,她骑到电动车上还在抹眼泪。边红旗长叹一声。

边红旗和他老婆最后谈到了什么程度,我就不太知道了。那天下午她就离开承泽园去了车站,她决定坐夜车回家。我不清楚她为什么这么急着回去,按理说她应该留在北京,趁机再给边红旗多加几把火的。边红旗送她去车站,临走的时候她向我们告别,说打扰我们很不好意思,她把边红旗就托付给我们,恳请我们多多地照顾他。她和刚来的时候一样平静,看不出什么风吹草动。

9

边嫂回去之后,沈丹到我们这里大闹了几次,每次边红旗都以尽快离婚许诺。他请求沈丹耐心一点,再耐心一点,他现在不想出人命。都等了一年多了,还在乎这几天嘛。快了。一个女人就好收拾了，这是边红旗说的。他对沈丹说，天地良心，你知道的，我做梦都想在北京生活一辈子。你看我一年回过几次家？若没有特殊情况，我在家从来没有超过一周。我喜欢北京，你比谁都清楚，你应该理解我。北京有我的事业，有我的希望，有我的丹丹，我是绝不会放弃的，你还怕什么？边红旗一定还说了很多，而且大约也把沈丹说服了，此后她就很少再闹了。当然来的次数也减少了，她说忙，超市又迎来一个购物的黄金时期。我得到的信息大多只言片语，也许是实情，也许边儿都不沾。反正边红旗的婚一直没有离成，生活像一个圆，跑来跑去又跑到了过去的某个状态，至少看起来比较像。

　　有所变化的是，他和小唐重新交好，恢复了称兄道弟的热情。小唐和过去一样来到承泽园，我们都看到了被砍剩下的两根指头。尖端圆秃秃的，找不到了指甲。大约缺了指头并不影响生活，他依然用残疾的两根手指夹住香烟，好像根本没看见它们已经和过去不一样了，或者是时时刻刻都在意识到它们的存在和不存在，但是时间早就让他习惯了。他拎着酒菜来到我们的饭桌上，说着和过去一样的黄段子，大大咧咧地讲述他在北京遭遇的古怪和好玩的事。和我们一起打牌，甚至参与边红旗的离婚事业的讨论。他现在的观点是，一个字：离。这是他重新回到北京才彻底醒悟过来的。不彻底解决后顾之忧，怎么在北京混？你只有产生了家的意识和感觉，才会全身心地投入到一个地方的创业中。边红旗表示赞同，他大约已经原谅了他，理解了他，不再觉得有所谓了，或者对他的两个指头怀有深深的歉意。

现在边红旗重新走上街头，在海淀周围寻找那些可疑的眼神。他和小唐一起出门，合兵一处或者分散工作，然后再聚到一起，生意很不错，隔三岔五就能赚到一笔大的。他的心情逐渐好起来，周末我们照例聚一聚，去北大东门外吃水煮鱼。离婚是每顿饭的保留节目，吃得差不多了，这节目就上来了。也争论不了多少，各自的想法都知道，主要听的都是边红旗一个人的内心独白，听听他对自己婚姻在这一周的新思考。没什么新东西，他就是每每要感叹一番，像所有的诗人一样。然后就说到了他的忧虑，他感觉到沈丹的热情已经大踏步后退了，他搞不清这是个好预兆还是个坏苗头，言语之间充满了失落感。两个人的事别人哪说得明白，我们就瞎猜，好的坏的都说，边红旗就更不明白了。沙袖从女性心理学角度做了总结,有三种情况:一是对边红旗基本上绝望,天要下雨,娘要嫁人,随他去吧;二是忠贞不渝,就等你,往死里等;三是拖着,就像等车,反正也等了这么久了,若抽身就走,那这么长时间就白等了,不甘心。沙袖说,女人天生都有等车心理,这是情感惯性,像《等待戈多》里的那两个小东西。问题是,就怕突然来了一辆物美价廉的出租车,那就完了。

边红旗听了不住点头,"离,"他说,"一定尽快离。"

然后说到在北京创业的事。边红旗说,办假证这事不能长干,他有点厌倦了,毕竟不是堂堂正正的事业。经过这场旷日持久的离婚,他更觉得办假证的不稳定性。他想再搞一搞,再赚点钱,差不多了就收摊,去从良,这也是沈丹多次提出来的。应该让她有点安全感。这个我们当然都赞同。

正在他准备和老婆公开讨论离婚的时候,假证生意不好做了。又要严打了,海淀周围经常可以见到坐车的、步行的警察在大街上转悠。他的生活也变得不规则起来。要防呀，基本干不了，像老鼠一样到处乱窜，大部分时间还不得不待在家里。有一天早上刚出去一个小时不到就回来了，说收到一个朋友的短信，跟他经常碰面的办假证的一个家伙被抓到了，进去三天了。那几天他行踪不定，一会儿见着，转眼又没影了。我也没太在意他，那两天我正在和书商吵架，我的长篇出来了，被包装得不成样子，看起来像地摊货。

原来想找一家正儿八经的好出版社出版，但是把小说巡回寄了一圈，没有一家回话。我忍不住给其中一家打了电话，一个编辑说，没在意，收到的小说太多了，名家的小说还在排队呢，你叫什么名字？我报了家门，对方失望地告诉我，呵呵，没听过，不好意思啊。就挂了。这让我很伤感，陡然觉得在北京的几年其实非常失败。后来一个混出名堂的作家朋友告诉我，别太自责了，实际上很多刊物都是不看自由来稿的。就是不看，跟作品质量没有任何关系。人家不鸟你。就这样。当我明白这个道理的时候已经迟了，我已经和一个书商签了出版协议，为了赌一口气，我就是要把它出出来。拿到样书的时候我的眼都蓝了，竟然被折腾成这个样子。我觉得我做梦的时候都没有这种想象力。书商跟我说，要做适当的调整和包装，我说随你们，卖出去的东西就不是我的了。

他们搞得很痛快，简直就是再创作。小说题目改了，叫《一个"京漂"作家的非常日记》，他们私自给小说添加了无数的日期，活生生地肢解成几百段。封面上是一幅简笔画，一对夸张的裸体男女纠缠在一起，旁边是一堆内衣的照片。广告词是：直面文化京漂的生存现状；袒露都市男女的灵肉历程。"灵肉"二字咋咋呼呼地从其他汉字中跳出来，鲜红欲滴。其实小说里面没有什么灵与肉的大问题，但他们就是胆敢睁眼说瞎话。我哪受得了？看到书我就后悔当初太大方了，跟商人打交道，什么时候都得先小人后君子。我给责任编辑打了电话，他说没办法，老板说怎么样就得怎么样，何况你当初就是这么答应的。我无话可说，又给书商打了电话，他永远都比我有道理。他说，这是跟着市场走，也是为了更好地推销你嘛。你看现在的作家，为了成名，不时地让别人骂他糟蹋他，不然怎么过上好日子呢？稿费这两天就兑现了，你看钱都拿到手了，还有什么好说的呢？我再次无话可说。那感觉，就像被强奸了一回。

因为这本书闹的,我的心情好几天才调整过来,一直为怎么向朋友们交代而大伤脑筋。边红旗行踪不定,我和一明他们都没多想,直到警察敲开了我们的门,才意识到边红旗出事了。两个警察站在门口说:

"边红旗住这儿吗?"

我说是,请问两位有何贵干?

"搜查,"胖一点儿的警察说,"看还有没有假证。"

我明白了,他一定是进去了,我这才想起来他昨天一夜未归。我把他们拦在门外,赶紧叫一明,告诉他警察来搜查了。一明手里还抓着一本书。

"你们有搜查令吗?"一明问。

瘦一点儿那个警察说:"你也是办假证的?"

"不是。"

"那就到一边去站着。哪一间?"

他们撞开门进去了,乱七八糟地翻了一通,满头大汗地空手出来。胖警察问我:"你们的房间窝藏没有?"

一明说:"你们不是问过了吗?我们不是办假证的。"

他们洗了手悻悻地走了,嘟嘟囔囔抱怨跑了大老远路屁事没干。他们刚下了楼,又爬上来,说差点忘了,边红旗已经被抓到公安局了,让你们谁去探望一下,有事要跟你们交代。说完又下了楼。他们把我吓坏了,边红旗要跟我们"交代"一下,一"交代"事就大了。我不能不往死刑上想。一明说不会的,不可能这么严重,法律不是用来瞎搞的,可能他有什么事要我们帮他做一下。一明有课,马上去北大,我决定去公安局看看边红旗。

去公安局的路上,我打通了沈丹的手机,响了很久她才接。那边一片喧嚣,她"喂喂"了半天,说有什么事她回北京再说,现在她在河北,外婆去世了,忙得一团糟。然后有人哑着嗓子叫她,她说了一句什么我没听清楚,就挂断了。倒了一次车才到公安局,打听了好几个公安人员才打听到边红旗的下落,问明白了我的身份,签过字,他们把我带到一个空荡荡的房间里,让我等一等。那房间一看就是个探监室,被一道铁栅栏一分为二,我坐到一个长条凳子上,看着栅栏对面的小铁门,等待边红旗像电影里那样走出来。

一天不见,边红旗变得鼻青脸肿,说话的声音都变了。他穿过铁栅栏抓住我的手,说:

"我总算看到一张让我心安的脸。待在这里有点怕,想办法让我快点出去吧。"

"怎么回事,不是好好的吗?"

"昨天上午被抓到的,还有小唐,他害了我。"

事情很简单,边红旗说,像他们这样的被抓到的事情都很简单。他和小唐在北大南门口到处乱逛,等客户来取办好的证件。是小唐的客户,说好了午饭之前来取。他们已经很谨慎了,轻易不随便招揽生意。他们俩都觉得自己的眼光不错,不会看错人,偏偏就看错了。两个油头粉面的家伙凑过来,先是问他们是干什么的,边红旗说他们是来北京游玩的观光客。那两个很失望,他们说自己也是外地人,受朋友之托想办个毕业证书,听说北大附近有,可是转了好几圈也没见到一个,看来要空手向朋友交差了。他们失望地走了。小唐见他们走了,就对边红旗说,看起来不像警察,而且警察也不会无聊到装便衣来抓人吧。边红旗想想也是,觉得可以做。小唐就跑上去把他们叫住了,他们开始谈生意。谈得差不多的时候,那两个人突然转到他们身后,没等他们反应过来,两只胳膊已经被别到了背上,想逃都逃不掉。他们知道上当也迟了,边红旗的左手和小唐的右手被一个手铐铐在了一起。小唐的左手和其中一个便衣的右手铐在一起。另一个便衣在后面赶着，走向太平洋大厦前的警车。

边红旗知道栽了，只能希望从轻发落。首要的是身上不能有东西，所以他不断地抖手铐，暗示小唐把口袋里的假证瞅着空扔掉。小唐也急，可是没办法，他的两只手都被铐着，后面还跟着一个监视的，一举一动都逃不过便衣的眼。他们俩都急得满头汗，一直上了警车都没找到机会。上了车机会来了，他们被锁在关押犯人的后车厢里。在车上，小唐把假证偷偷地丢到了座位底下。到了局里，两人被带下了车，一个便衣就把他们俩押进去了。按照其他同行的经验，他们也不会有大问题，训一顿，罚一点钱，差不多就能放了。问题出在另一个便衣那儿，他在关后车厢时低头系了一次皮鞋带，抬起头看到了车座底下一个红色的东西，就是小唐丢下的假证。

因为这个假证，他们俩又被提出来，再次审问。

"谁的？"警察问。

都不说话。

"谁的？"

小唐先开口了,说:"是他的。"

他们看着把两个人拽起来,站好了,问边红旗:"是你的?"

边红旗气坏了,说:"不是。"

"那是谁的?"

"不知道。"

他们又问小唐:"到底是谁的?说不清楚都没有好日子过。"

小唐说:"是他的!"

边红旗看到小唐指着他的那两根断指,突然就消气了,小唐满脸眼泪地对他摇晃他的断指。边红旗说:"是我的。"

他们被隔离审讯。边红旗才知道包揽责任是多么愚蠢的一件事,他得受更多的苦,更可怕的是,他可能要为此坐上几年牢。这么想他才急了,审讯还在进行,他们向他追究更详细的东西,比如组织、窝点、办假证的客户的有关情况。有的不能说,有的不清楚,他只好瞎编。这些瞎编都是他过去一直预备的,他说他只是一个新手,这个假证是他的一个表哥让他交给客户的,表哥现在回老家了，只是交代一个任务，其他的真的就不清楚了。他刚刚干上这一行。边红旗的说辞基本上没有漏洞，警察对这种事似乎也司空见惯，并没有要更进一步调查的意思。他们觉得他自圆其说了，接下去该怎么办，就不再是他们的事了。

边红旗现在除了忍受关押之苦外，就是恐惧即将到来的判决，当他身在警局的时候，才发现过去自己是多么轻视了自由的重要性。他让我想办法让他出去，只要能出去，什么门路都可以试一试。

"让我想想，看北京的朋友哪个能帮上忙，"我说，"沈丹可以吗？她家在北京，应该有点关系。"

"她，"边红旗犹豫地说，"如果能不让她知道最好。我怕她有看法。你试试吧，一定不能让她父母知道，他们恨不得我坐上一辈子大牢呢。"想了一会儿，他又说，"钱不是问题，我还有点钱在沈丹那里，实在不行，我老婆那里还有钱，我这几年挣的钱大部分都给她了，我想离了婚也不能苦了她。"

临走的时候边红旗一再嘱托我，能快一天就一天，能快一小时就一小时，他一秒钟也不想在里面待了。他受不了。我答应他一定尽最大力气找到门路。

回到承泽园我就给北京的朋友打电话。他们五花八门的人物都能认识两三个,唯独戴大盖帽的没有路子。他们对这事不急不慢,还开玩笑说,他们都是摇笔杆子的秀才,跟当兵的不搭界。没办法了,我把有一面之缘的朋友的号码都翻出来了,一个一个轮着打,快绝望的时候,总算在我的长篇小说编辑那里找到了一点福音。他告诉我,出我小说的那个书商有点门路,他的姐夫就在公安局里做事。但是这种事,他含蓄地说,这年头你也知道,干什么都要疏通一下的。责编是个实在人。我说我明白,关键时候帮朋友一把,没条件创造条件也要上啊。

求书商我有点心理障碍,不是因为和他吵了一架,而是我在吵架中完全暴露了自己的清高,现在求他无异于自取其辱。此外,我觉得再去求他,完全是主动要求再被强奸一回。我犹豫了一会儿,还是拨了他的电话。那家伙在电话里客气多了,他说这事他听他姐夫说过好多了,好像有点难度,不过方法对头了,也不是不可能,就看什么人去解决,怎么解决了。他说最好能和我当面谈谈,这样便于更具体地把握情况,顺便把我的稿费给我。我把和书商谈话的情况转述给了责编，他用五十岁的声音告诉我，见个面也好，恐怕要出点血。我问要多少，他说起码也要两千吧，再吃顿饭。我头皮一麻，心想我从他那里拿过来的，又要一点点还回去了。

我们没有吃饭，因为书商没时间。就在北大东门外的万圣书园的醒客咖啡厅。我把事情简要地说了一下，这是他重新要求的，当然是尽量按照边红旗的口径来讲的。他一直没怎么说话，一再强调的是，这事难度有多大，他事实上是不清楚的，因为一行有一行的规矩和深浅。他得跟他姐夫说一下，他姐夫再去打点、疏通，能办成什么样就不是他现在能告诉我的了。不过以他姐夫的活动能量，想来也不是吃不下的菜。最后他叹了口气，都是求人才能办成事，没办法啊，大家都明白，就这么回事。

是啊，就这么回事，我明白。我从他给我的一万块钱里先拿出了两千，推给他，说这是麻烦他的，希望他能多多动员一下他姐夫，尽量帮忙。又拿出五千作另外一堆，这是给他姐夫打点、疏通用的，有点少，先用着吧，事成之后再好好感谢。剩下的三千我装进了自己的口袋，很抱歉地说，最近我已经没有米下锅了，借了一屁股债，先解

一下燃眉之急。书商呵呵地笑,把油亮的头发一把把地往后梳,说:

"先这样吧,我知道京漂都不容易,缺什么我能帮就再帮点,谁让我们合作过呢。希望我们下次继续合作。"

他站起来,伸出了手。我握着他的手,说:"一定合作,一定合作。希望合作继续愉快!"

三天以后,书商给我回话了,说他姐夫已经和局里的某个领导协商过了,边红旗在此类案件中情节算是比较简单的,基本上问题不大。但是惩罚还是必须的,经过他姐夫再三努力,局里修改了当初的决定,现在的决定是:施以罚金两万元的处罚,并限令其至亲于近日到局里交钱领人。另外,当事人必须痛改前非,重新做人,不得再于北京从事此种非法行为。主要精神说完了,书商说了一件轻松的、有意思的事,他说听他姐夫说,被发现的那个假证上的照片,是另一个区的公安部门某个科的科长。书商说完,自己就笑了起来,连连说有意思,有意思。

两万块钱我实在一点办法都没有了,只好打电话给沈丹。书商说,要求边红旗至亲到局里领人,这样找沈丹就一举两得了。打了好几次终于打通了,她已经回到了北京。我在电话里说，边红旗进去了，现在要出来，必须交上两万块钱，由至亲领出来。

"你在开玩笑吧？"沈丹说。

"这种事我怎么敢开玩笑？我说的是真事，加急。"

"真的我也没办法。边红旗同意我是他的至亲了吗？"

"他会同意的。他说他一定要离婚的。"

"离婚？我都不想再听这个词了。又拿离婚来骗我。"

"不管怎么说，现在把他弄出来最要紧。"

"警察凭什么相信我？再说，我也没那么多钱。他不是有老婆吗？让他找他老婆去！"

我也搞不清为什么，我觉得沈丹的态度在我意料之中。她也许已经彻底失去了耐心，或者是边红旗进去这件事让她对自己的生活做了重新的思考，要么是其他原因，我就不得而知了。沈丹到底没有答应，没拿钱，也没有出面去把边红旗领出来。我不得不给远在苏北的小镇上的边嫂打电话。边嫂正在洗衣服，满手的洗衣粉泡沫，听到消息当时就哭了，大骂边红旗为什么不早一点让她知道，她说其实她在家里时时刻刻都在担心他,每天心都悬着,她知道迟早会出事。挂电话时她说,她这就收拾,坐今晚的夜车来北京,希望我能到车站接她,然后直接带她去见边红旗。

打完电话我开始难过,因为我在听到边嫂的声音时,有一个强烈的感觉就是,边红旗其实还是属于苏北的那个小镇的,那里有他的美丽贤惠的妻子,有他的家,有永远也不会放弃他的生活,那些东西,应该才是最终能让他心安的东西。

第二天早上我在车站见到了边嫂,脸上有两个清晰的黑眼圈。除了一个很小的包外,她什么行李都没带。见面她对我说的第一句话是:

"明天我就要他跟我回去。"

这大概也是她不带行李的原因之一。

办完了手续,我们见到了边红旗。才几天,边红旗就瘦得我都不敢认了,眼睛深陷,鼻梁显得更高了,头发和胡子长到了一起。一点都看不到过去那种意气风发的样子,众多沉重的想法让他低下了头,身体也变得虚弱不堪。他抓着边嫂的衣角随我们走到大街上,站住了,面对来来往往的车辆他有点慌张。边嫂搀住他,声音很小,说,跟我回家吧。我看到边红旗对着太阳和天空眯起了眼,眼泪哗哗地下来了。

      2003年11月28日,北大万柳

跑步穿过中关村

1

　　我出来啦。敦煌张开嘴想大喊,一个旋风在他跟前升起来,细密的沙尘冲进鼻子、眼睛和嘴里。小铁门在他身后哐地关上了。天上迷迷蒙蒙一片黄尘,太阳在尘土后面,像块打磨过的毛玻璃,一点都不刺眼。又有股旋风倾斜着向他走过来,敦煌闪身避开了。这就是沙尘暴。他在里面就听说了。这几天他们除了说他要出去的事,就是沙尘暴。敦煌在里面也看见沙尘扬起来,看见窗户上和台阶上落了一层黄粉,但那地方毕竟小,弄不出多大动静。他真想回去对那一群老菜帮子说，要知道什么是沙尘暴，那还得到广阔的天地里来。

眼前是一大片野地，几棵树上露出新芽，地上的青草还看不见。都被土埋上了，敦煌想，用脚踢一下门旁的枯草，伸着头看，还是一根青草也找不到。三个月了，妈妈的，一根青草也长不出来。他觉得风吹到身上有点冷，就从包里找出夹克穿上。然后背上包，大喊一声：

"我出来啦！"

敦煌走了二十分钟，在路边拦了一辆小货车。车到西四环边上停下，敦煌下了车，觉得这地方好像来过。他就向南走，再向右拐，果然看见了那家小杂货店。敦煌稍稍安了一点心，他一直担心一转身北京就变了。他买了两包中南海烟，问售货小姐还认识他吗，那女孩说有点面熟。他说，我在你们家买过四包烟呢。出门的时候，他听见女孩吐完瓜子壳后嘀咕了一句：

"神经病！"

敦煌没回头，长这么丑，我就不跟你计较了。沿着马路向前走，他知道自己一定像个找不到工作的愣头青，干脆摇晃着背包大摇大摆地反道走。走反道不犯法。走得很慢，慢慢品尝中南海。在里面跟在家一样，难得抽上这东西。第一次他把两条中南海带回家，他爸高兴坏了，一来客人就散，庄严地介绍，中南海，国家领导人待的地方，他们都抽这个。国家领导人待的地方。其实敦煌只经过中南海门前一次，为了赶去看升旗。凌晨四点就爬起来，被保定骂了一顿，保定说，升旗哪天不能看，非赶个大雾天。那天大雾，他们上午要去交货，但敦煌就是忍不住了要去看。那会儿他刚来北京，跟着保定混，梦里除了数不完的钱，就是迎风飘扬的国旗，他能听见仪仗队咔嚓咔嚓的脚步声整齐划一地经过他的梦境。他骑着辆破自行车一路狂奔，经过一处朦胧闪亮的大门，好像还看见了几个当兵的站在那里，没当回事。回来后跟保定说，才知道那就是中南海，后悔没停下来看看。后来他一直想再去仔细看看，总不能成行。就像保定说的，哪天不能看啊，所以就哪天也没能成。直到现在。

敦煌也不知道要去哪里，没地方可去。一窝都进去了，保定、大嘴、新安，还有瘸了一条腿的三万，熟悉的差不多一个不剩。而且现在手头只有五十块钱，还得减去刚才买烟花掉的九块六。太阳在砂纸一样的天空里直往下坠，就在这条街的尽头，越来越像一个大磨盘压在北京的后背上。敦煌在烟离嘴的时候吹口哨，就当壮胆，又死不了人。当初来北京，跟来接他的保定走岔了，在立交桥底下抱着柱子还不是睡了一夜。先熬过今晚再说。

一抬头，前面是海淀桥。走到这个地方非他所愿，敦煌停下了，看着一辆加长的公交车冲过桥底下的红灯。其实不想来这里，尽管他也不知道想去哪里。就是在海淀桥旁边被抓到的。他和保定从太平洋数码电脑城一口气跑过来，还是没逃掉。东西还在身上呢。早知道逃不掉就把货扔了，他跟保定说，没关系，那两个警察胖得都挂不住裤腰带了，没想到跑起来还挺溜。他们的车堵在跟前，再扔已经晚了。这是三个月前的事。那时候天还冷，风在耳边呜呜地叫。现在，他出来了，保定还在里面。不知道保定被警察踹伤的左手好了没有。

敦煌拐弯上了一条路，再拐，风从地面上卷起沙尘，他躲到一栋楼底下，天就暗下来。他拍打着衣服上的尘土，一个背包的女孩走过来说："先生，要碟吗？"从包里抽出一沓光盘。"什么都有，好莱坞的、日本的、韩国的，流行的国产大片，还有经典的老片子，奥斯卡获奖影片。都有。"

在昏暗的光线下，敦煌看到碟片的彩色包装纸上有点说不清的暧昧。那女孩的脸被风吹干了，但不难看，她好像还有点冷，偶尔哆嗦一下像要哭出来。敦煌判断不出她的年龄，也许二十四五，也许二十七八，不会超过三十。三十岁的女人卖碟不是这样，她们通常抱着孩子，神秘兮兮地说，大哥，要盘吗？啥样的都有，毛片要吗？高清晰度的。然后就要从后腰里摸出光盘来。

"便宜了，六块钱一张卖给你。"女孩说。敦煌把包放到台阶上，想坐下来歇歇。女孩以为他决定挑了，也蹲下来，在一张报纸上一溜摆开碟片。"都是好的，质量绝对没问题。"

敦煌觉得再不买自己都过意不去了，就说："好，随便来一张。"

女孩停下来："你要实在不想买就算了。"

"谁说我不想买？"他让自己笑出声来，"买，两张！算了，三张！"他担心女孩怀疑，就借着楼上落下的灯光挑起来。《偷自行车的人》《天堂电影院》《收信人不明》。

"行家啊，"女孩声音里多了惊喜，"这些都是经典的好片子。"

敦煌说，不懂，瞎看看。他真的不懂。《偷自行车的人》看过；《天堂电影院》是在公交车上听两个大学生说的；挑《收信人不明》仅仅是因为名字别扭，他觉得应该是《收信人下落不明》才对。买完碟，他在台阶上坐下来，对面的楼前亮起霓虹灯。他掏出一根烟，点上，对着霓虹灯吐出一口烟雾。女孩收拾好碟片，站起来问他走不走。

"你先走，我歇会儿。"敦煌觉得没必要跟一个陌生人说其实自己没地方可去。

女孩和他再见，走几步又回来，在他旁边的台阶上坐下。敦煌下意识地向外挪了挪屁股。

"还有吗？"女孩说的是烟。

敦煌看看她，把烟盒和打火机递过去。他听见女孩说，中南海的口感其实挺好的。敦煌和很多人打过交道，但那都是交易，冲着钱去，所以女孩的举动让他心里突然没了底。恐慌只持续了几秒钟，他想，都这样了，光脚的还怕穿鞋的。进都进去过了。整个人放松下来，主动问她:"生意还好?"

"就那么回事,天不好。"她指的是沙尘暴。闲人都关家里了,而买碟的大多都是闲人。

敦煌深有体会,他那行多少也有点靠天吃饭。刮风下雨像个乱世,谁还有那个心思。

女孩对烟不陌生,烟圈吐得比他好。两个人就这么坐着,看着天越来越黑。行人越来越少。旁边一个小书店里有人在说,关了吧,飞沙走石的,谁还买书。然后就是卷帘门哐的一声被活生生地拽下来蹾到地上。飞沙走石,夸张了。敦煌尽量不去看那女孩,他不知怎么跟她说话,不习惯,和一个从没见过的姑娘不三不四地干坐着,这成什么事了。他想离开。

"你是干什么的?"女孩突然说话。

"你觉得呢?"

"学生?说不好。"

"什么也不干。无家可归的。"敦煌发现说真话简直像撒谎一样轻松。

"不信,"女孩说着站起来,"不过无家可归也好,一起去喝两杯?"

敦煌在心里笑了,终于露馅了,就知道你还兼了别的职。他没嫖过,但保定和瘸腿三万嫖过,女人那一套他多少知道一点。只是这样的女孩也干这个,他揪了一下心,然后说服了自己,报纸上说,现在干这行的姑娘相当比重的都是大学生。大学生,多好的名字。敦煌又想起那些抱孩子鬼鬼祟祟卖光盘的女人。"还是我请你吧。"敦煌做出一副慷慨样来,死猪不怕开水烫,无所谓了。

2

他们去附近的"古老大"火锅店。女孩说,得热乎一下,都冻透了。敦煌附和,他没想到沙尘暴一到,又把北京从春天刮回去了。从外面看,火锅店的玻璃上雾气沉重,里面鬼影憧憧。人叫那个多,半个北京好像都挤进来了,无数的啤酒杯被举过头顶,酒味、火锅味和说话声跟着热气往上浮。如此亲切的温暖敦煌至少三个月没有感受到了,心头一热,差点把眼泪弄下来。

女孩靠墙,敦煌背后是闹哄哄的食客。鸳鸯火锅。三瓶燕京啤酒。敦煌注意到女孩点了两份冬瓜和平菇。女孩喝酒爽快，但没有她表现出来的那样能喝。喝酒敦煌有经验，这是他唯一过硬的特长，保定以为自己酒量不错，但半斤二锅头下去就不知道敦煌到底能喝多少了。在女孩面前敦煌很谦虚，说自己酒量不行，一瓶下去就说胡话。

"说吧，我听。"女孩大大咧咧地捋起袖子。她没发现敦煌喝酒几乎没有下咽的动作，而是直着流进去的。"就喝到说胡话为止。"

接下来两人半杯半杯地碰。热气腾腾的火锅让人觉得他们俩是一对亲人。敦煌三个月没见过如此丰盛的诱惑，两眼放光，大筷头往嘴里塞涮羊肉。女孩脸色也红润多了，看起来年龄比在风里要小。还是挺好看的。鼻梁上长着两个小雀斑。谁的手机响了，女孩赶紧到包里找，等她拿出来，旁边的一个男人已经开始说话了。她的失望显而易见。她把手机在手心里转几圈，放在面前的桌子上，问敦煌叫什么。

"敦煌。"

"听起来很有学问啊，真的假的？"

"当然真的，我爸取的。他基本上等于文盲。歪打正着。听我妈说，我刚生下来那两天，他愁坏了，找不到好名字，都憋成便秘了。没办法，从邻居家抱来一堆报纸，翻了一天也定不下来，最后在《人民日报》第一版上看到'敦煌'两个大黑字，就是我了。"

"你爸真是，早该取好了名字等你出生。"女孩空洞地笑起来，瞟了一眼手机，"我叫旷夏。空旷的旷，夏天的夏。好听吗？"

"好听。比敦煌强多了，我老觉得自己是块黄土夯出来的大石头。"

女孩笑得有点内容了，说旷是父亲的姓，夏是母亲的姓。敦煌不觉得这名字有多好，父姓加母姓，满世界的人都这样取名字。但他还是说，好。他得让她高兴。所以接着就夸卖碟好，说自己刚到北京时也想卖碟，苦于找不到头绪，遗憾至今。

"那你现在干吗？"旷夏问。

"瞎混。这儿干两天，那儿干两天，北京这么大，总饿不死人。"

"回老家去啊。北京就这么好？"

"也不是好不好的问题。混呗，哪里黄土不埋人。"

旷夏又转她的手机，脸色沉静下来。"要不是卖碟，我早回老家了。北京风大。"

"那倒是,好在吹不死人。"

谁的手机又响了,旷夏把手机重新拿起来。还是跟她没关系。敦煌觉得她有事,心想算了,见好就收吧。就说,要不就吃到这里,见到她很高兴,他请客。然后招手要埋单。

"我来,我来。"旷夏争着掏钱包,"说好我请的。"

敦煌做一个制止的动作,旷夏真就听话地把钱包放下了。敦煌脑子嗡的一声,你怎么就这么实在呢。他装作去挂在椅背上的衣服里找钱,感觉全身在两秒钟之内起码出了一斤的汗。只好冒险用一次保定教他的方法了。他在左口袋里摸索半天,眉头皱起来,赶快又去右口袋里摸,立马跳起来,惊慌失措地说:"我钱包没了!手机也没了!"

"不会吧?你再找找。"旷夏也站起来。

敦煌又去摸口袋,干脆把衣服提起来,当着旷夏和服务员的面将内侧的两个口袋翻出来,当然空空如也。"一定是被偷了!"他说,"我进来的时候还在。"然后对服务员说:"你们店里有小偷!"服务员是个十八九岁的小姑娘，吓得直往后退，好像害怕小偷附了她的身，连连摆手，说："没有，没有啊。"她惊恐的样子让敦煌有点不忍，但戏开始了就得演下去。

周围的客人筷子停在半空，扭过头来看，热情洋溢地看着丢了钱包和手机的敦煌，又稍稍后仰身子，以便证明自己的清白。舞台越搭越大了，敦煌硬着头皮也得把独角戏唱下去。

"你没记错？没放包里？"旷夏说。

"不可能错。钱包里有六百块钱，好像不止，记不清了。还有一张建行的卡、身份证、一张五十块钱的手机充值卡，都丢了！钱无所谓，关键是身份证，补办一个太麻烦了。我那手机才买了不到一个月，一千多块钱哪。"

他竭力把自己弄成一个唠唠叨叨的祥林嫂，所有顾客都往这边看。小服务员果然怕了，赶快去找领班。等领班过来，旷夏发现了一个问题，服务员竟然没用衣服罩罩住敦煌的上衣。如果罩了，钱包和手机就不可能被偷。部分责任在火锅店。衣服罩的确没罩，反而是敦煌的上衣套在衣服罩上。领班没承认是店员失职，气短是有了一点，解释说，店门上已经写明，顾客的钱财自己保管好，丢失本店概不负责。敦煌和旷夏不答应了,如果罩了衣服还丢,当然不会连累饭店,问题是现在没罩啊,谁知道是否有意不罩。意思很明白了。

"对您丢失的财物我们十分抱歉,"领班最后扛不住了,"要不给你们打个八折,这事就到这里。再送两瓶免费的压惊啤酒,怎么样?"

旷夏说,好吧。敦煌不答应,至少五瓶!

领班说:"先生,我只有这么大的权限。"

敦煌说:"那好,让你们经理来。"

领班犹豫一下,走了。旷夏问敦煌手机号多少,拨一下看小偷还在不在店里。敦煌说了一个号,旷夏拨了,已关机。彻底没戏,死心吧。敦煌心里说,早就死心了,那是三个月前的号,手机早不知道扔哪儿去了。过两分钟领班回来了,身后的服务员端着五瓶啤酒。敦煌让打包给旷夏带走,很不好意思到头来让她破费。旷夏说本来就该她请,看了看手机,塞进了包里,让服务员打开,现在就喝!敦煌想,喝就喝,谁怕谁,正好没过瘾。

现在才真正开始。旷夏喝得更爽快了,如同易水送别,酒杯碰得决绝悲壮。喝。喝。两瓶下去她就只会说

"喝、喝"了，慢慢歪倒在桌子上。

"没事吧你？"敦煌说。

"没事，喝。喝。"旷夏嘴里像含了个鱼丸子，然后突然就哭了，"我想回家，送我回家。"

敦煌说："好，现在就送你回家。"一边把剩下的那瓶酒嘴对嘴喝完了。还好，旷夏基本上明白家在哪里，一说敦煌就知道了。

三个月前，他对海淀这一带和老北京一样熟悉。她住芙蓉里西区一个一居室的房子，三楼，租的。敦煌把她弄上楼，开了门发现满屋都是大大小小的白柳条筐子，一筐筐的碟片。筐上贴着纸签，注明欧美、印度、韩国、日本、武侠等等。他正打算找"三级"和"毛片"字样，旷夏在床上闭着眼说：

"水。喝水。"

水瓶空的。敦煌让她忍一忍，等把水烧开，旷夏睡着了，还打着小呼噜。敦煌端着水杯在一把旧木椅子上坐下，等水凉下来。

屋子里陈设简陋，除了旷夏身底下的大双人床，大家伙就一张桌子和一把椅子，桌子上是旧电视机和一台八成新的影碟机，此外就是碟片筐子。他东瞅瞅西看看，一杯水被自己喝完了。他想不出今晚余下的时间该怎么打发，准确地说，这一夜他该到哪里去安顿自己。听着旷夏的小呼噜，敦煌突然觉得自己挺可怜的，连个窝都没有。他在北京两年了，就混成这样，静下来想想，还真有点心酸。当时把那半死不活的工作辞掉，满以为到了北京就能过上好日子，现在连人都半死不活了。口袋里只有二十二块四毛钱。他又倒了一杯，打算等她再要就端过去。

敦煌一筐筐找，没找到毛片，连张名副其实的三级片也没找到，只有"情色"片。看封面上的女人都露胳膊露腿的，那都是虚张声势，很可能整部片子里就露那么一下子。最后找到一部应该会黄的碟——《色情片导演》，打开影碟机和电视，在静音状态下悄悄看起来。看了半截还没有激动人心的场面，敦煌兴味索然，坐在椅子上就睡着了。等他猛然醒来，碟片已经放完了。

此刻凌晨两点半。他把电视和影碟机关上，感到腰酸背疼和冷。旷夏蜷缩在床的另一边像只猫，呼噜声没了，被子跟着呼吸起伏。

敦煌想，随他去了，从背包里找出皱巴巴的呢子大衣，谨慎地躺倒在那张双人床上，把身子蜷得像一条狗。大衣拉过头顶，世界黑下来。他的夜终于来到了，他想挠挠下巴上的一个痒处，手伸到一半就睡着了。

3

醒来时敦煌先感觉到眼前有光，睁开眼吓了一跳，眼前悬着另外两只眼，还有一张精神饱满的脸。接着清醒过来，那是旷夏，他睡在别人的床上，身上暖暖和和的，摸一把，一床蓬松柔软的被子。敦煌尴尬地笑笑，欠起身想坐起来，旷夏用嘴制止了他，她把她的嘴放到敦煌的嘴上，敦煌就一点点向后倒，重新躺在了床上。

整个过程他们只说了一句话，旷夏说的，旷夏说："踩着我的脚。"

当时敦煌手忙脚乱。他看过不少毛片，在梦里也排练过很多次，但真刀真枪动起来，敦煌头脑里一片空白，整个身体沉在黑暗里无法调遣。旷夏帮了他，一只手默默地指路，跟他说，"踩着我的脚"。敦煌踩到了她的脚，然后就明白了前进的方向和办法，意识逐渐回到了大脑里。敦煌越来越清醒,片子上和梦里的经验转变成现实。他看见旷夏眉毛像绳索拧在了一起,咬牙切齿的模样比受难还痛苦。她毫无规律地抖成一团,但除了那句话她一声没吭。

敦煌从旷夏身上滚下来,身心一派澄明,无端地觉得天是高的云是白的风是蓝的,无端地认为现在已经是惠风和畅,仿佛屋顶已经不存在,沙尘暴也从来没有光临过北京。两个人都不说话。床头的鸡眼闹钟嘀嗒嘀嗒独自在走。

"我好看吗?"过了很久,旷夏说。

"好看。"

又是沉默。

"你多大?"旷夏又问。

"二十五。"

"和我弟弟一样大,"旷夏幽幽地说,"我二十八。"

敦煌突然觉得对不起身边的这个女人,结结巴巴地说:"其实,我是个,办假证的。"

"哦,办假证的。我卖盗版碟,算同行了。"

敦煌听见她笑了两声。敦煌又说:"我刚出来,从,就那里。"

旷夏没像他想象的那样惊叫一声,她只是重复了一下刚才的语气词。"哦。"然后说,"我叫夏小容。"敦煌很想扭头看看她,还是克制住了。她继续说:"旷夏是给我孩子取的名字。"敦煌突然觉得有点难受,仿佛有一条尖利的线从小腹往上蹿,闪亮地开了他的膛。他说:"你结婚了?"

"没有。我还没孩子。男朋友姓旷,我叫夏小容。"

敦煌觉得不能再这样漫无边际地躺下去,起身开始穿衣服,速度很快,裤带没勒好就往卫生间跑。他穿着裤子坐在马桶上抽了一根烟,出来时从裤兜里掏出了所有的家当,二十二块四毛钱。经过客厅的小方桌时,把钱压在了烟灰缸底下。放好钱,透过卧室和客厅之间的玻璃窗,他看见名叫夏小容的旷夏正侧着脸看他。"我想喝杯水。"夏小容说。

敦煌倒了水端过去,说:"热。"

夏小容从被子里伸出了光胳膊,握住他的手。"有女朋友了?"

敦煌莫名其妙地觉得受了伤害,"有!"他说,"在北京。"当然他没有,但他觉得应该说有。说"有"的时候他想到了进去时保定跟他提到的七宝,嘱咐他出来了就去找七宝,照顾好她。对七宝敦煌一点都不熟,只见过一个背影。他去保定的屋里,看见一个年轻的女人从保定屋里出来,身材高挑,屁股挺好看。保定说,那就是七宝,也是做假证的。此外没说。没说他也就不去问。

"好看吗?"夏小容继续握着他的手,说话的口气像他妈。

"还行,看着能吃下饭。"

夏小容缩回了胳膊,咯咯地笑,身体带着被子一颤一颤地抖。等身体和声音平静下来,她才说:"你站在客厅里的时候,很像我在老家的弟弟。他整天混日子,爸妈为他操碎了心。"然后又说,"有时间带给姐看看。"

她一下就成姐姐了。敦煌说:"我也不知道她具体在哪儿。"

"只要在北京,总能找到。你不想知道我为什么请你喝酒?"

敦煌没吭声。

"我们吵架了。他说我这样的女人没意思,"夏小容继续说，"老想着回家，想着生个小孩过日子。不如分手省心。"

"我也不理解。"

"不理解我？"敦煌没说话，夏小容突然生气了，"出去！男人都他妈一个德行！"

走就走。敦煌背上包刚出卧室门，又被叫回来。她声音缓和一些，穿衣服的时候让他背过脸。她只穿了上衣，坐在被窝里，递给他一百块钱。"我手头就这一点了，"夏小容说，"你先应应急。"敦煌一声不吭地接过钱，经过客厅时把二十二块四毛钱重新装回口袋里。

这一天对敦煌来说，只有早上那一个钟头是好时光，整整一天他都在浮尘天气里跑。风小了，沙尘悬在半空上不去也下不来，大街上到处是戴着眼镜、口罩和头蒙纱巾的人。他背着包先去了西苑，三个月前他和保定住在这儿的两间民房里。女房东装作不认识他，因为他们俩被抓后，她就把他们剩下来的行李能卖的卖，不能卖的扔了，而且，他们的租期还有一个月才到期。敦煌火了，骂她见利忘义。房东就说，好啊，你还有脸找上门来，警察过来搜查时我们的脸都给你丢光了！这是狡辩，当初租房子时可不是这样,他们干啥关她屁事,她只是把房子租给钱的。最让敦煌气愤的是,房东嘀咕一句,怎么这么快就出来了。她还希望我一辈子都耗在里面呢。他就让房东退房租,两间屋,八百。

"可我真的没钱,"房东说,突然从口袋里摸出个手机,"喂、喂"起来,然后像列宁一样抱着电话走来走去,边走边说,"啊?急救室?这么严重?好,好,我马上到,马上来!"放下电话脸像根苦瓜,"大兄弟,你看看,说来事就来事,我妈不行了,我得赶紧去医院。实在没钱,要不还你一百,我就这一百了。"她从口袋里果然就掏出一张老人头来,"就当帮大姐了。"

敦煌一把夺过来,总比空手好。房东转身就往胡同外跑,说是去医院。敦煌看她仓皇跑动的大屁股,有点后悔拿了钱,却突然不合时宜地想起房东说过,父母早就没了。然后想起刚刚就没听到手机响,振动都没有,这他妈的老女人!他追出胡同,房东的影子都没看到。一气就捡了一堆砖头,一块块往房东的屋瓦上扔,瓦片哗啦哗啦地碎。扔一块说一句,一百,两百,三百。扔最后一块时说:

"操你妈,七百。"

他又去找另外几个办假证的朋友。一个没找到,不是搬走了就是被抓了。保定刚进去时就说,遭人算计了,要不哪会都进来。谁在算计,保定也说不好,京城里干这行的不少,各有自己的来路和地盘。敦煌还是死马当活马医,他得找个落脚的事,还得干这行。一天下来一张认识的脸没碰到,那个只看过背影的七宝更不用说了,站他眼前也未必认识。到了晚上九点半,敦煌只吃了两个烧饼喝了一瓶水,在硅谷门前下了车,两脚着地发现自己还是无路可走。他晃晃荡荡来到芙蓉里,夏小容家的灯亮着。他说,来还钱。

夏小容看他一身尘土,像从建筑工地上刚回来。"这么快就发了?做小偷还是抢银行?"

"造假币了。"敦煌说,去翻背包口袋,摸一把没有,再摸一把还是没有,"我明明放在里面了,怎么会没了?"

"算了,别演了。难道又被小偷偷了?"

敦煌的脸立刻挂不住了,憋得通红。"昨晚你都知道了?"

"你当我是傻子？拨你手机时就明白了，是空号。"

"对不起啊。"敦煌窘迫地说，继续到包里找钱，发现背包口袋被划了一道口子，真遇上小偷了。他没有解释，拿出夏小容给他的那张钱放到桌上，"谢谢。"拎起包就走。到了楼下，敦煌觉得累得不行，在台阶上坐下来点上根烟。声控的门灯灭了，他坐在黑暗里有种被彻底遗弃的孤独感。楼上几乎每家灯都在亮，暖气还没停掉，他们不知道现在冷风钻进裤腿里是什么滋味。他们在自己家里。他现在觉得夏小容其实也没错，不就想要一个自己的家嘛，有个老公，有个孩子，这有什么错。一根烟没抽完就觉得，那姓旷的狗日的应该好好修理修理。

有脚步声从楼梯上下来，敦煌站起来让路，踩灭烟头向小区外走。背后有人说："上来吧。"他回过头，看见夏小容穿着棉睡衣站在门灯底下，"就算被偷了，好了吧？"

"不是就算，就是被偷了。"

"好，就是。上来吧。"

敦煌跟着上了楼。夏小容说，你怎么跟我弟弟一样倔。敦煌说，我哪里倔。夏小容说，倔就倔呗，你可别跟我弟弟一样浑。到了房间，夏小容进厨房给他下了鸡蛋面，敦煌就在外面说打碎房东家瓦片的事，听得夏小容咯咯笑，说他比她弟弟还坏。吃完面，敦煌在热水器下洗了个澡，换了一身干净衣服出来，夏小容已经关了电视躺到床上了。敦煌心虚地问："那个，旷，没来？"

夏小容冷冷地说："不会来了。"

敦煌掀开夏小容的被子。开始的时候夏小容哭了，后来就不哭了，但还是不出声。为了让她随便发出一点声音，中间的时候敦煌气喘吁吁地问："卖毛片吗？我怎么没找着？"

夏小容艰难地说："在床底下。"

4

第二天早上，敦煌醒来时听见厨房里锅碗在响。他想到此刻醒来的应该是一个姓旷的家伙时，身上还是出了一些汗。她说他叫旷山。敦煌听到这名字的第一感觉是，取名字的人跟他爸一样懒惰和头脑简单，瞎猫逮着了死耗子，所以都还有点意思。夏小容从厨房里出来，敦煌又问,那个他,不会回来吧?

"怕了?"

"我怕个鸟,大不了再进去。"

"那就别问。我不认识这个人。"

吃完饭谁也没有询问对方今天的安排,然后一起出门。夏小容背一包碟,敦煌背着全部行李家当,在海淀体育馆门前分手,除了"再见"一个字没说。

敦煌又漫无边际地跑了一天,一个熟人没见到,还是两个烧饼一瓶水熬到晚上,下了车直接去芙蓉里。夏小容开门时一副日常表情,接着就去厨房下面条,区别在于昨晚一个荷包蛋,今晚两个。今天沙尘暴基本平息,敦煌简单洗了洗,把脑袋钻到床底下,果然看到两筐碟,随便抓出来两张,封面上的裸体女人长相完全不同。

接下来三天,敦煌吃了六个烧饼喝了三瓶水,在公交车上浩浩荡荡地穿过七八趟北京城,跑过了三十多条巷子,终于绝望了。找不到组织,一点东山再起的苗头都没有。他背着大包回到芙蓉里,夏小容说:"回来了?明天咱别跑了。要是不觉得委屈,就跟我卖碟去。"

第二天,敦煌背起了碟包。上午在西苑,马路边上,找一个人多的超市门口摊开几十张碟。夏小容对她的碟很熟，提起某一张，伸手就从众多的碟里准确地拎出来。若是谁找香港的枪战、武侠类的，敦煌就能说上话，他整个中学和大学的课外时间都耗在简陋的录像厅里，因为无聊，成龙、周润发、周星驰的片子他反反复复看。跟夏小容相比，他和顾客更谈得来，瞎说，办假证时练就的嘴皮子。

下午去了农业大学门口。这地方敦煌也熟，办假证的时候常来。学生甚至比社会上的人还需要假证，尤其找工作时，成群结队地办假成绩单、荣誉证书，胆大的，毕业证和学位证都要，专科要本科的证，本科的要硕士，硕士的要博士。当然也有倒过来，为了逛公园景点半票，一把年纪的老博士也搞个本科的学生证。这帮学生买碟的热情也高，用夏小容的话说，那是相当专业，都冲着艺术去，经典的，越老越好卖。这是敦煌不太理解的，他一看黑白片头就晕。玩不了这个票。

反正那一天敦煌跟顾客聊得口干舌燥，生意做得不错。夏小容说，没看出来啊。敦煌说，办假证不就靠张嘴嘛，你得让人家相信，假的也比真的好使。跟算命一样。

夏小容说,那好,聘你做我卖碟的秘书吧。敦煌说,没问题,不就小蜜嘛,三陪都行。夏小容的脸一下子撂下来,敦煌知道过头了,赶紧做小学生认错状,心里却开始犯嘀咕。不是三陪是什么,我陪你,当然你也陪我。

总的来说,敦煌是个称职的秘书,数钱、游说、当托,兼做保镖和跟班。最关键的,如果不是特殊情况,他能让夏小容不高兴的时候高兴,高兴的时候更开心。特殊情况主要和旷山有关,一看到夏小容说话间走神了,敦煌就在周围找是否有手拉手的情侣,或者抱孩子散步的一家三口。这样好,敦煌想,跟我没关系。但忍不住就想抽烟,吸了一口呛得咳嗽,还跟自己说,就这样好。

因为卖碟,敦煌开始大规模地看文艺片,得恶补。但常常看着看着就睡过去,梦里开演的变成商业片,爱情、暴力、凶杀、恐怖,当然还有相当比重的色情。他不明白,为什么夏小容从来不卖床底下的毛片。夏小容说,那都是原来旷山卖的,她说不出口,也卖不出手。

敦煌说:"那有什么,劳动人民需要这个。"

"劳动人民需要?是你需要吧?"

"我需要,劳动人民也需要。我们要从群众中来,到群众中去。你看我们卖碟的大嫂做得多好，抱着孩子都不忘阶级弟兄，见人就问，大哥，要盘吗？刺激的！"

他的模仿把夏小容乐坏了，乐完了又气："好啊，在你眼里，我也就是一个大嫂，鬼头鬼脑地抱个小孩。"

敦煌说："错，大嫂哪能跟你比，我们的夏小容同志年轻又漂亮，坚决只卖文艺片。"

"荷包蛋也堵不上你的嘴！刷碗去！"

敦煌就去刷碗，在水龙头下就走神了，想毛片的事。这东西没有通常的碟好卖，你不敢明目张胆拿出来，但价钱高，卖一个赚一个。手中没粮，心里发慌，他现在太想赚钱了，不能这样像个背包似的赖着别人过日子。来北京不是为了做包袱。他想起了还在里面的保定。

保定大他五岁，来北京五年了。个儿大，身板硬，天生就是做大哥的料。在家敦煌就知道办假证这行一本万利，动动嘴皮子，然后跷着腿等人送钱。事实上也差不多，跟保定见习了半个月就把大概的程序摸清了。保定也只干最基础的那道活儿，揽生意。见着东张西望的人就凑上去问，办证吗？啥都有，护照也没问题。然后谈价，交订金，再找人定做顾客想要的证件。证件加工是另外一套程序，保定他们不管，也是谈价和交钱交货的问题。完全按劳分配，多劳多得。如果隔三岔五就能逮到个冤大头，那一年到头等于不停过节，好日子看得见摸得着。除了假冒之外，还有一点和卖碟相同，那就是需要充分掌握假证的相关知识，比如大学的文凭通常长啥样，一般小区的停车证有哪几种类型，个人档案袋中主要有哪些材料，等等。你不仅要讲道理，还要摆事实。事实代表经验、可信度和成功指数。这些难不倒敦煌，很快就了如指掌。最大的问题是应付突发事件，主要是警察。遭遇警察时要清醒果断地做出决定，沉着顽抗还是溜之大吉，是把假证坚决藏在怀里还是随手扔掉，因为不同表现会导致不同程度的罪行。这需要足够的经验。

敦煌的问题就出在这里。那天他跟保定去太平洋数码电脑城旁边交货，他揽的生意，证件也在他身上，一个硕士学位证。说好上午九点一刻碰头，等到九点二十也没看见客人，倒是看见突然冲过来的两个警察。敦煌跟着保定就跑，经过北大南门向海淀方向跑。逃跑的过程中保定问他，要不把假证扔了吧，人赃俱获，麻烦就大了。敦煌对逃脱充满信心，他的自信感染了保定，后面那两个警察实在太胖了，几乎要抱着肚子才能跑起来。他们没法甩得很远，但绝不会被抓住。他们从硅谷往南跑，希望过了桥往图书城跑，那里人多门也多，找一个人不比找一只老鼠更容易。但他们的运气实在糟糕，刚过海淀桥就看见一辆警车，四个警察摆在路边。事大了，证必须扔掉，敦煌从未被围追堵截过，假证拿手里不知道往哪儿扔，保定只好代劳，刚扔掉警察就围过来了。他们看见是保定扔掉了假证。

警察问："谁的？"

保定说："我的。"

后来敦煌很多次为当时的怯懦自责，他的确是慌了。但在当时，聊以自慰的是，他看见保定的右肩向上耸了两下，那是他们早就约定的暗号，以便在和顾客洽谈中统一口径。意思是：听我的。敦煌听了，一直到三个月后从里面出来。而保定因为那个学位证，可能要去一个更远的地方待上不知多久。敦煌出来的时候，他还没有真正开始判。

那天他和夏小容卖碟经过海淀桥，想起保定。他决定挣钱把保定赎出来。保定是为了他进去的，这两年在北京,保定没少为他操心。干他们这一行的都明白,能进去就能出来,找到合适的人,打点也到位,就没问题。尤其保定这样还没判的。敦煌就在心里念叨,钱哪。

晚上两人躺在床上,一身的汗不想动,谁也不愿伸把手去关正在播放的情色电影。两个人就在被窝里石头剪刀布,敦煌输了。他关了电视和影碟机,食指插在光盘的眼里,打算装进袋子里又停住了。他说:"我想卖毛片。"

"你疯了,被抓住要惹麻烦的。"

"我得挣钱,把保定弄出来。"敦煌装好碟片躺下来,从侧面抱住夏小容,"我帮你卖毛片,放着也是放着。你要是不好意思,"敦煌停顿一下,盯着夏小容的耳朵看,觉得自己有了勇气,"我不跟着你,到别处卖。"

"这才是你真正想说的,是吧?"

"你别误会,我只是想尽快赚点钱把保定弄出来,不是要算计你。"

"没那意思,"夏小容翻个身,背对了敦煌,"我只是想,男人怎么都这样,一心想着自己闯,单干,总要把女人扔一边。"

"不是扔一边,是怕你们受伤害,一边玩多好。男人也不是神仙，哪能都顾上。"

过一会儿夏小容说："随便吧。到时候你再拿些其他碟，搭配着卖。本钱给我就行了。"

5

敦煌挑了三百块钱的碟，全部卖完可以净赚五百，要是毛片的价抬得上去，还不止这个数。敦煌立马觉得整个人像刚从浴室里出来一样，清爽开阔，天高云淡，好日子说来就来了。当初第一次脱离保定去揽生意可不是这样，那时候还有点慌，还有点害羞，还有点不知深浅，怎么说也是犯法的事。现在不一样，混久了脸老了皮厚了耐折腾了，卖碟比起办假证也不知要合法多少倍。最重要的，创业生活又开始了，等于在北京这地方开始了新生。

他和夏小容每天早上从芙蓉里出来，再分道扬镳。敦煌有自己的想法，不能这么零散卖，打游击只能挣小钱，还忙得跌跌爬爬，最好能找到点，建立固定的客源。他分析，能固定的只有三块：一是大学生，这帮年轻人花钱眼都不眨，那是为艺术；另一块是坐办公室的，翻翻报纸修修指甲那种的，为了解闷，坐办公室的文化人更如此，心思多，总觉得生活对不起他们，看看碟平衡一下，比抱老婆老公有意思，还不失身份；第三种是公司的白领金领，忙得蹲马桶都得看时间，最需要休闲，歪在沙发上把胳膊腿摊开，看一个好故事，不是书，谁还看书，是碟，故事片，片越大越好，好莱坞的，最好斯皮尔伯格每周都能整出一部来。

现在的问题是，怎样才能和这些人搭上钩，建立长久的合作关系，顺便把毛片也高价卖给他们。当然要一点一点来，挣钱首先得有耐心，然后才会产生加速度。这个敦煌懂。

一天敦煌都在想怎样才能赚到更多的钱。生意也做，他在一家超市门口打开背包，这地方的好处是，从超市购物出来的人兜里都有不少零钱，花掉也不心疼。而且大部分都是家庭主妇，她们更希望从平庸烦琐的家务里逃出来。她们喜欢爱情片，越能掉眼泪的越好。所以敦煌一看她们围上来，就找碟包上有男女拥抱接吻的片子推荐。《新华字典》可以不看，这电影一定要看。敦煌也不管靠不靠谱，爱情的鸡汤，情感的圣经，听过的时髦词全搬出来。女人其实好打发，只要你愿意把爱情抬高到生活的头顶上，问题基本上就解决一大半了。

相对来说，超市门口的男人钱包就不太好开。他们总把自己弄得跟个成功人士似的，不屑去看盗版碟。实际上敦煌知道，这帮家伙只是不好意思而已，只要旁边没人，他们就会往花花绿绿的包装纸上瞟，单瞟那些没穿好衣服的女主角，眼光准得如同带了红外线瞄准器，瞟第一下时就能把这样的碟从碟堆里挑出来。所以男顾客需要引导，要循循善诱。"故事嘛，可能不耐看，"敦煌说，"谁愿意把同一个故事翻来覆去看？生活的，那就不一样了，它跟你靠得更近，它比你自己还了解你，每看一次都会有新的收获。好碟不厌百回看，就像报纸上天天说的，这东西更符合人性，对现代人的身心健康发展大有好处。"他努力把毛片的价值往日常的道德和伦理上引，为的是消除这帮家伙的尴尬。你想想，都提高到精神文明建设的高度了，还有什么羞耻和猥琐可言。买的时候就可以心安理得，脸可以不那么红，心可以不那么跳。多好。这种碟一张能赚普通碟的两三倍。

傍晚收工时敦煌算了算，赚了一百二，轰轰烈烈的开门红。他买了夏小容爱吃的鸭脖子和一扎啤酒,又叫了水煮鱼外卖,喜气洋洋地回到芙蓉里。和夏小容一起庆祝独立的卖碟生涯从此开始。一高兴就不自觉地发挥了,夏小容一瓶,他四瓶喝完了还要喝。夏小容让他打住,喝多了怕出事。敦煌一高兴就忘了,再来四瓶又算个鸟!骗你是小狗。喝啤酒除了上厕所,我还真没有过其他反应。

夏小容的鸭脖子啪地摔桌子上:"你他妈就是条狗!你骗我,你说你那天晚上喝醉了才睡到我家里的!"

敦煌早把这茬给忘了。女人的记忆力怎么就这么好呢。"绝对没骗你,"敦煌说,"那天刚出来,身体不行,真有点晕了。不过要说没骗也不对,不骗我哪敢待下来,我是喜欢你才想着留下来。"

"稀罕!谁要你喜欢!"

夏小容明显有所缓和,敦煌暗自得意,好,都扛不住"爱情"这东西的小虚荣。他重新拿一根鸭脖子递到夏小容嘴边,"不仅是喜欢,"他说,用自己的酒杯碰了一下夏小容的杯子,"完全是一见钟情。"

敦煌的碟卖得好,几乎每天挣得都比夏小容多,就主动要求把夏小容转手给他的碟每张提价五毛钱。夏小容不答应他也这么干。此外他还注意回来之前买点烧饼、馒头和菜，他跟夏小容只说是顺带，内心里却是不想成为她的负担。他不知道这样寄居的生活哪一天会突然结束，最要命的是，他不愿意靠着这种含混的关系继续含混地寄居下去。单干后第五天，敦煌用挣到的钱买了个二手的诺基亚手机，憋着嗓子用苍老的声音给夏小容打电话说，你认识敦煌吗？夏小容说，你是谁？找他干什么？敦煌说，公安局。他涉嫌倒卖黄碟，已被依法拘留。夏小容"啊"了一声，声音都变了，说，他在哪里？你告诉我他在哪里？敦煌忍不住大笑，嘎嘎嘎。夏小容愣一下才回过神来，说，你，是敦煌吗？敦煌说，当然，俺买手机了！夏小容气得大骂，你去死！挂了电话。敦煌很开心，接着发了条短信：有人关心真他妈的幸福，进去了也值！夏小容回：臭美！谁关心你了，我自己都他妈的关心不过来！敦煌还是觉得幸福，一下午都笑眯眯的，见谁都笑，怪吓人的。

　　手机很快就派上了用场。他在北大南门外卖碟，两个学生找《罗拉快跑》。敦煌有一张。他从来没看过这片子，当初挑来是因为包装纸上有个红头发的女孩在跑，他只是喜欢这样动感的画面。这片子对他们挺重要，老师要做文本分析，整个班都在找，就是找不到。敦煌一听三四十人在找，立马来了精神，给夏小容打了电话，夏小容说没问题。敦煌嗓子眼里都有了心跳，乖乖，钱来了。跟两个学生约好，明天就送过来。第二天果真就卖了三十张。

两个学生拿着碟走远了，敦煌掉头追他们，以后再想找什么碟，他会在第一时间送到，只要有货。敦煌怕他们转身就忘了他的号，特地找张纸把手机号写下来，一人送了一份。这两个学生一个姓黄，一个姓张，后来还真找过敦煌。头一回要《柏林苍穹下》；第二回要两个版本的《小城之春》，费穆导演的老版本，田壮壮导的新版本。都是电影文本分析课上用的，三种碟一共要了九十八张。

6

寄居生活在第二十一天晚上结束了。那晚风大，窗外像有一群小孩在集体哭泣。夏小容的窗户有点问题，风一吹就哐啷哐啷响，在屋里就觉得那群小孩不仅集体哭，还集体拍打窗户。十一点十分，夏小容已经坐进被窝，正翻一本过期杂志。手机的信息提示铃响了,她打开信息,眼神就复杂了。直到敦煌从卫生间出来,她的头一直低着,把那条短信翻来覆去地看了几十遍,直至最后眼睛里一个字也看不见。她在等着敦煌出来。

敦煌只在腰以下裹了条大毛巾,内裤都没穿。嫌麻烦,上了床还得脱。进了卧室,夏小容说:"他要来。"敦煌边解毛巾边说:"它当然要来。它这就来了。"干坏事时,敦煌常说"它"。

"他十二点左右过来。"夏小容看见敦煌有点愣,声音更低了,"说过来道歉。"

解开的毛巾将要从身上滑下去,敦煌感到下身一阵清凉,一把抓住毛巾,重新扎好。他听懂了。夏小容的头低下去,刘海遮住了脸看不清表情。敦煌缓慢地转过身,去椅背上拿衣服,内裤、衬衣、毛衣、秋裤、牛仔裤,包括地上的皮鞋和袜子。他抱着衣服去卫生间里换。热气还没散,敦煌换衣服时摸到肩膀上起了一层鸡皮疙瘩。换好衣服,他把毛巾叠整齐放好了才出来,顺便收拾了牙刷、牙膏、面霜和剃须刀。他把这些小东西装进一个方便袋里,还有其他一些零碎东西。然后再装进他第一次来到这个房间时背的包里。才几天啊,他发现自己零零碎碎的东西竟然一个包装不下了。生活再简单也琐碎,你不知不觉就把它弄得膨胀了,毫无必要地铺张开来。过去敦煌只偶尔认为自己是生活的累赘,他总觉得自己站在世界的最外围,像个讨厌的肿瘤岌岌可危地悬挂在生活边上。现在,所有和他有关的原来都是累赘。他找了一个最大号的家乐福超市的方便袋,坚持把多余的东西也装进去。都装进去,他得在另一个男人进来之前把自己从这里消灭干净。应该的。收拾妥当,他背起包,拎着方便袋要走。夏小容终于先说话了,夏小容说:

"你把碟带上。"

敦煌没说话,继续往门口走。夏小容从床上跳下来,抓住他的背包带子把他拽了回来。敦煌转过身看见夏小容光着两条腿,准确地说是光着整个下身,他看见她两腿之间的那团黑。夏小容拿过敦煌的手,放在自己的光腿上,然后向内侧移动,敦煌感觉到了毛发的卷曲、清洁、光滑甚至油亮的光泽。

"我们好了十年,"她幽幽地说,用另一只手去摸敦煌的夹克拉链,轻轻地上下拉动,她喜欢听拉锁走动的声音,"我现在只想回去,有个家,有自己的房子和孩子。我不想再在这里待下去。"

敦煌对她笑笑,说:"应该回去。"他的手还在她皮肤上,她也冷得起鸡皮疙瘩。天气预报说,又来沙尘暴了,气温开始降,也许明天又会回到冬天。

"把碟带上,"夏小容又说,"卖完了就打电话,我给你送去。"

敦煌想了想,说好,把手抽出来去拎整理好的那包碟。有普通碟,也有毛片。大大小小三个包,他像远行的游子出了门。临走时看见夏小容的眼泪终于掉下来。

楼下的风大得要死,一下子就把敦煌吹歪了。他想去看楼上的窗户里夏小容是否把脑袋伸出来看他,他的头仰了一半又低下来,顶着风出了小区的大门。头发还没干透,风吹进去像往头发里泼凉水。他想抽根烟。而在前些天,夏小容规定他晚上刷完牙之后不许抽烟。为什么刷完牙就不能抽烟,他不明白。现在,他觉得这些天积攒的烟瘾赶一块儿犯了。他在抖动的路灯底下跑起来,找了个避风的墙根才点上烟,包扔在脚边,一屁股坐到地上。连抽了五根烟盒就空了,还想抽。已经夜里十二点多,敦煌拍着凉屁股站起来，决定去买烟。

路上几乎看不见行人，有限的几个也缩在车里，那些车穿过大风像一个个怪异的孤魂野鬼。杂货店和超市都关着门，北京繁闹的夜生活在这个大风天里被临时取消了。敦煌怎么也想不起来哪个地方有彻夜不眠的超市。他在北京两年了，自认为对海淀了如指掌，没想到天一黑下来，完全不是那回事。白天再熟悉有个屁用，那只是看见，真正的熟是夜晚的熟。现在夜晚来了，敦煌两眼一抹黑，他眼睛里的黑比北京的夜还黑。他就背着一个大包，提着两个小包沿着马路走，走到哪儿算哪儿，直到看见灯火通明的超市。

凌晨一点半的时候敦煌找到了，买了两包中南海。在一个避风的墙角迫不及待地连抽了六根，抽完之后感到了冷、累和困。两点了。敦煌考虑要不要找个地方睡一觉。这时候大部分旅馆都已经关门，他也想不起附近有哪个廉价的小旅馆。他只想简单地睡一觉，一张床就行，只要付一张床钱的旅馆。想来想去依然两眼一抹黑。敦煌觉得有点失败，这就是北京，混一辈子可能都不知道门朝哪边开。鉴于不能确定住一夜的费用，其实只是半夜，敦煌摸摸口袋里那点可怜的钱，决定不找什么旅馆了。先熬着，熬到几点算几点，天总会亮的。

敦煌在大风里走走停停，嘴里源源不断地落进沙尘。在这个夜里，他得用莫名其妙的事情把时间打发过去，他就看风，看行道树，看地面、高楼、招牌和一切可以看见的东西。他发现大风经过树梢、地面和高楼的一角时被撕破的样子，和故乡的风像水一样漫过野地丝毫不同。北京的风是黑的，凉的；老家的风是淡黄的，暖的。然后就抽烟，沙尘混在烟味里，嘴巴干涩而麻木。敦煌慢慢地走，到了三点半钟整个人有点呆掉了，木，像块凉透了的木头。他觉得身体越来越轻，浑浊不堪的轻，要不是三个包坠着，可能早就跟着风飞起来。现在他想找个地方躺一下，五分钟也好。他已经走到了一个自己也认不出的地方。前面有个卖早餐的简易小屋，斜在一家店铺的门前的人行道上，屋檐伸出来挺长。敦煌想躺到那个屋檐底下。

早餐屋的门窗紧闭，因为背着路灯光，看不清里面细小的东西，但整体上的空荡荡的昏暗还是能分辨出来。看样子已经废弃有些日子，要不也不会斜在路上。敦煌推推门和窗户，都关得严实，他在想要不要找块砖头把玻璃敲碎，睡在里面好歹避点风。没风会好过得多。没找到砖头，正想用胳膊肘捣出个洞来，一辆汽车在附近拐弯，灯光打在店铺的白铁卷帘门和窗玻璃上，光反射到早餐屋的玻璃上，敦煌看到了玻璃上的一个洞。他把手指伸进去，摸到了窗户的插销，拨一下，窗户竟然打开了。

卖早点的窗户足够大，他先把三个包递进去，然后从窗口爬了进去。满屋呛人的灰尘味，起码半年没用过了。两只眼逐渐适应屋子里的光线，敦煌发现墙角有一堆报纸，突然明白了，这地方一定有人待过，很可能和他一样，临时过了一夜。越想越对，玻璃上的那个小洞应该也是那家伙敲出来的。

他把报纸摊开，铺上他的呢子大衣，躺下来，身上随便盖了件衣服。风在屋外，从小孔里进来的可以忽略不计，敦煌感到了前所未有的温暖。先来的那家伙头脑也不错啊，敦煌生出了惺惺相惜之感，那家伙是个流浪汉呢，还是和他一样，是个突然间无家可归的人，或者干脆是个迷路的女孩？猜不出来，但有一点可以肯定，就是那人也在这里住了一夜，或者两夜甚至更多。敦煌对自己的这个结论很满意，在黑暗里笑了，头歪一歪，睡着了。

一夜好觉，梦都没做。睁开眼世界一片明亮，阳光大好的天气，车声、人声涌进来。北京恢复了正常的乱糟糟的热闹。敦煌坐起来，动一动嘴觉得满嘴沙尘，像吃了一夜土，连吐了十来口唾沫才清爽些。屋里铺着厚厚的一层灰尘，比他昨天晚上看见和想象的要多得多。敦煌觉得足够清醒了就站起来，拉开窗户，门前不时有行人经过，几步外有个大妈在卖煎饼馃子。风停了，世界百无禁忌。行人都很从容，扭头看这个从早餐屋里往外爬的人。敦煌对他们视而不见，拍打身上尘土的时候闻到了煎饼馃子的香味，他感到了饥饿和口渴。他走到大妈的摊子前，要了一个煎饼、一杯豆浆。大妈开始烙煎饼时，敦煌拿起一杯压过膜盖的豆浆，插一根管子喝起来。喝完了煎饼也做好了，上面还摊了个鸡蛋。

"多少钱？"他问，已经把煎饼送进了嘴里，烫得他直想蹦。

"不要钱，"大妈说，"送你的，吃吧。"

敦煌脑子有点短路，接着就明白了，一把将煎饼摔在地上，然后从口袋里掏出十块钱拍在摊子上，说："我他妈的不是个要饭的，不要人可怜！"拎着包就走，大妈在后面说:"哎哎,钱……"敦煌没回头。他的腰杆僵硬挺直,步子迈得像个悲壮的大僵尸。又有人从他身边走过去了还回头看他,他们奇怪这小伙子为什么满脸亮堂堂的眼泪。敦煌不管他们,继续直直地往前走,在拐弯的地方遇到一个交通用的大圆镜子,他在镜子里看见了一个陌生的自己。满头满脸的尘灰,不算长的头发变成灰白色,眼泪经过的地方一道道水槽,一个大花脸。夹克吊在身上,左边高右边低,圆领毛衣也这边松那边紧,裤子皱得不像样,低头看见脚上的鞋子仿佛刚从沙漠里出来。不是流浪汉是什么。不是个乞丐是什么。三个包也难看得要死。敦煌抹把脸往回走。卖煎饼的大妈在低头给别人烙煎饼。

敦煌说:"大妈。"

大妈抬头看看他,又低下头做煎饼,跟没看见似的。

"大妈,对不起,"敦煌机械地点着头,"您别生气。我,想再买一个煎饼和一杯豆浆。"

"等这个烙完的。瞧你这小伙子,冲得。"

敦煌谦恭地笑笑,又说对不起。

现在的问题是找住处。房子暂时租不起,北京的房东刁得不行,都要求季付、半年付甚至年付。一把手拿出起码三个月的房租，除了卖身他没别的办法。所以他想先找个按天或者按周算钱的房子，最好是床位，一间屋四个人或者更多，越多越好，多一个人就少花一点钱。敦煌去了北大，三角地那里这类广告铺天盖地。

离北大不远的承泽园的一个地下室，四个床位，每个每天二十五块钱。敦煌约好房东在北大西门见面。一个四十来岁的病恹恹的瘦男人，腰有点弓，昨晚的大风把他吹上天应该问题不大。穿过蔚秀园，过一座桥就是承泽园，敦煌一年前交货时来过这里，园子里有棵连抱的老柳树，肚子是空的，能钻进去一个人。

地下室不大，有种阴森的凉，摆设像一间逼仄的学生宿舍。两个学生用的高低床基本上就把空间挤满了，其余的地方只能放一张小桌子和一个盆架。桌子上放点小杂物，脸盆毛巾牙缸啥的都放在盆里。三个床位上已经住了人，还剩一个上铺。行李箱都塞在床底下。房东说那三个都是来北大听课的，准备考研究生，绝对安全可靠。但敦煌感觉极其的不好，好像在哪部恐怖片里见过类似的房间。他不打算住这里，就随口压了价，说住一周。房东及时地答应了，然后神秘兮兮地说，他们三个回来了你可别说是二十啊,他们都交二十五。

敦煌想了想,住就住吧,总比早餐屋舒服点。"好,我就说三十。"

7

就这么在一张高低床的上铺住下了。收拾结束,敦煌洗了个澡,光鲜体面地去了北大,在32楼前面的跳蚤街上摆起摊子。

到天黑之前敦煌卖了十一张碟,其中一张是用来换书的。邻摊是个卖旧书的,敦煌拿起一本研究电影的书,竟有一篇专门谈《罗拉快跑》的文章,一看竟也看进去了,觉得人家说的都在理。这碟片他卖了三十一张之后,因为好奇也硬着头皮看完了,不喜欢,不知道导演和来来回回跑的罗拉到底要说啥。这篇文章解释得头头是道,看得他直咬手指头。一部电影竟能搞得这么高深。又翻到其他地方看,居然也看懂了。他一直以为学术文章山高水深,艰涩难懂。这让他兴奋。知识分子了都。就用一张碟换到了手。

那本书敦煌一直看到地下室的床上。书中有对香港电影的评论。这块他熟，提到的电影几乎都看过，更觉过瘾，还有难得的成就感。其他三个十点半后才陆续回来。一个要考北大外语系的硕士，长一张崇洋媚外的大胖脸；一个考数学系的硕士，戴眼镜，一看就营养不良，下巴尖尖的，体形如同一个放大的问号；另一个考哲学系的博士，眼神不好，却喜欢从眼镜上面看人，挂在鼻尖上的眼镜仿佛只为了摆设。哲学博士看见敦煌在看一本电影研究的书，就问他考艺术系还是中文系。敦煌想了想，说艺术系。听起来气派。搞艺术的，听听。

"硕士还是博士？"

"博士，"敦煌谦虚地说，"考着玩。"

哲学博士的目光立马从镜片上方向他看过来，那两只小而无神的眼。敦煌觉得这家伙挺傻。他说："咱俩一个战壕的，我也考博士。哲学博士。"敦煌欠了欠身子，有点慌。这谎撒大了。人家是考哲学的。那是所有学问里敦煌最崇敬的一门，他不知道那种玄而又玄的学问怎么玩，看不见抓不着啊，对他来说，那完全和呼风唤雨一样是门巫术。敦煌看见哲学博士没头没脑地爬上床，脑袋伸得像只鹅看手里的书。他怎么就觉得哲学博士的样子挺傻呢。

外语硕士和数学硕士对他这个艺术系博士不感冒,直到睡着了开始磨牙说梦话,跟他说的也只有一句话,"刚来的啊"。

第二天一早他们就去北大吃早饭和看书了。敦煌不急,没人一大早忙着买碟。他睡到八点才起,在承泽园门口的小摊上吃了豆浆油条,决定去人大和双安商场那儿卖碟。中关村大街早就开始堵了,从早堵到晚。为什么要修一条用来堵车的马路呢,敦煌在车上想了十分钟,车只移动了不到五米。他干脆下车步行。大学门口比较清静,敦煌不敢造次,就去了双安,刚过马路就有几个女人围上来,奇了怪了,几乎每个女人都抱着个小孩。

她们说:"大哥,要办证吗?发票也有。"

敦煌说:"发票你们也卖啊?"

她们说:"早就卖了。你要多少?"

敦煌说:"我办证的时候没卖过假发票。"

女人们面面相觑。一个女人怀里的小孩哭了,她气愤地说:"哭什么哭!神经病!"其他几个都瞪了他一眼才走。敦煌心里挺高兴,他妈的,骂我。他办假证的时候的确没卖过发票,看来能公费报销的人越来越多了。

敦煌刚走几步,又上来一个背孩子的女人,黑瘦,应该是从农村出来的,正在吮手指头的小男孩被捆在她腰上。女人凑近了说:"要光盘吗?什么样的都有。"

敦煌看她空荡荡的双手,问:"盘呢?"

"跟我来,在那边。"

她对着路边的大楼画了一个弧,手指抽象地落在了楼后面。敦煌本来想跟她去看看,又觉得没意思。装作突然发现手机上的短信,说有人急着找他,得马上走。女人很失望,在身后喊,要买再过来啊,我一直在这地方。随后又遇到几个办证的和卖光盘的。敦煌发现,现在办证的和卖光盘的主力是女人,而且大部分都带着一个正吃奶的小孩。带孩子当然是为了安全,逮住了你也没辙,孩子的奶你来喂?另一个发现是,这地方一定常有警察出没,否则她们也不会空着两只手来卖碟。敦煌一想,还是换个地方放枪吧,别给自己找不痛快,就去了北太平庄附近的牡丹园小区。

打了两天游击,生意不好不坏。到第三天就难以为继,时下流行的大片卖光了,挑选余地也越来越小,剩下的几张碟留不住客人的眼。当初这些光盘只是为一天准备的。第三天下午敦煌早早收工，没的卖了。接着就茫然，他没有货源，后悔当初没和夏小容一起去拿碟。不过他要去夏小容也未必答应，他知道往往这种生意的货源都是保密的。就像他当初和保定揽了生意，做假证也是定点的，这个点他们也不告诉别人。敦煌几次要给夏小容打电话，拨了半截子号又把电话掐了。这个醋吃得没道理他懂，但一想到此刻停留在夏小容大腿上的手是一个名字叫旷山的家伙的，他心里还是相当的不舒服。她把另一个人的手拿到她腿上了，敦煌觉得牙根有点痒。他把手机塞进兜里，没路了。没路也跟自己耗着。

他去了一个小饭店，吃了三个大馒头才把牙根里的痒止住。然后步行回承泽园。路上经过一个专卖五元十元盗版书的铺子，买了一本关于电影的随笔集，那本书看完了。快到海淀体育馆，夏小容打了他手机，问卖完了没有。

"卖完了。"

"卖完了为什么不给我打电话？过来拿碟吧，他不在。"

"刚卖完。"

碟已经分好了,每一类若干张。他们相互不看对方,说话时眼盯着光盘,像在对电影里的人说话。"够你卖三天的,"夏小容把一张碟翻来翻去,"那种碟还在床底,要多少你自己拿。"敦煌弯腰从床底拿出一堆毛片,扭头时看见夏小容拖鞋里的脚,灰色的棉袜子让他觉得温暖。他抬头顺着她的腿往上看,看到了她的胸部和脸,夏小容看见他的目光立刻改向别处看。敦煌慢慢地站起来,把夏小容扑倒在床上。毛片扔了一地。夏小容叫了一声,敦煌才对自己的行为感到吃惊,但他停不下来。夏小容推他,再推他,就不推了,她箍住敦煌后背的两只胳膊越来越紧。

开始急鼓繁花,后来像一部二三十年代舒缓的默片。结束时如同悠远的一声叹息。结束了敦煌不知道怎么办,他把头埋在夏小容胸前,一声不吭,然后爬起来穿好衣服,收拾好碟,背着包就要走。夏小容说:"你说北京好吗?"

"挺好的。"

"我还是想回去。"

在敦煌听来，这句话的意思是：只能和"他"一起，某一天回到老家去。但敦煌的脑子里却出现一溜女人，孩子在怀里或者背上，见人就问，要光盘吗？办证吗？敦煌头一次看见夏小容眼角出现了四条皱纹，一边两条。它们的队伍将会不断壮大。

敦煌临出门时说："应该回去。"

他们没有谈到这些碟卖光了该怎么办。敦煌第二天打电话还是犹豫了一下。他跟她说，北大的一个学生要三十五部《柏林苍穹下》。夏小容挂了电话，过一会儿又打过来，没问题，让他晚上过去拿。

敦煌去的时候他们在吵架。旷山是个瘦高男人，三十多岁，鼻子底下留一道精明的小胡子。夏小容坐在床上哭得像打嗝，脖子直伸，气不够喘似的。敦煌多少年前见过他妈也这样哭过，那会儿他爸他妈闹离婚。敦煌说："小容……姐，她怎么回事？"

旷山一挥手说："没事瞎闹呗，女人嘛，能有什么事。"

夏小容歪倒在床上，因为委屈，哭声扬起来。

"你欺负她了。"敦煌的脸跟着撂下来。

"跟你没关系，拿碟走人。"旷山斜着眼看敦煌，"买碟的钱留下。"敦煌没动。旷山说："怎么，碟不要了？"这时候夏小容停止哭声，走过来推敦煌，让他赶快回去。推几下没推动。旷山的脸色就不好看了，他不知道他们俩的事，但他感觉出敦煌有点不对。他说："怎么，我跟老婆吵吵架也不行？"

夏小容说："谁是你老婆！我跟你没关系！"

旷山说："别蹬鼻子上脸啊，就是你亲弟弟来了，我也照样抽你。"

敦煌的拳头就上去了，一拳打得旷山两鼻孔蹿血。夏小容没想到敦煌这么快就动手，半个身子都用上了要把他往门外推，敦煌不得不后退。旷山急了，跳过来要还击："你他妈的打我！你他妈凭什么打我！"敦煌的拳头越过夏小容的头顶，又是一下子，打在旷山的左眼上。敦煌说："打的就是你！"

"好啊！"旷山气急败坏地说，"你弄出一个野弟弟来对付我！有种你丫别走！"

这家伙一急把北京土话都用上了。还你丫你丫的，你丫算个什么鸟，还真把自己当首都人民了。敦煌没骂出口，就被夏小容推出门外。夏小容说，求你了，别给我添乱。敦煌心里一凉，把准备好的钱扔进屋里，转身下了楼。旷山急于捞回脸面，冲出来要还以颜色，夏小容拦了半天没拦住，敦煌出了楼道他也下来了，一路骂骂咧咧，你丫给我站住！

敦煌转过身："你丫想怎样？"

旷山下意识地后退一步："你他妈有什么资格打我？"

敦煌抬头看见一个脑袋从三楼的窗户里伸出来，语气一下子温和下来。"你该好好待她，"敦煌说，"这么好的女人。"

"为什么非要我好好待她，她就不能好好待我？还有，你丫算哪根葱，上来就打我？"旷山的喊声把周围的几个声控的门灯都震亮了，看得见暴起的脖筋在跳。

敦煌正想发作，夏小容在头顶喊："敦煌！"她担心他再次出手。敦煌知道自己已经失败了。然后觉得好笑，谁也没有设置一场比赛，完全是他自己把自己弄到了一个挑战者的位子上。他不过就是个"干弟弟"。他对楼上的"干姐姐"说："你放心，我陪姐夫喝两杯就没事了。"

然后对旷山说:"走吧,我请客。"

旷山半天没回过神:"请客?请什么客?"

8

敦煌今晚对酒没兴趣,只想用酒来对付旷山。有夏小容在,拳头不好再动了,灌他一下总还是无伤大雅的。"每人先来五瓶。"敦煌说。

"五瓶?"旷山看看摆在他面前的五个瓶子,有点蒙,咬咬牙说,"好吧。"他不打算在拳头之外再输一次。

开始敦煌一个劲儿地劝酒,他不想和对面的家伙多费话,早灌倒早完事。旷山酒量不算太差,抵挡了一阵子就慢下来了。慢不是找借口推辞,而是止不住要说话。敦煌能感觉他的舌头在一点点变大。舌头大了,目光就柔和了,慢慢就有了他乡遇故知的表情。敦煌觉得旷山喝了酒虽然有点脸红脖粗,但看起来还真诚一点,比清醒时抖着个傲慢的小胡子让人舒服点。

"你是她干弟弟,所以你打我?"

"你让她不高兴了。"

"我他妈的还不高兴呢!我容易吗,一天到晚东奔西跑,做梦都想着赚钱、发财,想着在这鬼地方安身立命。"

"那是你的事。她要回老家。"

"回个屁老家!老家有金子还是有银子?我们都出来五年了,回得去吗?拿什么回去?再说,我的事业刚开始,我得等着它发展、壮大。我要让别人知道,我旷山混了几年还是弄出了点名堂!"

敦煌转着酒杯看旷山,用嘴角和鼻子在笑。就你!呵呵。喝酒。

旷山这次喝得爽快。"兄弟,"他把脑袋凑过来,右脚一抬,后跟踩到了凳子边上。敦煌一看见他抖动的右脚尖,就觉得老家可能更适合他。"小容没跟你说?我开了家光盘店,当然了,是跟朋友一起搞的。生意那个好啊,像你这样卖散碟的,都去我那里进货。你说我能走吗?经营一个店不容易,这是北京,不是咱们老家,随便哪地方杵间屋子就能卖东西。你懂我的意思?"

"不懂。"

"你看,在这点上你们姐弟俩一样,一根筋。我跟小容说,我都做老板了,你就是老板娘,咱别到处跑去卖碟,把店看好就成,钱别人会送上门来。她死活就是不干,就想回老家。老公孩子热炕头,你说这不是小农思想、小市民思想嘛!她认为卷进了店里就出不来了,所以坚决不去,只有拿碟的时候才去。让她搭把手都不干。小容她什么都好,就是在这点上不行,不能理解我。要是能干得了别的,光盘她都不会卖。这不是要和我划清界限嘛!"

"她急着回老家的原因你知道?"

"不是说了嘛,小农思想、小市民思想在作怪。"

"错!"敦煌说,恨不得把一整瓶酒都倒进旷山的酒杯里,"她是女人你想过吗?二十八,奔三了。说老就老了。她跟我说,你以为女人能有几个三十。她就是想有个家,不想再漂了,有个孩子,把自己实实在在地放下来。"

"还不是小市民思想!"旷山说,他用一大口酒继续表示自己的不屑,"我拼命挣钱为什么?不就为了能让她有个安定的家,好生孩子,把自己放下来?"

敦煌说:"你是为自己。你敢说不是?"

"天地良心！"旷山说了半截打住了，去拿刚烤好的羊肉串。羊肉串让他声音变得含混，"是为自己，你是男人你就得干事情，我也没办法。你不想成功？你不想在这他妈的首都混出个人样来？是，我有自己的想法，可你也不能说我做事业挣钱跟她没关系啊。"他赌气似的连吃了三串，缓过劲来才说，"我要你一句实话，兄弟，你是我，你回去还是不回去？"

"如果光棍一条，我当然不回去。要是有小容，"敦煌踌躇半天，他看见旷山一直盯着他喝完杯子里的酒，"我也不知道。"

旷山笑起来："老弟，不行了吧。男人都他妈一路货，大哥别说二哥。"

敦煌对自己相当失望，也就是说，如果有了夏小容，他也不可能是想象中的自己，而是另一个他妈的旷山。他看着旷山的那一撮小胡子得意地抖啊抖，真想上去给揪下来。喝到最后，没把旷山放倒，敦煌自己倒醉了，出了门就撕心裂肺地吐，酒肉、胆汁、鼻涕和眼泪都出来了。他让旷山先走。旷山走时跟他说，以后要碟，直接去他店里拿。

敦煌在万泉河边上坐到后半夜才回地下室。三个研究生都睡着了，呼噜声磨牙声此起彼伏。简单洗了洗，一觉睡到上午十点半。醒来时看到哲学博士在翻他昨夜随手扔在桌上的碟包，博士拿着一张毛片，对着包装纸上的丰乳肥臀直咽口水。

"喜欢吗？"敦煌从床上坐起来，"喜欢就送给你。"

博士吓了一跳，丢烫山芋似的丢进背包里，尴尬地笑笑，"不喜欢。"接着满怀幽怨地补充，"没地方看啊。"

敦煌也想，有个影碟机就好了。博士对敦煌的一大包碟很感兴趣，敦煌解释说，认识一个卖碟的朋友，托付给他的，顺便帮着卖一点。那，你是卖盗版碟的了？哲学博士眼白又出来了。敦煌说算是吧。他不相信博士用他的大眼白能做出好学问来。

敦煌认为给黄同学送《柏林苍穹下》的那天是他的好日子。黄同学那层楼住的都是中文系和艺术系的硕士生，周围宿舍的人都围过来挑碟。他喜欢这些真正的研究生的慷慨，人手一台电脑，看碟方便，一买就是一堆，毛片也要。一个家伙写小说，没女朋友，但是小说里要有床上戏，就把不同民族和人种的毛片分别买了一张，观摩之用。除了预订的碟，敦煌在两个小时里卖掉了四十五张。但这样的大宗买卖可遇不可求，所以还得照旧到处跑。

地下室条件差了点，不过还算便宜，用水用电都不要钱，敦煌也就懒得再折腾，打算先住着，等钱挣得差不多了再去找个单间，顺便把电视和影碟机也买上。很多碟要看。看了两本相关的书，对一般的艺术片都有兴趣了。一周住下来，敦煌接着交了下一周的住宿费。还是卖碟，早出晚归，偶尔跟几个呆子扯几句谎，冒充玩艺术的他觉得很有意思。甚至在一个风和日丽的上午，坐在万泉河边的剃头老师傅的大椅子上，剃了个秃头。

光头让他觉得体重减轻不少，路跑得也轻快，一天跑了四个地方，回到地下室已经晚上十一点。哲学博士劈头就问，见着我的手机没有？敦煌说没有。真没有？博士又问。敦煌担心他耳朵不好，就对着他摇摇头。

"出鬼了！妈的出鬼了！"博士说。他手机丢了，昨晚睡觉前放在桌上，早上走得早，忘了拿，回来就不见了。"就四个人，还能有第九只手？"

"鬼没出,人出了。"数学硕士面无表情地说,下巴拉得更长了。

"一定是,"学英语的胖子表示肯定,"要不,报案吧。"

敦煌看看这个,再看看那个,发现他们三个都在看他,他往后跳了一步,坚决支持报案。哲学博士打了110。他在电话里一遍遍重复,知人知面不知心。敦煌觉得这是一句毫无意义的屁话。他们四个被带到派出所隔离审问,审到他时已经凌晨一点二十了。这之前他一直坐在一张椅子上,看对面两个女孩。她们也是来报案的,丢的是钱,像他们一样住集体宿舍。普通话里一半是外地口音,两个口音显然不是一个地方的,都穿低领的小衣服,挺着白花花的大胸脯,说话的时候直往敦煌这边瞟。敦煌觉得半夜三更来这里,简直就是为了看那两个肉乎乎的姑娘。

"哦,没看见,"警察有点累,点了一根烟,"听说你卖盗版光盘?那可是违法的。"

"我就是帮个忙,回去就还给朋友。我要考博士,真的,北大艺术系的博士。"

"哦。博士。"

"对，博士。那手机我真没看见，长什么样都不知道。"

"出鬼了。"

"对，出鬼了，"敦煌放松了一点，"他们说，出现第九只手了。"

警察笑起来："你那盗版碟，小心点。我们要严打。"

那天晚上只审出一堆文字，手机依然下落不明。在哲学博士的强烈要求下，警察还是说，今晚就算了吧，别弄得四邻不安，明天上午我们过去，就不信它飞了。你们四个，上午十点之前谁也不许离开。

凌晨五点敦煌突然醒了，这在过去是没有过的。胖子和博士在打呼噜，瘦子偶尔凄厉地磨牙，一到夜晚，他的嘴里就像关了只老鼠。门外走廊里的灯光照进来，敦煌看见放在桌上的碟包，知道自己醒来的原因了。他谨慎地穿好衣服下了床，几件多余的衣服塞进背包里，拎着包向外走，开门的时候顺手把洗漱用具也塞进去。他们还在睡。敦煌关上门，觉得不辞而别颇为可疑，就写了张纸条插在门把手上：偷手机烂手指，娶个老婆没屁眼。

还有两天租期才到，敦煌管不了那么多，四十块钱就四十块钱吧，总比所有碟都被警察没收掉好。如果这些碟全被收，他就相当于再次一穷二白地从里面出来。

敦煌是当天第一个到三角地找租房信息的人。早上七点半，他按提供的联系方式给五个房东分别打了电话。第五个成功了。在蔚秀园，独立单间，每月四百块钱，外加水电费五十，一共四百五。这个单间在三角地所有小广告提供的信息里，差不多是最便宜的。房东是老太太，不到六十岁，打扮得还可以。自称退休之前曾是某单位的党委书记。敦煌觉得有那么点意思，谁知道呢，没有人规定书记该长什么样。但她的口臭让敦煌很失望。比口臭更失望的是房子，他没想到所谓的单间就是他身后那间比他高不了一尺的小棚屋。在院子里临时搭建的，材料是单砖跑到顶，几块楼板盖顶，再上面是弄成一面坡的石棉瓦，以便雨水顺利地不流到屋里。如果说这也能叫房子，那真是建筑史上的奇迹。里面摆了一张床，一张桌子，一个凳子，还有一个小书架，就没有了，有也摆不下。她分文不让。

"我这可是单间，多安静。不是北大的学生我还不放心租呢。什么？不是？考研的也行，早晚还不是嘛。"

单间。单间。敦煌这里拍拍那里打打，一不小心拽了灯绳，白灰粉刷过的墙壁四下生辉。他突然觉得有一间自己的小屋有多好，他可以买电视，看碟，夜晚在北京有了一块可以安心放置身体的地方，风吹不到雨打不着。还有，他不想继续忍受房东的口臭。于是他说："好吧。只有一个条件，房租一个月一个月付。我还在等着家里寄钱来。"

"也行，押一付一。"

押一付一敦煌懂，就是付这个月的，押着下个月的。她担心房客提前跑了，把值钱东西啥的也顺手捎了。敦煌想，就这两件破玩意儿，还当宝贝，送人都寒碜。他租下了，付了两个月的房租，挣的钱基本全花光了。敦煌坐在床沿上感到了饥饿。

9

安定了住处，就像扎下一点根，敦煌可以按部就班地展开生活了。卖碟赚钱。合适的时间里去探望一下保定。这之前最好能把七宝找到，他不想让保定失望。到哪儿去找是个问题。除了一个背影、七宝这个名字以及她那时候办假证，敦煌别无所知，连她姓什么都不知道。如果还在北京继续做假证生意还好，否则，就是大海捞针也搞不清在哪个海里捞。这个保定，早点说多好，非等到要被警察带到别的地方才紧急托付。也怪自己，以为只要自由了，找一个人还不是小菜一碟，没往细里问。敦煌初步的打算是，一边卖碟一边找，多往办假证的人群里凑。卖碟的时候就四处瞅，专拣年轻姑娘的背影和屁股看。他相信自己能把七宝从众多的屁股里认出来。

那些天他看了无数的屁股，直看到两眼发花，闭上眼也觉得有两片肥硕的东西在眼前动。他根本没有能力把它们一一区分开来。不好看的屁股各有各的不好看，而漂亮的屁股差不多总是一个样。一点办法都没有。他也在不同场合向不同办假证的人打听过七宝，三分之一的人摇头。三分之一的人答非所问，说办证吗？另外的三分之一只是给他白眼和骂他神经病！想一想敦煌也觉得挺滑稽，坚持不懈地见人就问，这多像是某个童话里的故事啊。

但不问肯定一点头绪也不会有，问了也白问，白问也得问。敦煌基本上已经对这样当面打听失去信心，北京办假证的他妈的那个多，集合起来肯定汪洋汪洋的成千上万。为了不至于把寻找七宝这事做得百无聊赖，他把它当成卖碟之外与人交流的一种古怪的方式来看。卖碟结束，他就会没头没脑地问一句，您认识一个叫七宝的女孩吗？客人一听，惊讶地看看他，赶紧走了。敦煌就对人家的背影抱歉地笑笑。

只要天气正常，每天都能赚到钱。缺碟了，他直接去旷山和朋友开的那家叫"寰宇"的碟店进货。不想再去打扰夏小容的生活。都这样了，继续你来我往，说好听点是相互温暖，难听点就是通奸。敦煌不在乎什么通奸不通奸，他担心夏小容。这女人心其实相当重，见了面欲罢不能，他穿上裤子利利索索走了人，她还不知道要在两个男人之间煎熬多少。当断就断吧。他觉得夏小容也应该有此意。有一天她给他电话，开始还幽怨地质问，为什么这些天不去看她，几句话之后就软下来。敦煌说，刚从旷山那边拿了碟，然后说，你方便的时候我就过去。夏小容就沉默了，自始至终都没告诉他什么时候方便。所以，敦煌悲壮地决定，长痛不如短痛，是个男人就得先扛住。他们此后很少见面，连电话也几乎不通。

"寰宇"在骚子营的一条巷子里，店墙上贴满花花绿绿的碟片海报。门左边是店名，门右边写着：绝对正版！货架上摆的大部分都是正版，做样子，盗版要穿过一个耳门，生意在里面做。敦煌第一次去，旷山把他介绍给合伙人周老板和两个店员，这是小容的干弟弟，好哥们儿，最低价给他。两个店员对电影都很精通，每拿一部片子都能解释出一大堆东西来，甚至拍摄时的花絮和八卦都了如指掌。敦煌及时表示了崇拜，两个店员说，崇拜啥，多看。

搬到蔚秀园的第十三天，敦煌买了电视机和影碟机。影碟机是新的；电视机从旧货市场买的，七成新，两百块。效果很不错。那晚上他吃了两袋方便面，一口气看了四部电影。后半夜出来上厕所，一天的大风，呼啸着经过石棉瓦屋顶，尘沙眯了他的眼。他没去巷子头的公共厕所，在大门口的槐树底下撒了泡尿，赶紧回去。狗日的沙尘暴，半夜三更跑来了。

次日上午，窗外有人兴奋地说话，土啊尘的。敦煌睡不下去，就起来了，出门看他们还在说。房东指着他脚下说，小伙子，看，土。敦煌看看脚下，一层细腻的黄土，跺一脚，溅起一团尘烟，再跺一脚又溅起一团尘烟。敦煌连踹了几十脚,周围尘土飞扬,老太太和邻居一个劲儿地往后躲,"别踹!别踹!呛死了!"敦煌停下来。"哪儿来的土?"他看到周围所有东西上都均匀地覆盖了一层厚厚的黄土。"沙尘暴?"现在风停了,太阳在天上,因为浮尘的原因看起来发白。黄天白日。

"下土啦!"房东兴奋地说,"老天下土啦!"

邻居们一样的兴奋。不管老人孩子,长这么大谁见过天上下土?反正敦煌没见过。他踹了一脚门前的槐树,一阵黄土飘飘悠悠落下来。真他妈的下土了。敦煌也跟着兴奋。洗漱完了,收拾背包去卖碟。一路上东张西望,到处都是土,黄澄澄,灰扑扑,很多小孩都像他一样踹脚玩。有的地方清洁工还在扫大街,积到路边的黄土堆得老高。奇了怪了。怪不得假证办得好好的就进去了,年头不对啊。

真正让敦煌觉得好玩的是在天桥上。他站在高处,看到眼前低矮的居民区和街道一夜之间变成了单纯的土黄色,如同冬天看见大雪覆盖世界。但和那感觉完全不同,落了土的房屋和街道看上去更像一片陈旧的废墟,安宁,死气沉沉。很难相信除了雪之外,还有东西能让世界变得单纯和平面起来，而且竟是如此颓败和荒凉。再看那些面无表情匆匆经过的行人，敦煌陡然生出一股破坏的欲望，他脱口大喊：

"夏——小——容！"

谁都不知道夏小容是谁，但都转过脸来看这个莫名其妙的疯子。敦煌对他们点头微笑，一阵窃喜，觉得这帮家伙愕然地大幅度扭转身子，使得眼前的世界多少动了起来。然后他看到路边停的一辆汽车上，谁在上面的黄土里写了六个字：狗日的沙尘暴。敦煌觉得这个有点意思，下了桥在后面加上三个字：当然是。写完了还不过瘾，又转到后备厢上写了五个字：不是我写的。

写完继续走，看见一辆宝马停在路边，就上去写：狗日的宝马。连写了三辆车，什么牌子的车就狗日的什么。到第五辆车前，刚想写狗日的，忽然想起办假证时到处写小广告，用签字笔或者喷漆，行人能看见的地方就写：办证130……。为什么不能给卖碟做个广告呢？敦煌顺手写下自己的电话：卖碟133……。

他为这个天才创意兴奋不已。一路写下去，见到车就写，车头没擦的写车头，车头擦过的就写车尾，直写到手指发麻,胳膊变酸,右手看上去就像黄土团成的。有人看他也不管,只顾闷头写,写完就走。写到下午两点,粗算一下,不下三百辆。然后找了个小馆子犒劳自己。看吧,等着别人来找吧。卖光盘的同志们多年以后应该也会感谢他,是他真正开创了光盘的外卖业务。

一顿饭没吃完,果然手机响了。敦煌兴高采烈地去接,对方说:"是卖碟的吗?"

"是。小姐您好,需要哪部电影?"

"有病啊你!"

敦煌觉得不对劲儿,想缓和一下气氛,就说:"小姐您好,我好像没有这部电影。"

"你别装疯卖傻,我告诉你,别到处乱写乱画,爪子痒了到石头上磨去!"说完就挂了。

敦煌很高兴,回骂道:"磨你奶奶的腿!"这种事办假证时常遇到。广告写在人家讨厌的位置,或者带背胶的小广告贴错地方,无聊的家伙就会打电话来撒气。敦煌高兴的原因是,广告的效果出来了。有人吐口水,一定也会有人送钱来。

埋单时手机又响了。是个小伙子,要买碟,也是在车上看到的广告。单位在长虹桥,敦煌就坐车过去了。到那里四点半,小伙子在五楼。几个办公室的同事都围过来,每个人对影视都在行。他们对影片的随口评论相当地道,后来敦煌离开,才发现那是专门搞文艺的单位。那一座楼全是搞文艺的。不是玩小说、诗歌、戏剧的,就是弄舞蹈、音乐、影视和出版的。小伙子说,一直有个卖碟的定期来,最近三个月不见了人影。敦煌说,那以后我定期来,想要什么碟可以提前打招呼。单位里的人对碟片的品相比较满意,这个敦煌还是有点自信的,虽说是盗版,他的碟盗得好。"盗"亦有道嘛。卖了三十一张。

离开时敦煌问:"其他单位能去吗?"

小伙子说:"没问题,直接上门就是了。原来那个就是直接上门推销。"

敦煌高兴得快晕过去,真是天上掉了泡狗屎落他粪筐里了。十几层的楼,他只跑了两层,人家下班了。就这两层也卖了八十多张。八十多,啥概念啊,纯利润两三百块钱。

上公交车前敦煌买了份报纸,吓一跳。报纸上说,昨夜北京下了三十万吨的土。他对三十万吨的唯一想法是，那能垒出多少个坟堆啊。报纸还说，这三十万吨土，一部分是北京自产自销的，北京现在就是一个大工地，没风的时候都可能尘土飞扬；另一部分是从新疆、内蒙古的大沙漠里刮来的。想想风这东西真他妈伟大，硬挺着把一粒粒尘埃千里迢迢地送过来，大工程啊。还有一个耳目一新的消息，新疆某列火车遭遇沙尘暴，一侧的车窗玻璃全被击碎，乘客只好一边站俩人，拿被褥堵住窗口，千里迢迢地与天斗与地斗。敦煌估计，这种事可能一点乐趣也不会有。但对这些消息，敦煌莫名地兴奋，很想找个人说一说。找谁呢？除了七宝好像没别人了。七宝，七宝呢，你在哪里？

10

又去一趟长虹桥，卖了一堆碟。下午回来就得进货。敦煌来"寰宇"的频率让旷山吃惊，一个人零散地卖，生意竟能如此之好。敦煌说，就一条：拼命。书面语是：敬业。

他每次进货回来，都要抽样把碟片在机子里试一下，以免客人买了放不出来。进货时，同样的盗版碟挑质量最好的，少赚一点无所谓，信誉要保证。这是他办假证积累的经验，回头客很重要。他们满意了，会主动替你做广告。然后就是送货及时。敦煌从汽车广告里尝到了甜头，买了几盒带背胶的口取纸，写上小广告，逮着机会就在闲人出没的地方贴。铺开来效果就显著了，经常有人电话订购。私人订购量都不大，有时候只要一部两部，敦煌也尽量送货上门，再游说一番，又可能多卖出几部。有个女孩不吃他这套，每次只一两张，绝不会多，而且只要暴力和恐怖片。

她住在知春里，敦煌过去要穿过大半个中关村。要命的是，从蔚秀园到知春里公交车不好坐，要么转，要么下车再走一大截。第一次去花了敦煌近一个小时。她住那小区最里的一栋楼，最高层。女孩挺漂亮，就是喜欢板着脸，跟别人欠她钱似的，经常叼着细长的女士烟，吸烟的动作有时候颓废不振，有时候咬牙切齿。她的烦躁和焦虑显而易见。不让敦煌进门，从防盗门的铁栅栏间交货。透过防盗门可以看到房间里面惊人的豪华，起码把敦煌给吓着了。他只在电视和电影里看过如此的排场。所以敦煌不理解，都天上人间的日子了，还苦大仇深的。有一回送碟，敦煌忍不住问她，为啥老看暴力和恐怖片？文艺片、爱情片、经典的获奖影片都可以看看嘛。他没说完，女孩就烦了，有完没完？爱卖不卖！把刚点上的香烟都扔地毯上了。地毯发出了怪异的焦味。

"对不起，我就随口说说，"敦煌说，转身要走，"地毯烧了。"

女孩说："我知道！"

敦煌气鼓鼓地下了楼。转什么转，长得好看就可以随便发火啊。敦煌决定下次不要这个外卖了，一次一两张碟，赚几块钱都送给公交车了，还惹一身刺。但下次女孩打电话要碟，敦煌又送过去了。一个小丫头，跟她计较什么呢。还有就是，他对女孩的状况隐隐有点好奇，也有点担忧，他从没看见过她房间里有别人。这无论如何有点不正常。也许看点其他片子对她有好处。敦煌交货时就多了一个心眼，不去推荐，只聊天，随口说，你们这个小区跟某部电影的小区很像，那电影看得我眼泪稀里哗啦往下掉，女孩子要看，起码得准备一条毛巾被。或者是，对不起，路上堵车，出租车追警车的尾了，有意思吧。这情节好像某部电影有过,你看过吗,那电影简直像《圣经》一样感人肺腑。这后一句是他从书上看来的。

那女孩开始还一脸的嘲讽,像看马戏一样。她一下子就看穿了敦煌的小把戏。几次以后态度好转一点,不那么焦躁了,烟抽得也淑女了一点。但依然不主动去打听那部电影。敦煌有了成就感,决定继续说下去,他相信总有一天那女孩会接受暴力和恐怖片之外的电影。

因为女孩几乎隔一两天要一次碟,敦煌不得不考虑买一辆自行车。他的生活也需要。早上在北大三角地贴了求购二手车的启事,中午就有人要求面谈。是个三十来岁的男人,穿西装打领带,文质彬彬。他带着敦煌在图书馆、教室和宿舍楼前转,一排排自行车看过去,问敦煌哪种车子比较合适。敦煌觉得一辆六成新的山地车看着更舒服,又怕买不起。西装说,没问题,价钱好商量,就这样的?

"差一点的也行。"

傍晚敦煌到北大西门外取货,那家伙已经等在石狮子旁边了,戴墨镜,屁股底下那辆车越看越觉得眼熟。敦煌就纳闷,跟中午那辆怎么这么像?"什么叫像?就是。"

西装嘿嘿地笑,"当然锁不一样。刚装上的。"敦煌看车锁,果然变了,中午车上还挂着两把上好的链锁,现在只有一个最简单的那种插锁。"这样不行吧?"敦煌说,"认出来就麻烦了。"

"操,全中国这种车子多了去了,怎么认?"西装说,"怕认?好办。"他从口袋里掏出一把小刀,嘎吱嘎吱对着横梁一阵刮,油漆落了一地。敦煌还犹豫。西装说:"操,你这人,搞一辆破车都这么磨叽,找不到老婆吧?找到也早晚要被甩。不要我可扔了。他以为上了两把锁就安全了。"

最后八十块钱成交。敦煌骑上车子,感觉相当不错,有车阶级就他妈爽。西装分手时嘱咐他,回去最好加把好锁,这种车子最不安全。又给了他一张名片,以后有哥们儿想要自行车,一个电话就成。名片上的头衔是:张先生,"二手"自行车店总经理。敦煌觉得这名片颇具收藏价值。世界已经疯了,这就是见证。他喜欢那辆二手山地车,跨上车顿时觉得生活充满激情。捷安特。他妈的捷安特山地车。

他骑着这辆车去给知春里的女孩送碟片,越发觉得应该把她从暴力和恐怖片的世界里拯救出来。敦煌甚至想，看看三级片、毛片也不错啊，至少能学点生活常识，打打杀杀午夜凶铃有啥意思呢。女孩没有接受他的建议，但还是有所改观。接碟时不再像过去那样随意地穿着睡衣，而是稍微正式了一点，头发也出现了梳理过的痕迹。那天敦煌跟她说，你骑过捷安特山地车吗？感觉真他妈好。我刚买了一辆。来你家的路上。我可以把车子借给你骑骑。

最后这个"借给你骑骑"终于让她笑了一下，准确说是笑了一半。当她发现自己在笑，果断地把另一半扼杀了。"谢谢，"她说，"再见。"开始关门。

敦煌赶紧说："你看过《偷自行车的人》没有？拍得非常好！"

他出了楼道，自行车不见了。他明明记得放在楼底下的，插在两辆自行车之间，那两辆自行车还在，都是破车。敦煌楼前楼后找了好几圈，连个影儿都没有。完了，被偷了。敦煌一下子想起西装。他调出西装的电话打过去。

"你好，你朋友也想买一辆？"

"他们都开轿车。"敦煌说，"我的自行车丢了！"

"你的意思是,还想再搞一辆?"

"去你妈的,我的车丢了!"

"车丢了找警察,找我有屁用!"

"只有你认识那辆车!"

"操,你丫脑子进了水是不是?只搞认识的车子,我他妈的喝西北风去啊?"

"那我车子怎么会被偷?"

"问小偷去!问你的锁去!"西装在那头也挺来火,"你以为我三包啊,神经病!"

敦煌不吭声了。他忘了给他的捷安特山地车加一把好锁。他觉得车子白天靠在身边,晚上锁在院子里,不可能丢,就没买锁。

西装说:"谁让你舍不得那几个钱?就那种插锁,别说小偷,随便抓个小孩,一伸手也拽下来了。活该!我一点都不同情你!要不,再给你搞一辆?五折?"

敦煌说:"去你妈的!"沉痛地挂了电话。越想越气,最后决定,要什么鸟自行车,自行车没发明之前人类不是照样活得好好的。

我跑,不信两条腿也能被偷去。

真就跑步去了知春里。敦煌发现跑起来的速度并不比自行车慢多少。

他一路跑得意气风发，闯了三次红灯，两辆车为他紧急刹车，很多人盯着他看。

在拥挤繁华的中关村，很难看到狂跑不止的疯子。

他把《杀死比尔》和《暴力街区》从防盗门里递进去。女孩穿着裙子，披一条火红的披肩。她想看一下《偷自行车的人》。

"没有偷自行车的人，"敦煌开了个玩笑，"只有自行车被偷的人。"

"你的车子被偷了？"

"嗯，前天在你楼下被偷的。"

"多少钱？我赔你。"

"八十，二手的。"

"八十？还捷安特？"女孩终于笑出了声，从旁边桌子上拿起钱包，掏出五张一百的要给敦煌，"骗人！哪有这么便宜的捷安特。"

敦煌当然不会要。此后，三公里之内他基本上都是跑步送碟。念书的时候他长跑不错，多少年不动，开始跑还有点不适应，跑了几次感觉就上来了，觉得运动的确是种乐趣。下一次给女孩送了两部碟，外加《偷自行车的人》，还是跑着去。女孩还要赔他钱，再不要就赔他辆捷安特了。敦煌说千万别，我现在跑得正高兴，别放我的气，再不锻炼这一百四十斤就该废掉了。

11

那天他从知春里回来，刚到魏公村，接到一个陌生电话，那男人压低声音问，看到你的广告了，有光盘吗？毛的。敦煌犹豫一下说，要多少？那人说，越多越好。在哪儿？北京航空航天大学北门，穿灰色夹克，红领带。

敦煌坐车过去，看见灰夹克坐在北航大门对面的马路牙子上。你要碟？灰夹克点点头，找个没人的地方说。他们在僻静的街道拐角停下来，敦煌从背包的夹层里拿出三张毛片。还有呢？敦煌把背包放到脚前，又拿出十来张，都在这儿了。灰夹克看了看敞开口的背包，不少碟啊，三级的有吗？敦煌从一大堆碟里准确地抓出五张来。他带得不多，三级并不好卖。灰夹克翻看碟片包装纸时一条腿不

停地抖,一张张都看遍了,突然说:

"我是警察!"

敦煌一愣,马上笑了笑,说:"大哥,别吓我,我胆小。"

"不信?"灰夹克左手从兜里掏出个证件,迅速打开,果然是警察,与此同时右手已经抓住了背包的一根带子,"所有碟没收!"

敦煌指着地上说:"你的钱?"灰夹克低头去看,敦煌一把抓过背包,拖着就跑。灰夹克上了当,想用另一只手去抓包,已经晚了。那根带子被他扯断然后脱了手。他喊站住!敦煌拼命地跑,背包口张着,一路往外掉了好几张碟片。幸亏跑得快。灰夹克追了不到五十米就停下了。敦煌一口气跑到中科院门口才停下,逃跑中间急急忙忙拉上了背包链。他没看见灰夹克跟上来,才一屁股坐到马路边上。腿肚子直哆嗦,吓得转筋了。海淀桥那次记忆犹新。

还好,这回逃掉了。

整整一天敦煌都没缓过劲儿来,妈的,出门撞见鬼。碟卖得三心二意,猛不丁就张皇四顾,担心警察冲过来。

损失了不到三十张碟，够他心疼的了。后遗症不仅是下意识就要警觉一下，手机响一声都让他惊心。第一个打来的是旷山，用的是别人的手机，告诉他要的《漂流欲室》已经到货，随时可以拿。因为号码不熟，敦煌犹豫半天才接。第二个电话还是陌生的号，敦煌咬咬牙接了。对方张嘴就说：

"喂，乌鸦吗？你丫是不是又钻李小红裤裆里出不来了？半年没见你了！"

敦煌松了口气："对不起，你打错了。"

"老子会打错？你那鸟腔烧成灰我都听得出来，丫还装。"

"我再说一遍，你丫打错了！"

"啊？真不是？"

"是你妈个头啊！"敦煌就挂了。对方又拨过来，一直响，敦煌只好又接。

对方居然还能沉得住气："不好意思，打扰了。那你知道乌鸦的电话吗？朋友给我你的号码。"

"找乌鸦到故宫去，我只认识喜鹊。"

骂完人敦煌舒服了一点，准备专心卖碟，天黑了。于是忍不住又开始骂灰夹克,一路都在说,狗屁警察,狗屁警察。快到海淀时,脑袋里一亮,想起灰夹克拿的那个证件,老觉得哪里有问题。他转着脖子找毛病,想起来了:灰夹克的证件上,落款的最后一个字挤在边线上。正常的落款不可能设计得如此局促。挤在边线上是他们故意做出来的。保定接过一单这样的生意,敦煌陪他一起去取货。当时保定还问了一句,落款是不是有点问题?制作的家伙说,都这样,做公安局的假,得留点破绽,给自己一条后路,就像假钞,细微处总有点明显的区别。那家伙还大义凛然地说:这是我们这行的职业道德。

敦煌又仔细回忆了灰夹克的证件,绝对有问题。心情立马好起来,狗日的,造假造到老子头上了。他连着对找乌鸦的那家伙的气也消了。谁知道是不是找错人了,说不准是无聊的骚扰电话。这么一想,脑袋里又一道光,为什么不能照葫芦画瓢,打电话找七宝呢?敦煌忍不住夸奖自己的智商,人要聪明起来,那是一点办法都没有。

他转身往回走,到人行道上、公交车站牌上、灯箱广告上包括垃圾桶上找办假证的小广告,那些广告上写着:办证,上网,发票,然后是手机号码。敦煌见一张撕一张，回到小屋里开始照着搜集来的号码一个个打过去。是女人接，敦煌就说："是七宝吗？我是乌鸦啊。"

对方就回答："不是。打错了。"

敦煌就再问："不会吧，朋友给我的这号码。那你认识七宝吗？"

"不认识。没听过。"

"哦，对不起，打扰了。"

是男人接，敦煌就说："你好，我是乌鸦啊，最近见到七宝了吗？"

对方说："乌鸦是谁？我不认识你。七宝我也没听过。"

敦煌就说："哦，对不起，打错了。谢谢。"

对方南腔北调，带着夹生的京腔。态度好的，咕哝一声挂电话；碰上正吃火药的，那就自认倒霉，忍几句骂。二十二个号码打完一无所获。敦煌没有失望，这应该是寻找七宝的最好办法，以静制动，以不变应万变。只要七宝还办假证，总会找到。若改了行，那没辙，保定那里倒容易交代了。要操心的就是搜集小广告，他贴自己的一边撕别人的。

七天内打了不下三百个电话。他不指望七宝就是那三百分之一，但三百个里哪怕有一个人认识七宝，事就成了。但七宝还是杳无音信。敦煌看着抽屉里一堆用过的手机充值卡，咬咬牙继续打，就当给保定买二锅头喝了。一天下午，敦煌在航天桥附近卖碟，在天桥上看到一个十岁左右的小孩边走边弯腰，弯一下腰就在地上贴一张小广告。他跟上去看，那是个新号码，就揭下一张开始打。半天对方才接，是个女声："乌鸦？没听过。"

"你认识七宝吗？"

"你到底是谁？"

"那你到底认不认识七宝？"

"认识。"

"太好了。我是敦煌，你能告诉我她在哪儿吗？"

"你他妈的到底是谁？"

"敦煌，敦煌啊。保定让我来找七宝的。"

"哦，早说啊。我就是。"

她住在附近的花园村，刚睡醒。敦煌约了她一起吃晚饭。敦煌坐在天桥下抽烟等她，兴奋得直搓手。终于他妈的找到了，对保定的歉疚可以减少一点了。有人从后面拍了他肩膀,敦煌转脸看见一个个头不错又比较丰满的女人,挺年轻,挺漂亮,还是烫成小卷卷的长头发,上面一件对襟小毛衣,外面是件象征性的罩衫,底下是条裙子。领口开得很低,看得见幽深的乳沟。他不敢肯定这样的女人是不是也可以称为女孩。敦煌绕半圈转到她身后,没错,背影和屁股摆在那里。七宝说,干吗?敦煌说,请你吃饭哪,保定特地交代,把你照顾好。

"他人呢?还说请我去看长城的。"

"你不知道?在里边。我也刚出来不久。"

"操,我说呢。有烟吗?"

敦煌给她点上一根烟。"你也抽烟?"

"烟都不抽,还不无聊死。"七宝说,"今天就够无聊的,没生意,盯着电视就睡着了。"

"没生意还雇小孩给你贴广告?"

"你看见了?总不能我去贴,笑也被人笑死。包里什么宝贝?"

"光盘。我卖碟。"

他们进了一家不大的川菜馆。敦煌翻开菜单吓一跳,贵得离谱,一份宫保鸡丁都要十八块,简直不要脸。敦煌把菜单推给七宝,狠狠心说,你来。七宝说,这家不错,朋友一请客我就提议来这里。七宝点了水煮鱼、鸡丝荞麦面、东坡肘子、青菜钵和四川泡菜。敦煌想,就当又遇到两次假警察吧。

七宝说:"怎么卖起盗版碟了?这活儿不干了?"

"刚开始找不到门路,临时卖卖碟。现在觉得这也挺好,没事看看电影。"

"进去一次进出个文化人了,"七宝说,"你们一块进去的?"

"嗯。其实,保定是因为我进去的。"

"这种屁话就不要说了。干这行,说到底都是为自己进去的。"

敦煌对她感激地笑笑。"你多大了?"

"不知道女人年龄不能问啊。猜。"

"二十二。"

"你比保定那狗日的还会说话。"七宝又要了一根烟,"二十三。都记不清他长啥样了。"

"他记得你呢。"

"操,记得我的男人多了去了。你记不记得我?"

七宝两嘴角上翘，笑起来，"说正经的，菜的味道不错吧？"

饭后，敦煌去了七宝的住处认认门。与人合租的两室一厅，七宝住一间，另外一间还有一个女孩。房间不大，摆弄得不错，一张席梦思，电视、影碟机、音响，还铺了一小块地毯。被子没叠。"有点乱，别往床上看啊。"七宝说。敦煌喜欢七宝的爽快。他捏着指头数一下，觉得七宝完全符合保定的胃口，怪不得放心不下。七宝给他冲了杯速溶咖啡。咖啡的香味混杂在女人房间的味里，敦煌有点犯晕。"房租不低吧？"他问。

"还行。一个人在北京，只能自个儿心疼自个儿了。"

还是女人会过日子。自己倒小气了，不小气怎么办，还指望挣钱把保定赎出来。

一杯咖啡没喝完，有人打电话找七宝。七宝看看敦煌，敦煌说，没事，我也得回去了，还要拿货。七宝就在电话里说，好吧，一会儿到。敦煌让她想看碟就随便挑，七宝挑了五张。

12

两天后他们又见了一次。七宝请客。她把碟片还给敦煌，另挑了五部别的。都在北京混，很容易谈得来。敦煌开玩笑说，保定托我照顾你，有什么体力活需要我干吗？七宝说，你也就能干点体力活了，不过现在还轮不到你。敦煌说，我等啊，轮着了一个招呼就到。七宝伸手在他脸上左右各拍一下，小心保定出来扁你。他们一起哈哈大笑。

下一次见面是七宝来海淀交货，顺便给敦煌送碟。傍晚，敦煌从外面刚回来，北大的黄同学要新旧两个版本的《小城之春》，他在小屋里等他的电话。百无聊赖正看一张日本的毛片，七宝打他手机，人已经到了北大西门。敦煌赶紧关了影碟机出来接她。屋太小，一个坐椅子上，一个坐床上，挤得腿碰腿。敦煌不太自在，七宝穿裙子，虽是长筒袜，碰着一下还是觉得靠到了她皮肤，越发找不到话题来说，就让她再挑碟片带回去看。这时黄同学电话到了，让他把碟片送过去。

大半个小时后，敦煌回到小屋。他推开门，七宝叫了一声，赶紧摁遥控器，满脸涨红。敦煌看见电视屏幕上一对赤身裸体的男女静止地缠在一起。七宝摁错了键，正暂停。七宝很窘迫，一把甩掉了遥控器。敦煌觉得有责任消除她的尴尬，就从地上捡起遥控器，说：

"看看毛片有什么？大惊小怪！我刚才看的那个嘛，要不我们一起看？"

"去，谁跟你一起看！"

"不看别后悔，老了想看都没劲看了。"

敦煌大大咧咧在七宝边上坐下，摁了播放键。之前七宝调成了静音。敦煌一不做二不休，让声音也出来。七宝坐着不动，谁也不说话，直挺挺地看着屏幕，不看都不行，脖子不能打弯似的。那对男女动作流畅，声音起伏有致。暧昧的声音充满小屋。两个人像两块僵硬的大理石坐在床沿上，慢慢听见了对方的呼吸声。敦煌动了一下，七宝也动了一下，两个人的膝盖碰到了一起。心都悬着，膝盖没有收回，好像那只膝盖与他们无关。然后两人莫名其妙地侧过脸，看见了对方冒火的眼睛和脸，七宝一把抱住了敦煌。

七宝说:"敦煌。敦煌。"

敦煌说:"七宝。七宝。"

就乱了。跟屏幕上的男女一样乱。七宝脱衣服的速度让敦煌吃惊,七宝的表现更让他吃惊。完全可以用狂野来形容。他从夏小容那里得到的经验根本用不上,太安静,太本分,总是慢半拍,跟不上。七宝那才叫肉搏。她在他身上时,敦煌觉得那就是半空挂下来一条奔腾不息的河流,他都忘了自己还要干什么。后来河流回到平坦的大地上,敦煌趴在上面,多么柔软丰饶。敦煌恍惚了几秒钟,觉得身下是一张宽阔的水床。

屏幕上的搏斗也结束了,出现一片单纯的、死亡一样安静的蓝。七宝拍拍他的脸说:"你真年轻。"这叫他妈的什么话。"我打了三四百个电话才找到你。"敦煌说。

"三四百个电话就为了这个?"七宝笑起来,笑得都有点不要脸了。

敦煌翻下身来:"保定让我照顾你。"

"你他妈别提他好不好!我又没卖给他,不就睡一觉嘛,有什么?他凭什么让你照顾我!"七宝坐起来要穿衣服。

"要走?"敦煌也坐起来,把衣服从床下捡起来递给七宝,"我送你。"

"赶我走?"七宝说,一把将衣服甩回床下,"我还不走了,今晚就住这儿了!"

七宝说到做到。和敦煌出去吃了晚饭,又一起回来了。两人看了一部周星驰的老片子《九品芝麻官》,上了床忍不住又乱了。夜深人静,两个人躺在一起,七宝抱着敦煌。七宝说:"抱着你真实在。"

"现在瘦了,胖的时候抱着更实在。"

"贫嘴!我是说,抱着你有种落了地的感觉。有时候一个人孤单了,想哭都哭不出来。"

"找个人嫁了不就完了。"

"你以为嫁人就容易啊。"

"难吗?实在没人要,我就委屈一下吧。"

"做你的大头梦!钱呢?跟着你吃沙尘暴啊。"

他们不再说话,抱着睡了。敦煌梦见夏小容在天桥上喊他的名字,就像那天他在天桥上一样。夏小容喊得泪流满面,然后像一件旧衣裳,从桥上飘飘而下。敦煌就醒了,一身汗。七宝把脑袋放在他的胳肢窝里,睡得正甜，嘴还吧嗒吧嗒地响。这个做梦都在吃东西的七宝才像二十三岁。敦煌抱紧了七宝，像她说的那样，此刻他想哭都哭不出来。

敦煌尽量不去想保定。进货。卖碟。想七宝的时候就给她打电话。七宝要过来，他就提前在小屋等着；七宝让他过去，他就会放下手里的事坐车或者跑步去见她。他的生活比较规律，七宝不一样，办假证没法规律，她朋友也多，常常会一起闹腾，那就更没个点了，有时候半夜十二点还在外面。敦煌劝过她，一个女孩子，回去太迟不安全。七宝说，死了最好。

敦煌正在给碟片分类。他说："怎么说话呢？要被流氓劫了怎么办？"

"你说的是劫钱还是劫色？"

"你说呢？"

"要钱没有。要色嘛，正好，我正想看看哪个比你更厉害。"

"你他妈成心气死老子！"

七宝专心致志地涂黑色指甲油，头都不抬。"你这种人，一会儿想这个，一会儿担心那个，别人不气你，你迟早也被自己气死。"

敦煌觉得她说得还是有点道理的。什么时候变得婆婆妈妈了,我他妈的才二十五岁啊。恨完自己了又忍不住说:"说正经的,要不,一起租个房子吧。你也别办假证了,最近风声好像有点紧。"

"别,千万别,"七宝脚都跷起来了,"你住你的,我住我的。我一点都不想管别人,也不想别人把我系在裤腰带上。"

"你看你那环境,那女孩的叫声简直惨不忍睹。"敦煌说的是她的室友。有天傍晚,七宝说同屋今晚不回来了,让敦煌过去。敦煌就去了,半夜里那女孩又回来了,还带回一个男人。然后就大呼小叫,好像带回了十个八个男人。弄得敦煌一夜没睡好。

"你这人,人家高兴了喊两声有什么!都跟你似的,喜欢闷头发大财。"

敦煌憋了憋不吭声,看七宝对着脚趾精耕细作。"不是关心你嘛,好歹是我女朋友。"

"喊,稀罕!"

一点办法都没有。

继续分碟。《偷自行车的人》在手里晃了一下，敦煌想起知春里的那个女孩。好多天没有她的电话了。最后一次电话是在拿到《偷自行车的人》的第三天，她说，看完了，再要一部暴力一部恐怖的，顺便带两部别的片子，《偷自行车的人》那样的。敦煌想问她《偷自行车的人》感觉如何，她说有客人来了，抽空再说。就再也没有打过来。敦煌算了算，十七天。不正常啊。他给那女孩拨过去，没人接。他决定去看看，七宝听说是个漂亮的女孩，叫着要去，看着他。一听要跑着过去，又叫，要穿过一个中关村呢，没病吧？坐不起车我可以请你。敦煌说，不去拉倒。七宝嘟囔半天，好吧，就当同甘共苦了。他们出了门就开始跑。跑到太平洋数码电脑城七宝就不行了，赖赖巴巴过了中关村桥，一屁股坐到路边，死活不动了，非要打车，理由也是同甘共苦。七宝在车上说，你疯了。

他们在楼下按门铃，没人答话。敦煌不死心，终于等到有人进门，他们跟着进去。一直爬到顶楼，看见门上两道又大又白的封条。他想透过猫眼往里看，猫眼正好被封住了。他们下了楼，碰到一个楼下的大妈，就问她顶楼的房间为什么被封了，大妈摇摇头。又问一个路过楼前的人，更不知道。七宝说，这么关心，有情况吧？

"我就是想知道她看过碟觉得怎么样。"

"《偷自行车的人》？这么简单？"

"想复杂也复杂不了。"敦煌说，"哪一天我突然不见了，活不见人，死不见尸，你会怎么想？"

"你这王八蛋，一定跟哪个女人私奔了！"

"你就不难过？"

"难过有屁用！谁知道你为什么失踪，要是好事呢？那女孩家被封了，说不定因为别的人。比如说，她是贪官的二奶啦，有钱人的小妾啦，好日子大把大把的都过腻了。"

"会不会是抑郁症、幽闭症什么的，然后出事了？"

"幽闭症你都懂啊，真有学问。没准是因为钱多花不完才抑郁幽闭的呢。"

"那倒也是。"敦煌站起来，看了一眼最顶上的窗户，半天才说，"你就不能往好处上想想？又是二奶又是小妾的。"

"二奶怎么了？小妾怎么了？多少人想做还没机会呢。"

这个问题争下去会没完没了，敦煌没理她，觉得这丫头才没心没肺。七宝看敦煌不理自己，也不理他，有什么了不起。两人打车回蔚秀园，快到硅谷，七宝说，我要喝酸奶！敦煌说，好吧，让师傅把车直接开到超市发超市门口。两人就算和好了。

13

那夜里，敦煌又做了和上次类似的梦，夏小容喊着他的名字从天桥上飘下来。他在梦里看得非常清楚，像电影里的慢镜头，慢得他怎么也抓不住。夏小容快落到地上时，变成了知春里那女孩的脸。醒来敦煌有种莫名的恐惧，他向来不迷信，但知春里的封条让他有恍惚无常之感。这梦有点蹊跷。第二天早上一醒来，就给夏小容打了电话。管不了那么多了。

夏小容的声音开始有点生，很快就正常了。有事吗？夏小容说，把主动权一下子推到他这里。敦煌期期艾艾半天，我就是想告诉你，七宝找到了。

"找到了？太好了。"夏小容说，"太好了。你一定要带给我看看，今天就看。"

敦煌决定在"古老大"火锅店请客。还是上次那张桌子。夏小容和旷山一进来就看见他们，七宝的好模样让夏小容心里一惊。夏小容说："敦煌，这就是七宝吧。真年轻。"

七宝说："小容姐好，敦煌总在我面前夸你。"

"他夸我？"夏小容笑笑，"一把年纪，老姐姐了。"

敦煌说："老什么！"

七宝也说："小容姐端庄娴静，正是男人最喜欢的成熟时候，也说老，哪儿跟哪儿呀。"

夏小容说："他都不想要我了，还不老？"

七宝对旷山说："这就是你不对了，吃着碗里看锅里。"

旷山摆摆手："没有，绝对没有。人家锅里的，想看也看不着啊。"

敦煌点了鸳鸯火锅、两份冬瓜、两份平菇。剩下的他们点。热气腾腾把敦煌和夏小容他们那边隔开来，尽管都觉得不说话也挺安全，还是主动找话，生怕冷了场。敦煌找旷山说卖碟,夏小容关心七宝在北京的生活,相互又讨论化妆品和零食问题,反而比他们预想中的热烈很多。只是吃到后半截,旷山提前离开,最近几天忙着店里盘点。过一会儿,七宝出去接了个电话,朋友生日,坚持让她过去。敦煌有点恼火,关键时候掉链子。桌子空了一半。

"再叫两瓶酒?"夏小容说,"一转眼就记不起你喝酒的样子了。"

敦煌就沉默着一杯一杯喝给她看,一直喝到十一点,然后把她送到楼下。夏小容说,上来喝杯水?这几天晚上他都在店里。敦煌就上去了。房间里的碟少了,白条筐好几个摞在一起。夏小容说,都拿回店里了,一起盘。敦煌嗯嗯点着头,觉得有点晕。一个人喝酒不吭声就会这样。

"七宝真不错。"夏小容说。

"谢谢。"敦煌看着她。夏小容把脸转到一边,看见了热水瓶,"还说给你倒水呢。"就拿敦煌前些天一直用的杯子,加了很多茶叶倒上水。"喝点浓茶,解酒。"水递过来,敦煌接过的却是夏小容的手。夏小容说,敦煌敦煌。杯子掉下来,人被拽到他怀里。

"我梦见你从天桥上跳下来,"他说,"像一块布。

就吓醒了。"

夏小容声音低下去："我活得好好的，干吗要死？"然后把敦煌的头揽在胸前。敦煌觉得更晕了，头脑嗡嗡地响，顺手把她歪倒在床上。这地方实在太小了。

夏小容说："不能敦煌，我有了——"

"我也有！"敦煌说。

他把嘴巴和舌头放在夏小容的下巴和脖子之间。这是夏小容最软弱的地方。夏小容的反抗只在喉咙里，听起来像哭，慢慢地手脚就摊开了，然后开始收缩和颤抖。敦煌已经到了她的身体里，这时候夏小容反而没声音了。她从来都是在地上流淌，永远也不会像七宝那样挂到空中去。夏小容把枕巾塞进嘴里时，敦煌觉得自己也差不多了。一边工作一边打开床头柜，尾声到来之前必须戴上安全设备。这是他们的习惯。夏小容拿出枕巾，说：

"没必要，我有了。前两天刚发现。"

敦煌停在那里，头脑里闪过"旷夏"两个字。血液从身体中间的某个部位开始退潮，像一杯水在迅速减少。那地方逐渐失去知觉，一点点失去形状和体积，最后像一缕烟从夏小容的身体里飘出来。

夜车经过窗外的声音。哪个地方有一声暴响,楼下停的几辆汽车同时报警。后来,所有的声音都消失,夜安静得像闹钟里的时间,只有嘀嗒嘀嗒大脑转动的声音。

"你打算怎么办?"

"还能怎么办?我下不了手。"

"然后结婚,生孩子,留在北京?"

"到哪天算哪天吧。在这儿,只有他是我自己的。"

敦煌一下子想到那些卖碟、办假证的女人,孩子背着,抱着,当众敞开怀喂孩子,她们说,要光盘吗?办证吗?夏小容穿上衣服去卫生间,上衣斜在肩膀上,背影一片荒凉。敦煌觉得她不是去卫生间,而是去大街上,孩子出现在她背上和怀里,然后坐到路边的马路牙子上,撩起上衣,用一只白胖的大乳房止住一个叫旷夏的孩子的哭声。

敦煌点了根烟。夏小容从卫生间里出来,衣服已经弄整齐,头发也梳理过了,她说,别抽了吧,对孩子不好。敦煌顺从地掐掉,觉得未必就如他想的那么坏,也许她整天端庄地坐在"寰宇"音像店里,对每一个到来的客人微笑,然后优雅地数钱。谁知道呢。

敦煌离开的理由是,出来抽根烟,瘾上来了。再也没有回去。在楼底下他抬头看上面的窗户,大部分是黑的,有亮的窗口始终没有谁的脑袋伸出来。敦煌想,这样好。这样最好。

14

春天终于真正来了。但是北京的春天一向短得打个哈欠就过去,不定明天就一下子二十七八度,让你脱衣服都来不及。敦煌和七宝的新鲜劲也过去了,开始为生活跑,各干各的事,往来不再像过去那么频繁。七宝还是不答应和他住到一起,她说别再逼我啊,再逼就散伙。所以敦煌还住在蔚秀园的小屋里,也挺好,半夜里撒尿在槐树底下就能解决。七宝有小屋的钥匙,闲得无聊敦煌不在她也会过来,买点小零食,看着碟等敦煌。有时候她会给敦煌洗洗衣服。女孩子用水就是费,房东看见了脸上的肌肉就开始哆嗦,因为水电费是和房租算在一起的。又不好直接挑明,就拐弯抹角说:

"哎呀,两件衣服洗这么久,我还以为十件八件呢。"

七宝一听就明白。她当初来北京，租的房子还不如这个，房东整天让她换十五瓦的灯泡，跟她说，别相信电饭煲能做出什么好吃的米饭，姑娘，还是煤球炉好，买个煤球炉吧。七宝坚持不换不买，半年就被房东赶走了。七宝想，个老东西，抠门都抠到水里了，就说：

"大妈您不知道，敦煌是个苦孩子，就这两身衣服换着穿，脏得跟铁匠似的，不花点工夫哪洗得干净。床单被罩啥的，更得好好洗。"

还有床单被罩，房东心疼得差点昏过去，照这么洗下去，水管里流出来一条长江也不够用。水表还不转坏了。房东说："敦煌真有福气，找到你这么个女朋友。"

"大妈您过奖了。"七宝暗暗得意，"我也就会洗洗衣服。这活儿简单，只要水用到了，就能做好。"

七宝一走，房东就在院子里直转圈，想着该怎样涨房租。她又去看了趟水表，回来小屋里的灯就亮了。她推门进去，看见满床的碟片。这是什么？她指着床上。敦煌说，电影。不，是光盘，盗版光盘。哪来的？买的。买这么多干什么？卖的。哦，你是卖盗版光盘的，房东说，手指着敦煌，原来你在干违法的事情！

"大妈,这也叫违法啊?"敦煌说,"满大街都是。音像店都在卖。"

"盗版的就是违法,我是书记,你骗不了我!你还骗我说是考研的!"

"我可没说,那是您自己说的。"

"我说的?你不告诉我我怎么知道?"

敦煌懒得跟她吵,开始收拾碟片:"大妈,想说什么您就说吧。"

房东说:"那好,我就直说。我不能留一个卖盗版光盘的住在自己家里,一个月才四百五十块钱!被警察知道了,我这张老脸往哪儿搁?我怎么说也是个书记!"

"您想加多少?"

"一百。"

敦煌拍拍墙皮:"大妈,我租期还没到您就加价,没道理吧。还有,趁这会儿天还没黑透,您可以到外边好好打量一下这小屋,还觉得值这价,您就回来收钱。"

房东到底当过书记,立马改变策略:"钱不钱我不在乎,我在乎自己名声。我不能随随便便就留一个违法分子在家里。你觉得贵,可以不租,在北大、中关村这里,还愁房子租不出去？我没听说过。"

"您还指望学生来租？北大的公寓楼新盖了一座又一座，他们早住上高楼了，一年才一千零二十块钱！万柳那儿的学生公寓，原来挤不进去，现在都空着往里灌风呢。算了，我也不跟您争，加五十，租就租，不租我明天就去找房子。"

房东说考虑考虑，一会儿就过来敲门，在门外说，五十就五十，下个月就开始算啊。敦煌说，妈的，钻钱眼里了。房东问，你说什么？敦煌说，我说没问题，我又赚了。

敦煌把这事告诉了七宝，七宝说："要是我，就跟死老太婆耗到底，大不了挪个窝。北京这么大，还找不到放张床的地方？奶奶的，哪天我有了钱，盖他几百座楼，起码得五十层，全租出去。我专门在家收房租。"

敦煌说："钱数不过来我帮你。"

"你这样的，也就能在家数数钱了。你他妈的就不能说，娘希匹，我到外面去给你挣房租去？腰杆挺起来，说你呢！"七宝给了他后背两巴掌。有点疼。"你看，我就说，两巴掌又傻了，你怎么整天搞得跟忧国忧民似的？"

敦煌一激灵，像小时候下巴被马蜂蜇了。是啊，什么时候成了他妈的这副忧世伤生的烂德行。当初从里面出来，那一身死猪不怕开水烫的豪气哪儿去了？那会儿想，不就是一个北京嘛，没地方住桥洞总还有吧；没东西吃饭还是可以讨的吧，要饭不犯法。那种过一天算一天赤条条没牵没挂的好感觉哪儿去了？当初还想，女人嘛，能搞就搞一个，搞到了拉倒，搞不到也拉倒，只要不被人关着，不被人管着，都是好日子。为什么现在日子越过事越多，越过心思越麻烦呢。见了鬼了。

"操，又玩深沉？"七宝拍拍他的脸，"我怎么就看上你了呢？不发呆就犯傻，现在又灵魂出窍。醒醒啦！"

"我想去看看保定。"敦煌说，"你跟我去？"

"不去！"七宝开始换运动鞋，"让我跟他说，一直都在跟你睡？"见敦煌不吭声，七宝就说，"好了，走了。"

他们要夜游圆明园，从一条巷子头翻墙进去。前几天他们和几个朋友翻墙进去过，半个小时就出来了。七宝没过瘾，拽着敦煌再去一次。敦煌托着七宝的屁股把她送过墙，没到福海就听见一片蛙声。七宝说，真他妈大，清朝的这帮龟儿子才是会过日子的主。圆明园的夜安静得有重量，沉沉地压在福海水面上。七宝的胆量让敦煌开了眼，她在黑灯瞎火的圆明园里到处跑，煞有介事地跟敦煌介绍，这个地方死过哪个宫女，那个地方杀过某个太监。冤魂累累。在大水法那儿，敦煌觉得寒毛都竖起来了，七宝倒无所谓，在残垣断壁里躲躲藏藏，学怪异的鸟叫。那声音比乌鸦婉转，更荒凉得揪心。学完了她就笑。敦煌让她小点声，别把管理人员招来。后来七宝累了，在一块大残石上躺下来，让敦煌也躺。七宝说，要不是石头凉就睡一觉，天亮了从大门出去。敦煌说嗯，一翻身到了七宝身上。

"你别瞎来啊，这地方！"

"想瞎来也来不了，都冻得找不到了。"敦煌亲了她一下，"打听个事。"

"说，只要是跟钱没关系的。"

"老夫老妻怎么也得给点面子嘛。男人借钱都会还的。"

"男人就不该借钱！"七宝把敦煌抱住，眼睛瞪眼睛地说，"就你那点小心思！我跟你说过了，别去赎什么保定，你把咱俩全卖了，也未必填得上那坑！三千两千能办的，我早替你出了。你认识谁？烧香都找不着菩萨！"

"那我也得他妈的找啊，我总不能眼睁睁地看别人替我耗在里面。"

"他是替你？他在替钱！干这行，谁都跑不掉，早一天晚一天的事。"

"跟你说不清，"敦煌扳开她的手，滚到石头上，"男人的事你们女人理解不了。"

"你们男人都他妈的是女人生出来的，还有什么女人理解不了！你就是那种标准的大脑缺氧型的，一点儿都不会错。你就不能把钱攒着，等他出来再给他？那时候他比现在更需要钱。"

敦煌又翻到七宝身上："操，老婆，你真厉害，我刚出来的时候缺钱，也是这么想的。"

"死一边去！"七宝把他推下来，"我十八岁就来北京，那会儿你在哪儿喝凉水？"

"应付考试，学分子式，氢二氧一是水。"

"你应该去当大学教授啊。"

"是啊，我也这样想。人家不要我。"

七宝笑起来:"没皮没脸。"敦煌也跟着笑。这女人可能不是他妈的女人生的,是妖精生的。一点儿都不会错。

15

七宝给敦煌置办了一身新行头,穿在身上远看近看都人模狗样。七宝说,就得人模狗样,给自己长脸,也给保定长脸,省得那帮站岗的把白眼珠翻到天上去。吃的东西除了烟,只带了一点,不好存放,带了保定也吃不上。买了一些常用药,保定胃不好。另外就是带了些钱,到时候按照保定的意思打点一下合适的狱警。敦煌不敢肯定保定是否还在原来的地方,如果不在,他再去在的地方看他。

站岗的已经不认识敦煌了。他也不便说,塞给带路的警察两包好烟,就被带到了头头儿那里。继续递烟。一查,保定还在。然后跟着警察一路曲曲折折地穿堂过廊,这些他不陌生。和几个月前没什么变化,警察的表情和脸色都没变,走廊拐角处墙上的半个脚印也还在。院子里的草已经油汪汪地发亮,背阴的石阶上苔藓开始往上爬。

那些站在岗楼上的抱枪的，枪还在怀里，他们站得高看得远。敦煌听见很多人在喊号子，脚步声咔嚓咔嚓像无数把刀在同时切菜。这个声音被敦煌从整个大院的寂静里准确地分离出来。这在过去是无法做到的，那时候他要么身处寂静，要么就在火热的切菜的队伍里，即使一个人站在队伍外面，也只能听见一种声音：要么是寂静，要么是切菜。

敦煌在一间大屋子的椅子上坐下。过了一会儿，他听见有人说："进去！"保定就从铁栅栏对面的一扇门里走进来，瘦了两圈。敦煌站起来，说："哥。"

"我猜就是你，敦煌，"保定在对面坐下，"这身不错，新买的？平时也得把自己收拾好。"

"左手怎么样了？"

"早没事了，要不也不敢跟那湖北佬打。"

"我还担心在这里找不到你。"

"应该快换地方了，反正不能在这儿羁押七个月。"保定说，"你怎么样？"

"卖点碟片，还行。我没弄到足够的钱……"敦煌头和声音一起低下去。

"头脑没坏吧,早跟你说过。判也就是一年半载,又不会死人。弄点钱容易啊?我有吃有喝,操你自己的心。有时间给我送两盒烟就行了。七宝找到了?"

"找到了。吃的东西和药都是七宝帮我买的,衣服也是她挑的。她有点忙,过不来。"敦煌盯着玻璃板上的一个黑点,觉得那应该是苍蝇去年拉在上面的一粒屎。他听见寂静的声音在耳边没完没了地蔓延,然后听见保定说:"她不错吧?"

"挺好的。"

保定笑起来,笑了一半慢慢停下。"没事,"他说,"谁让我是当哥的。好好挣钱。"

"嗯。"

"不管干什么,都要多长个心眼。回去吧。"

"嗯。"

他们没有用够时间就结束了探视。敦煌看着保定被带出门,步子有点趿拉,鞋子摩擦水泥地板的声音一下下惊心,他就轻描淡写地说一句,回去吧。七宝。七宝。敦煌看着那扇空荡荡的窄门,在心里大骂七宝,你他妈妖精生的,你他妈就是妖精生的!守卫说:"人已经走了!"

敦煌才发觉自己还煞有介事地坐在那里。他自作主张挑了几个人打点一番，折腾了好半天才结束。在看守所大门外抽烟时，他觉得疲惫不堪，回家时身上已经没有几个钱。

车到航天桥天就黑了，敦煌下车到七宝那里去。七宝手机关了，十有八九在睡觉。她划分白天黑夜依靠的不是时间和光线，而是困不困，一困黑夜就来了，大白天也拉上窗帘呼呼大睡。她像某种无所畏惧的泼辣小动物，她自行其是。敦煌在楼下按好多次门铃也没人搭茬。妈的，睡死掉了。再按，终于有人拿起对讲电话，是七宝的室友。一个两条腿瘦得跟筷子似的女孩，七宝说她是骨感美人，敦煌觉得叫骷髅美人更合适。瘦成那样了还生机勃勃，隔三岔五就把男人往家带，敦煌搞不懂那些男人，为什么都喜欢趴在一副排骨上。

骨感美人没好气地说，谁啊，不怕把门铃摁坏了！听说是敦煌，口气好了一点，七宝不在。敦煌问七宝去了哪里，她说不知道，问她手机去。这话说得，问她手机去。能问到还有你的事？敦煌初步认为，骨感美人不高兴的原因是，她不得不把身上的男人临时掀下来去听电话。他去超市买了一盒口取纸，开始写小广告。广告词改成：啥碟都有。写完了,又去找犄角旮旯处贴。现在环卫工人在清除小广告,称之为"城市牛皮癣",贴在显眼的地方纯粹是为了让他们撕。贴完了又去马兰拉面馆吃了碗面,七宝还没回来。骨感美人这回没发脾气,让他上楼等。敦煌说就在下面等吧。他怕听到骨感美人令人发指的叫声。他在楼前小花园的矮墙上坐下来,脑袋放到膝盖上,两分钟不到就像一个坚硬的三角形一样睡着了。醒来时已经凌晨一点,七宝站在他面前,满嘴酒气,你怎么在这儿?

敦煌站起来,浑身的骨头咔嚓咔嚓响,肚子里有莫名的悲愤要冲出来:"我该在哪儿?"

"对不起啊,跟朋友玩去了。"

"都什么神仙朋友,非玩到三更半夜?"

"酒肉朋友好了吧。走,我扶你上楼。"七宝做着样子要来搀敦煌的胳膊。

敦煌一把甩过去,说:"我他妈的不想上!"

"你小点声。"

"我为什么要小点声?"敦煌突然就歇斯底里喊起来,"睡什么睡!都他妈的给我起来!"

跟着就有好几扇窗户亮起灯,伸出脑袋喊:"号什么号,还让不让人睡觉!神经病!"

敦煌指着他们喊:"你他妈的才神经病!"

"你疯了你?"七宝说,"跟我上去!"

"我他妈的不上!"敦煌转身往外走,七宝叫他也不理。七宝跟到小区外的街上,说:"敦煌,再不站住我杀了你,你信不信?"

敦煌站住了,说:"杀吧。现在就杀。"

七宝走到他面前,发现敦煌眼泪都下来了,心就软了,掏出纸巾给他擦眼泪。"我知道你是为保定的事,"她说,"今晚的确是跟朋友吃饭,手机下午就没电了。骗你是这个。"她用手指做四条腿的小狗。

敦煌点上一根烟,此刻一点幽默感都没有,觉得心里长满了荒草,他对七宝说:"你回去吧。"然后继续走,他不知道如果关在里面的不是保定,而是他,保定会怎么做。他一根接一根抽,烟屁股随手扔到地上。七宝一直跟在后面,敦煌扔一个烟头她就捡一个,一直捡到苏州桥。一个多小时的路,七宝在北京多少年没走过这么远的路了,累得脚疼,多一步都不想再走,就拦了一辆出租车,开到敦煌边上。

"上车。"七宝向他摊开手里的一堆烟头,"你要再摆这臭德行,打明天起,你他妈的别来找我。"敦煌看看她手里的烟头,一共十三个,拉开门上了车。

16

五月里又来了一场沙尘暴。天气预报说,这在北京的历史上也属罕见。但它就是来了。一天一夜的长风鼓荡,尘沙被送到天上。为防止落进低胸的裙子里,女人们加了一件高领的罩衫;男人们把领子竖起来,鼻梁上架起墨镜。北京的五月很少如此庄重和严谨。然后风就停了,很突然,气象部门都没反应过来。像百米冲刺跑了一半,硬生生收住了脚。细密的沙尘在天上下不来,天地昏黄,空气污染指数高得可怕。新闻里说,这种浮尘天气不宜外出。说得相当正确,敦煌每天都外出,在避风的地方也卖不出几张碟片。碟不好卖不算太正常,也不算太不正常,消息说,风声有点紧,这回是真的。敦煌开始谨慎,磨磨叽叽地卖,一周没进货。浮尘被人工降雨弄下来了,天开始变高变蓝,敦煌数了数碟,该去"寰宇"了。

站在路边上看"寰宇",门上多了两张交叉的封条。封条上的日期是前天。敦煌背着空包站在门前,手机在掌心里转。夏小容,旷山,他在掂量给谁打更合适,最后决定给旷山打。旷山的声音像个紧张的老头子,听说是敦煌才放松下来。旷山说:"兄弟,我栽了。"

旷山早上刚从拘留所里出来,夏小容把家里的积蓄差不多全送进去才把他弄出来。那帮警察大白天就进去,直接掀开布帘子进了后面的小仓库。盗版碟成捆成袋码在架子上。刚进的货,要不是这场沙尘暴早散出去了。一张没剩,他们是开着小货车来的。车里已经堆了不少,看来倒霉的不止他们一家。他们能够上来就挑布帘子,显然是对所谓的音像店心知肚明。正版的光盘贵得要死,不卖盗版吃个屁啊。幸亏毛片大部分都放在家里的床底下,否则出来怕没现在这么容易。他跟周老板一起被带走的,当然都出来了,也是家人拿钱赎出来的。

"有什么打算?"

"喘口气再说,"旷山说,"有空过来喝两杯?"

"好的。小容怎么样?"

"她倒比我想得开。女人你真搞不懂,过去整天叨叨挣钱回老家，现在穷得光屁股了，反倒什么都不提了，就跟那些钱不是她辛苦赚来的似的。折腾成这样，真有点对不起她。你要进货？找冯老板。"

敦煌按地址找到叫"大天鹅"的小饭店，一个大胡子男人在门口等他。店在一里地外，一个类似地下车库的地方。敦煌跟着大胡子下了楼梯，曲曲折折绕了不下八个弯子才来到店铺。那简直是个垃圾场，到处都是光盘。有包装纸的花花绿绿，没包装纸的银光闪闪，地上铺了一层，里面的人直接从光盘上走。这是敦煌这辈子看到光盘最多的地方，大约一百平方米的空间，一座座光盘的山，完全是一个光盘工厂。大胡子看敦煌眼都圆了，就说，这不是最大的，不太全，凑合着挑点吧。

敦煌挑碟的时候想，真他妈开了眼了，然后感到自己作为一个小打小闹的卖碟人是多么可笑。他把一个背包和一个行李箱全装满，吃力地拎着它们走过光盘山时，觉得自己更可笑了。一背包一提箱，十头牛一根毛而已。当初旷山一定也有相同感受，所以刺激了几次，他就拼了命要开一个音像店了。

这里的光盘价格比"寰宇"还要便宜，敦煌后来都在这儿进货。风声的确有点紧,他尽量不在大街上招摇,免得撞到警察和城管的枪口上。而是过几天就把过去的几个点走一圈,像北大的学生宿舍、长虹桥的那栋大楼,以及其他一些小的单位,都是见缝插针,打完一枪赶快换地方。另外就是偶尔电话联系的散客,都是老主顾。哪一天感觉不对了,就待在家里看碟,或者陪七宝逛街。也会陪七宝去送货,假证生意好像也不景气,七宝干活有一下没一下的。他们的关系说好不好,说坏不坏,在一起的时候不坏,见不着人影的时候不好。七宝觉得这样好,别捆一块儿过日子。

敦煌一直没去找旷山喝酒,不想听他诉苦。有一次旷山打电话给他,说夏小容的肚子已经显山露水啦,他就躺在床上想象显山露水是什么样子,更不想去看他们了。旷山喘了几天气,就和夏小容一起卖碟,照他说的,重新积累,早晚东山再起。

有相当长一段时间,敦煌都觉得没劲,天热了,出来进去都不舒服。外面阳光鼎沸,白花花晃得人气短;小屋也开始热,墙顶都薄,太阳一晒就透。小屋就像个温度计,外面温度一高,里面噌噌噌就跟着上去了。弄得他里外都焦虑,觉得生活漫无边际又无可奈何。七宝也懒得往他的小屋里跑,觉得那不是人待的地方,两人见面自然就少了。偶尔打个电话或发发短信,仿佛也就为了证明对方还都活着,就在零散的电话和短信里,漫长的一天又一天就过去了。

生活倒因此重新变得简单,敦煌得以把更多的心思用到碟片上来,看和卖。新找了几条线,卖得都还不错,最重要的是安全。这也是保定临走时告诫他的,进去了就等于什么都没干。敦煌偶尔也能在马路边或者超市门口看到夏小容,肚子已经颇具规模,按照月份和大小推算,应该是双胞胎。如果是双胞胎,哪一个叫旷夏呢。夏小容面前是一个不大的碟包,跟客人说话时常往旁边看,旷山坐在远处抽烟像个闲人,脚前放着一个密码箱。这狗东西被吓怕了,把挺着肚子的夏小容推到前面来。

那天凌晨四点他被手机吵醒,电视屏幕上一片蓝,碟片放完了。一个陌生的女声,说,七宝被抓了。敦煌问你是谁,对方不说,只是说,一起抓了十几个姐妹。敦煌就明白了,他都奇怪自己竟能有如此冷静的反应,他说,要多少钱?女声说,五千,一般都这个价。挂了电话敦煌才想起来,这声音是骨感美人的。他早该看出来她们是同行,看来她躲过了这一劫。五千。敦煌手头的钱大大小小加起来只凑够一半,只能找夏小容和旷山。他到芙蓉里把他们叫醒,只说借钱,急用。旷山还想再问,被夏小容瞟了一眼。

旷山说:"那钱说好明天去进货的。"

夏小容说:"迟两天会死啊?"

旷山不情不愿地从抽屉里拿出钱来。敦煌没理他,只跟夏小容说了声谢谢。

早上七点敦煌到了派出所,一直等到所有人的笔录做完。敦煌说,他从外地赶来,不容易,希望能早点把人带走。领导说,都一样,这种烂事谁也不想拖。做决定的时间很短,价钱也没有商量的余地,五千。交了罚款就可以领人。敦煌站在门口,看见七宝头发凌乱地跟在警察身后走过来。一直到敦煌面前七宝也没抬头,就低头站着。敦煌把她垂在前额的一绺头发拨到耳后,揽住她的肩膀说:"我们回去。"

一路无话。到了花园村,骨感美人开了门,看见他们什么也没说,进自己房间了。七宝躺到床上,点了一根中南海,敦煌一把夺过来扔到了窗外。

"钱,钱,要那么多钱干吗?"敦煌终于忍不住了,"陪葬啊?"

"没钱怎么活?"

"活不下去不能走吗?非要赖在这里?"

然后两人都沉默。骨感美人的房间里传来怪异的声音,这次是男人在叫。

敦煌说:"我们换个地方住。就这么定了。"

第二天他们搬到北太平庄附近的牡丹园,租的一居室,价钱还比较公道。七宝用过去的积蓄还了钱。新家收拾好了,敦煌前前后后看一圈,说,好,就这样。这是六月底。接下来是七月和八月,北京的天先是热到了头,然后开始逐渐凉爽。在这个八月,敦煌和七宝各长了一岁。敦煌二十六了,七宝二十四。他们选了两人生日的中间一天,买了一个小蛋糕,切开来一人一半吃了。七宝做了几个菜,喝了几瓶啤酒,就算庆祝过了。

敦煌说:"咱俩加起来已经过了半辈子了。"

"就你那身板,"七宝开他玩笑,"上了床半场足球都踢不下来,我看大半辈子都过了。"

"过了就过了,只要高兴,过一天算一天。"

这个八月里他们前所未有的快乐,该经过的也经过不少了,两个人生活透明起来的感觉很好。生意也不错,盗版碟和假证都好卖。敦煌发现,八月里三级片和毛片相对来说更好卖。他问七宝,是不是天要凉快了,男男女女就想学坏了?当时他们在床上,七宝翻到他身上,说,你问问你自己就知道了。敦煌说,哇,泛滥成灾了。他说的是七宝这条河泛滥成灾了。

一天下午,敦煌在卖碟时听见有人叫他,是旷山,左手是夏小容的碟包,右手是他自己的密码箱。夏小容挺着大肚子跟在他后面。他们打了招呼,旷山把夏小容的碟包在两米之外打开,跟敦煌说,咱们邻一回摊。

夏小容说:"七宝最近怎么样?"

"就那样。"敦煌说,"还办她的假证。你们呢?"

"刚领了证,他托老家的朋友帮着办的。"

"结婚了?祝贺祝贺,也不跟我们说一声。"

"都老夫老妻了,"旷山摸着夏小容的肚子,"还玩那花样干啥。呵呵,要当爹了。"

夏小容打一下他的手,满意地摸着自己肚子,两个酒窝里都散发出温暖的奶香味。旷夏还没出生,她做娘的感觉早早就到位了。

敦煌低头翻看一张碟,听见旷山的手机响了。旷山对着手机说:"已经到了。好。好。"

大约五分钟,两个穿大裤衩染红毛的年轻人走过来,对旷山打了个响指。旷山对敦煌笑笑,我先过去一下,有点生意。他就带着红毛们走到十几米外的雪松底下。旁边是正在修建的地铁的工地,铁的挡板、一个不规则的土堆子,以及一条通往另一条街道的小路。敦煌知道这家伙又弄到一笔大生意。他不愿意表露出自己的艳羡,只在转身的时候,用眼睛余光看见旷山正蹲在地上打开他的密码箱,两个红毛伸着脑袋围在他身边。他们在翻看,然后合上箱子,开始小声说话。头碰头说了好一会儿。

夏小容有点担心,对敦煌说:"怎么这么久?你帮我去看看?"

敦煌说:"放心,他们在讨价还价。"

正说着,两个警察从挡板那边冒出来,敦煌迅速合上背包,然后跑过去帮夏小容收拾,快走,他对夏小容说。夏小容没回过味来,张皇地左右看,那两个警察已经跑到旷山那里了。他们喊:"干什么的!"两个红毛站起来就跑,警察只抓住了旷山和密码箱。

夏小容慌了,一手抚着肚子,一手哆嗦指着旷山,声音都变了:"旷山!敦煌,快,快,旷山!"夏小容的脸上露出敦煌从未见过的复杂表情。"敦煌,快!求你了!"

背包掉落地上时,敦煌已经冲出去了。他冲到警察面前,大喊一声:"别动我的碟!"一把从一个警察手里抢过密码箱,抢到手就沿那条小路往北跑,边跑边喊:"我的碟!"两个警察没想到半路杀出一个人来,丢下旷山就去追敦煌。敦煌拎着箱子拼命跑,警察在后面追,喊着让他站住。他哪里敢停下,见路就跑,转了一圈竟然跑回来了。他看见夏小容坐在地上,一股红色的液体从她两腿之间流出来,几个好心人正围上来要扶她。旷山不知道去了哪里。敦煌想往夏小容身边跑,一转身密码箱绊到了腿,一个跟头摔在路边。密码箱也摔开了,花花绿绿的碟片包装纸摊出来。他听见围观的人惊叫一声,哇。他还看见几乎每张包装纸上都有两条白花花的大腿和两只白花花的大乳房。

警察跑到他跟前时,他听见手机响了,是七宝给他设置的曲子《铃儿响叮当》。摸了两下才在地上找到手机,七宝在电话里大喊:

"敦煌,你这王八蛋,我在医院里,我怀孕啦!我要杀了你!"

然后他的手被警察举起来,连同手机和七宝的声音,吧嗒,锁进了手铐里。

2006年5月28日,芙蓉里

天上人间

1

子午是我表弟,下了火车在出站口等我,脚边一个拉杆皮箱。半个小时之后,我还没到,他把箱子拖到电子屏幕下看整点新闻。新闻结束了是漫长的广告,之后有两个不相干的人在做访谈,说北京的房价像失控的热气球,想停都停不下来。我表弟就笑了,狗日的让你们住去,住死你。然后又是新闻。世界上有很多他不知道的事,很好,都跟他无关。只有我跟他有关。除了电视上看见过的国家领导和明星,在北京我是他唯一认识的人。说好了我四点十分在出站口接他。整点新闻播了三次，子午站累了，摸烟的时候发现盒子里空了，然后感到身上冷，像披了一层凉水。火车站的大钟沉郁地响起来，七点，天黑下来，《新闻联播》开始了。子午向四周仔细看，灯火、车辆和人，连我的影子都没有。他有点慌，摸出一张纸条去找公用电话，第二次打我手机。还是关机。他彻底慌了，对经过身边的一个环卫工人说：

"你认识我表哥吗？他叫周子平。"

那老师傅茫然地摇摇头，听不懂我表弟的话，他一急把家乡话说出来了。子午只好努力卷起舌头，用普通话重说一次。老师傅还是摇头。子午把经过身边的陌生的脸都认真看了一遍，拖着箱子一路小跑又回到出站口。新一拨下车的旅客浩浩荡荡地拥出来，还是没有我。子午都要哭了。

这是两年前的事。我表弟第一次来北京，投奔我。那天晚上他在出站口和电子屏幕之间来回走，一直走到屏幕上什么节目都没有，车站广场上除了数得过来的几个人，只有十几只塑料方便袋在风里走。他从箱子里拿出一件厚夹克穿上，坐在箱子上睡着了。我还没到。子午醒来时天快亮了,屏幕上重新开始播报新闻,女主持人用像玻璃一样客观的声音说,世界的某地正在打仗,几十万人无家可归。子午身上落满露水,头发垂到额头,他觉得自己是那几十万人中的一个,还没见到亲人就已经与亲人失散了。我是他表哥,他是我姑妈的儿子。

子午没等到我。那天我进去了。被警察撞上时,口袋里有一个半成品的假硕士毕业证,落款是北京师范大学。半成品是因为我还没来得及找人做好封皮。一个脑袋半秃的中年男人预订的,他想用北师大的牌子做梯子,爬到副处长的位子上。要价一千。他想压到八百我没同意。想想,一千块钱换一个副处,一本万利都不止,副处可以贪多少公款啊。他就答应了。我很高兴,这个证赚上八百都不止。我靠给别人办假证为生。那天我的问题出在贪上。从事这行当以来,我时时告诫自己的,就是不能贪,适可而止。那天中午我其实是要找人做封皮的,偏偏就头脑一热,又在人民大学和当代商城之间的天桥上站住了,想再揽一笔生意,多赚点晚上给子午接风。我们哥儿俩有几年没一块儿喝酒了。

就给撞上了。一根烟都没抽完。桥上风大,我侧过身想躲躲，两个大盖帽就从南边的引桥上来了。都没法躲，也不能反抗，天桥好几米高，不敢跳。有些警察你得佩服，他们就有判断你不是良民的直觉，摁住了就从我裤兜里搜出半成品的假证。我喊冤抱屈都不管用，先带到局子里再说。他们动手了。我把牙咬得咯嘣咯嘣响，梗着脖子坚决不承认是办假证的，我只是想找人办个假证，那半成品是个样品，我想跟人家说，就做成这样的。不能实话实说，性质不同。他们好像不信，但我死不松口，而且一个半成品说到底也不算个大事，就把我扔到里面去了。那时候子午正在电子屏幕底下看世界各地的地震、海啸、战争、军事政变和一夜挣到数不清的钱。

到了里面就音讯不通。我想这下子午苦了，他一个人孤苦伶仃的都不知道往哪儿去。我每天都惦记着他。十五天后我出来，满脸胡子往火车站跑。从中午等到晚上九点，没看见一个长得像子午的人。我表弟一表人才，脸皮白净，宽肩窄臀，能长成他那样的不多。为了不埋没这个好皮相，他在县城玻璃厂上班的时候还做过两天明星梦，要去当演员，县剧团没要他，声音不行，一张嘴就像吐出一张张砂纸。这才死心。我在出口处抽了两包烟，然后疲急地回到住处。

第二天买了个二手手机,之前那个被警察弄丢了。生意得重新开始。我一路往火车站走,一边走一边把新号码往犄角旮旯里写,希望能被更多想办假证的顾客看到。我在火车站又待了大半天,人来人往的眼睛都看疼了,还是没等到子午。就给姑妈打电话,姑妈说,不是在北京吗,就打过一次电话回来,问你的手机号。也就是说子午还没回去。我继续等。

火车站是我唯一可能等到他的地方。北京像个海,要漫无目的地找子午等于是在捞针。接下来的一周,我一直在火车站附近晃悠。直到周六下午,四点左右,一个头发乱糟糟的小伙子弓腰驼背地出现在出站口,空洞地向四处看,那样子好像已经在这里等了很多年。衣服斜吊在身上,扣子掉了一半,红底子的小背包被泥土染成灰黑色。我试探地喊一声子午,他突然抬起头,像狗一样警觉灵敏地找,看到我时,空荡荡的眼神里立马有了内容。子午踉踉跄跄地跑过来,抓住我的胳膊,眼泪哗哗地下来了,嘴唇一直抖,半天才出声:

"哥!"

他一边哭一边说，总算找到哥了。弄得我心里挺难受。比我印象里的表弟瘦多了，双眼皮都成了三眼皮。他说他知道我一定会来找他，所以一有空就会在下午四点左右过来，那是他出站的点儿。他来了很多次，有时候经过广场时，也会瞅两眼。

"你住哪儿？"我问他。

"随便哪里，哪儿能卧下一个人就住哪儿。"

"箱子呢？"

"在旅馆。"子午说，"没钱付房租，被老板赶出来了。箱子扣在那里。"

正好我们经过一家小饭店，子午咽着口水说："哥，我想吃顿红烧肉。"

好，咱们吃。子午肚子里真被刮干了，满满一大碗红烧肉一个人全吃了，两嘴角油水源源不断地挂下来，看得我直犯恶心。吃完了我们去子午住过的旅馆。一对老夫妻开的，楼上和地下室都有房间。子午住的是地下室，最便宜的。房间里摆了四张高低床，子午睡在东北角的上床。老板娘看见子午就叫起来："钱！钱！老头子，那小子来了！"

"什么？"老板在另一个房间里喊，"他还敢来！"

子午要往我身后躲，我按住他的肩膀。哥有钱。老板干瘦着一张脸，抓着一个油腻腻的账本送到我面前。五百。对子午已经是个大数目了。钱到了事就平了。我们拎着箱子离开。子午说："哥，我恨死他们了！"

"谁？"

"都恨。老板，老板娘，大楼，马路，商店，汽车，走路的人，这些稀落落的树我都恨。"

我懂，无路可走时你会觉得全世界都是敌人。这样的日子我过得比他多。经过一个地下通道，他指着卧在角落里的一个疯子对我说，前几天那里是他的位置。我抓住了他的肩膀，他是我弟弟。我的表弟子午。子午说，要不是偶尔能找到个卖报纸的差事，早该要饭了。一路上他都跌跌撞撞地跟在我身后。到了西苑我租的住处，他一屁股坐到我床上，长嘘一声："妈的，吓死我了！"

"怕什么？"

"大。北京太他妈的大了！我每天走到哪儿都想着回火车站的路，怕把自己弄丢了。"

2

在早市买了一张折叠床,子午住下了。他头一次来北京,我带他简单逛了一圈。偶尔有生意找上门来,我就告诉他要如此如此。

办假证其实挺容易,眼神好使一般就问题不大。通常的程序是,我把小广告打出去,等着兔子主动撞上来,或者是到大街上揽生意,见着可疑的人就问,先生,办证吗?毕业证、驾驶证、通行证、护照,什么证件都有。对上眼了就找个僻静的地方谈价钱。对方要预付订金,然后我就按照要求去打印室和小工厂制作,最后交货。实在复杂的我一个人摆不平,再去找别人帮忙。那都是做大生意的人,你能想到的东西他们都能弄出假的来。这样的生意我一般不接。不想搞得太大,夜长梦多人多嘴杂,保不齐哪个环节出纰漏了,那比害眼要厉害。所以我尽量一个人就把能做的做好,从接活儿到制作,坚持做小生意。我认为这是办假证这一行必备的美德。日进分文发不了大财我还发不了小财吗。

那几天我不停地向子午讲解北京。北京很复杂，太大，交通又不好，我就带他看了看海淀，像北大、清华、人大、北外、民族大学、首都师大、硅谷、双安商场等，这些都是要经常活动的地方。也不断地给他树立同一个原则：戒贪。一贪准坏事，那得把自己搭进去。我就是活生生的例子。子午一个劲儿地点头。一圈走下来，子午说好多了，不那么怕了。这就好，贪会坏事；怕，你又干不成事。我表弟头脑好使。

我表弟头脑一向好使，也就因为太好使反而一事无成。我也一事无成，那是理所当然的，我清楚我很平庸，子午不一样。小时候他念书，姑妈在学期考试之前半个月跟他说，考好了给你买啥啥啥，他一准进入前三名，就靠十来天的突击。这个诱惑姑妈要是忘了，他可能就把倒数前三名给你考回来。任课老师都说，陈子午是个怪才，成绩跟老头的大裆裤腰似的，要大能大，要小能小，弹性十足。后来我姑妈的利诱慢慢刺激不了他了，他就随心所欲地学，懒懒散散，抽烟喝酒都学会了，但不是那种打架斗殴的坏小子，最后竟也赖赖巴巴考上了电大。他在那里玩了两年，随便挣了张毕业证就进了县里的玻璃厂。当时效益还不错,在我们县里算大型企业,但是说完就完,厂长带着一堆钱跑了。剩下的人死撑着,干到哪天说哪天。他从制作车间被调到清洗部门,就是在清水里涮瓶子。一大池子水,一大堆玻璃瓶子,咣当咣当地洗。一帮老娘儿们干的活儿。那些老女人整天开他玩笑,都往腰以下开,弄得他很恼火,三番五次要领导把他调回去。领导说不行,坑都满了,你就委屈一下蹲在水池子边上吧。子午一着急,敲碎了瓶底拿瓶子锋利的上半身要挟领导。这哪儿行,往公安局一告这就是犯法。子午待不下去了,干脆辞了职,想起来要跟我混。

在我们那地方,来北京混的人很多,都说首都的钱好挣,弯弯腰就能捡到。通称为"跑北京"。办假证的,做小生意的,还有干其他莫名其妙事情的,这些具体的人,被称为"跑北京的"。我就是个"跑北京的",现在子午也是。

我们住的地方不太好。没办法,北京的房子比人值钱。一个破落的四合院,我租其中一间,除了几件简单家具什么也没有。因为屋小,为给子午摆下一张床,还把一张破写字台给搬了出去。其他几间屋里住着另一个办假证的、一个三天两头出差的推销员和一个修自行车的。修自行车的老铁长一张厚脸,络腮胡子长到下巴处整齐地停下了,像电视里常说的行为艺术。子午第一次见到他,跟我说,这哥们儿真会长。他修车的家伙装在两个铁条焊成的大筐子里,筐子分别挂在自行车后座的两边。我感兴趣的是,老铁每天推出去和骑进来往往不是同一辆车,像玩魔术一样。事实上,除了和另一个办假证的文哥经常走动,我跟其他邻居几乎都不来往。他们之间也不来往,见面点下头。我和文哥是闲人,办假证的都闲,每天有大把的时间不知道怎么用。文哥是湖北人,高兴不高兴都爱来两段豫剧。湖北人唱豫剧,那感觉有点诡异。没事干的时候我就让他唱,其实我不爱听。但我总得找点事干。听戏的时候看着乱糟糟的门外,几只野猫挺直尾巴像仪仗队一样庄严地从院子里穿过。我一遍一遍地猜哪一只是公的,哪一只是母的。文哥常感慨,这大城市把人闹得,一个院子里都半个月不搭话。他小时候那多好,端碗饭能吃半个村,回来碗里还是满的。

我把子午带到他屋里:"我表弟,老哥多照应点啊。"

"你表弟就是我表弟,没二话。走,给表弟接风。"

我们就去了胡同口的小酒馆。文哥是老江湖，四十九岁，一喝酒舌头就大。文哥说："小老弟，子午啊，听老哥的话，干这行，胆要大。大胆，大胆，再大胆，钱就来了。"手跟着挥起来，像列宁在十月。子午点点头，又看看我。我说，先听文哥的。

回到屋里我赶紧给他洗脑，钱老二，人老大，安全最重要。胆子太大要死人的。子午也点头。看样子是都明白了。

3

收拾停当了我开始带着子午办假证。晚上通常出去写广告。那时候假证这行里还没兴起随手贴的带背胶的印刷名片，主要是手工，拿支粗签字笔或者喷漆在合适的地方写。广告牌上，公交站牌上，天桥台阶上，楼房的墙壁上，觉得合适了才写。广告语很简单，"办证"两个字加上联系电话。夜里人少，广阔天地大有可为，但我们适可而止。太张扬了会惹警察和城管不高兴。他们要是较起真来给你打电话，也是个麻烦事。不像现在，小广告你可以随便贴，警察习以为常了，都懒得打电话抓你。

子午不喜欢喷漆，那东西操作起来要眼疾手快。他喜欢用签字笔，慢悠悠地写，他的字写得比我好。写完了电话号码，陡发兴致他也会写一两句别的话，比如：北京有点大；车跑得太他妈快了；我想发财，你想不想。有一晚上想起电大时的女同学，前女朋友，随手写了一句：每次转身，你都不在。我看了后跟他说，喜欢就再追。他闷着头，在下面又写了一句：说好跟我过一辈子，现在你钻进了别人怀里。有点酸，我胳膊上的鸡皮疙瘩都起来了。我没吭声。这小子心还挺重。

我觉得子午干这行还是有天分的。等到一个月后他独立干活儿的时候，有一天我们经过一个烤红薯摊，他停下来买了一个巨大的生红薯，我和烤红薯的师傅都纳闷，这种爱好的人不多。子午说有大用。回到住处，他把红薯削成长方体，用小水果刀挖挖剔剔，竟然整出了一个大印章，蘸了下黑墨水，赫然在白纸上印出了我们的小广告。

这绝对是个发明，一下子提高了打广告的效率，像领导用印章代替签字一样，轻轻一按，搞定。据我的观察，在办假证这一行里，子午应该是第一个使用印章广告的。

他找人刻了两枚砖头一样大的广告印章，一枚他的，一枚我的。再打广告就一手印章，一手蓄足墨汁的海绵盒子，一下一个。后来越来越多的同行跟在我们屁股后头举起印章。子午是有贡献的。但有了印章子午兜里依然装着签字笔，想起来还会顺手写上两句。这是爱好和习惯，像吃完饭叼上根牙签，不一定是牙口不好，叼的是一个酒足饭饱的感觉。

行外的人都认为办假证是多凶险的事，其实到我来北京时，已经没那么严重了。据老革命说，最初办假证这一行源于刻章。私章和公章，合法的不在这范围内。因为合法的印章只能按市价来，人家坦坦荡荡地来，你没理由抬价。假的就不一样了。你心里有鬼，你想偷梁换柱鱼目混珠，你想用这个看起来一模一样但实际上是伪造的印章捞钱、干坏事，你就得付出代价。付出你心怀的鬼胎价和篆刻印章的风险价。私刻公章犯法，条文里有。一个公章几千。最初刻章的人捞海了。然后智慧的人民想，这章你要盖在一张纸上，那张纸一般也不会是真的，为什么不顺便把你想要的那张纸也做出来呢。比如伪造的公文，比如美化过的成绩单，还有通知单、缴费单、质检证明等等。那张纸就出来了。一张纸，两张纸，很多张纸，加个隆重的大红塑胶封皮就成了证件。假证问世了。

这个过程当然比我说的要漫长，好几年才发展起来。你当然也可以说，伪造的东西几千年前就有，圣旨还有假的呢，皇帝死了一帮太监专干这种事。你说得很对，可我不是说现在嘛，古人的事我管不了。反正办假证这一行是起来了。越来越盛行，那是因为人们越来越需要，谁不想不花钱就拿到缴费凭证？谁不想一天书都不用念就拿到博士文凭？

有假的就有打假的，新出现的假一定是被打得最厉害的。最初那拨造假的没少被折腾，戴大盖帽的整天盯着，所以一概鬼鬼祟祟，一看就是非法的。而且一个个都得眼观六路耳听八方，一看情况不对立马撒腿狂奔。你还得时刻提防警察查房。外来人口，要看你的暂住证、身份证，弄不好遣送回老家。生活和工作的环境相当恶劣。很多人一不小心失了手，就进去了，三年五年的说不好。当然，风险带来暴利，前辈们发大了。就我知道的，第一批入行的人大部分都成了老大，自己不干活儿，手下一大帮小兄弟帮他干，打广告，揽生意，制作，接头交货，每个环节都有人干，完全是完善的企业化管理。一条龙。这样整法，钱赚得没边。野心勃勃的老大会用这些钱去做别的生意，搞搞房地产，或者去山西弄个小煤窑，都有可能；没什么追求的，就在家里数钱玩。

现在干这行的多了，大小二猴都来撞运气，像我。分烧饼的越来越多，抢到手的就越来越小。我就挣点小钱。当然风险也随之变小，司空见惯了。到处贴着小广告，电视和报纸称为"城市牛皮癣"，每一座天桥和街道拐弯处都有人问你"办证吗"，就跟路边抱孩子的女人突然冲上来问你"要毛片吗"一样。太多了，警察也就无所谓了。真要都抓起来，那得把全北京的拘留所都挤爆掉。

这么说不代表就没有风险，有，只是相对小了点。两年前，子午到北京一个月后，风险就相当大，一度吓得我们窝在屋里几天不敢出门。严打，整顿，创建精神文明，重大会议和活动期间，风声就会很紧。一阵一阵的。那段时间正好赶上整顿市容市貌热火朝天地发动起来，根本不敢四处打广告。我和子午在小屋里喝了一个星期的酒，决定还是出来，亲自到街头揽生意。文哥胆子大，该怎么出去还怎么出去，一天都没闲着。他说，老婆孩子在老家伸手要钱呢。闲着也是闲着，站街去。

同志们都把搭讪揽生意叫"站街"。这个词啥意思你一定知道。我们站街去。子午跟着我实习，其实我已经完全放手让他干，我就在旁边看着，需要改进的地方我吭一声。他聪明，差不多了。我们站街去。在海淀周围转悠。路口，天桥附近，大学门口，见了可疑的人就凑上去："哥们儿，要证吗？"把声音放低。我们站街去。对方往往比我们还恐惧，所以我们能一眼看出他的可疑。就像文哥说的，这年头，害怕的不是妓女，是嫖客。话糙理不糙。我们站街去。

正面接触顾客，子午的天赋更容易凸显出来。他普通话好，尽管只是个电大，基本功还是在的。一个月他的舌头就学会拐弯了，能跟老北京一样"儿、儿"和"丫、丫"了。子午形象也好，西装一穿，不打领带也像新郎。如果头上再上点摩丝，手里再拎个公文包，冒充IT白领进中关村上班都没问题。适合公关。像他说的，有亲和力。能亲能和有力量，好。只要对方真想办证，一般不忍心拒绝他。他开的价可能高了点，但你会觉得一定值。在海淀，你很难找到外表上比他更可靠的办假证的。这是我表弟。

风声紧,还是做成了几桩买卖。挣的钱一部分给子午置办了必需的用品,衣服、手机等,剩下的几百块钱我让子午寄回家。让家里放心,子午辞职是正确的,他在北京没有任何问题。我姑妈一辈子待在老家那个小地方,一年都难得去一趟市里,更没来过北京,她不由得就把首都想象成是你死我活的地方。大城市嘛,竞争多激烈,人吃人了。寄钱回去就是告诉姑妈,就算人吃人,也是子午吃别人,不是别人吃子午。

4

几单顺当的生意做完,问题就来了。来得莫名其妙。我和子午错误地估计了形势,觉得风声紧要的时候我们都能屡战屡胜,接下来环境逐渐宽松,毫无疑问要财源滚滚的。哪知道有人盯住我们了。有一天下午我们在人大东门的天桥底下,子午刚开始和一个顾客搭上茬,一个反穿夹克衫的小伙子摇摇晃晃地凑过来,对那顾客说:"兄弟,你办证?我这儿更便宜。"

到嘴边抢肉,过分了。严重违反了我们的职业道德。

子午脱口就说:"我比他还便宜。"

"真的?咱俩试试?"反穿夹克斜眼看天。

"没问题。"

但是客人转身就走,连连摆手说不要了。本来他就尴尬不自在,这犯法的事。子午气坏了,口气硬起来:"找事是不是?"

反穿夹克笑笑说:"找什么事?我找生意。"然后把手插裤兜里,吹着口哨摇摆着走了。

子午要追上去,被我拦住。忍着,坚决不能出事。那小子我从来没见过,搞不清来头。我拽着子午离开那里,步行到北大南门外。也是做生意的好地方。我有一天在南门外不挪窝接过三桩生意,都是大家伙,不是要北大的硕士毕业证就是博士毕业证。有个人开始要硕士毕业证,我说没问题,博士的也好办。他就说,那就博士,反正也办了一回。我说那是,都要北大的了,那还不要最好的。幸亏博士后不是个学位,要不他很可能就要了。我找了一块干净的马路牙子坐下来抽烟,子午装出看报纸的样子,经过身边的人他觉得合适就问一句。一个钟头过去,全都摇头,个别人还夸张得像避瘟神。四点半钟左右,子午终于和两个女孩聊上了。

开始她们遮遮掩掩,欲说还羞。很多客人都这样。没必要,我们又不是领导和检察官。过一会儿子午招呼我过去,她们要两个港澳通行证,而且要香港入境处盖过章的,他不知道该开多大的价。我就把她们带到路边靠北大南墙的僻静地方。"订金每个证一千,"我对她们说,"交货时每个再付一千。"

"两千一个?"胖一点的女孩说,"别漫天要价啊,我们都是土生土长的北京人,行情早摸清楚了。"

那口音,我打赌出不了胶东半岛。舌头硬邦邦的,说话时拼命往后拉,普通话说得还没我好。"就知道瞒不过你们北京人,"我说,"换了别人订金起码一千五。"

瘦一点的女孩说:"我朋友办一个会计资格证才四百。"

"你要吗?我三百就给你办。"我递给子午一根烟,"你要去的可是香港和澳门哪,快赶上出国护照了。"

"我们不是真要去。"

"我知道,想去凭这个也去不了,但我得做得跟你们已经去过了一样真实,是不是?"我用胳膊肘捣了捣子午。

"小姐,这已经是最低价了。前几天,"子午说,做着样子看我,"上周二吧,一个河北的什么局长刚从我们手里取了货,港澳通行证,还两千五呢。"

就这么定了,十天后交货。她们都准备掏钱了,反穿夹克鬼魂似的突然冒出来。"小姐,"他笑嘻嘻地对两个女孩说,"要什么证?我这里至少便宜一半。"

"你他妈怎么又来了!"子午火了,搡了他一下。

"我为什么不能来?"反穿夹克理理夹克,"你做你的生意,我做我的生意,又没到你口袋里抢。"

"你他妈的比抢还恶心!"子午拳头都攥起来了。

那两个女孩惊恐地说:"不办了不办了。"拉扯着小跑走了。

反穿夹克反而笑了,声音像鹅叫。"想动手?"他说,"仗着人多是不是?"

"你到底想怎么样?"我把子午拉到身后,站到反穿夹克跟前。

"我们老大说,想在海淀混,每个月交一千块钱。要不走人!"

"说梦话吧你?海淀是你们家的?"子午说,"我看你丫是欠抽！"闪出来就要动手，我赶紧把他抱住。然后看见斜对面的小区里走出来五六个男人，其中一个我见过，同行，也是在中关村这一带活动。我觉得不妙，拽着子午的胳膊就跑。我们一定是被人惦记上了。子午没看见他们，以为只有反穿夹克一个，他一个人就能把他扔得四脚朝天。我来不及跟他解释，死活拖着他跑到硅谷门口。那里人多，他们就是跟上来也不敢动手。

"哥，你什么时候变得这么胆小？"

"他们五六个人。"

"十个又怎么样？我不把那狗日的揍扁才怪，到手的钱又给他弄没了。坏了我们两回生意。"

"钱可以慢慢赚，"我说，"他们是冲着咱俩来的。"

"凭什么？哥，这才到哪儿，我们不能窝囊成这样。"

"没什么窝囊的，"我又递给子午一根烟，"我也奇怪，他们为什么单单盯上我们。"子午气鼓鼓地往外吐烟圈。"没事，"我拍拍他的肩膀，"今天差不多了，找个地方喝酒去。说实话，就是他们不坏事，那两个证我们可能也做不了。"我没做过港澳通行证，见都没见过。要做，首先得找到母本，就是原装的真证。这东西不好找。

"那你为什么还要收订金？"

"试试。找不到再把钱退给人家。"

"要是不退呢？"子午突然来了兴致，"这样我们慢慢地可不就发财了？"

"别瞎想。"我说，"咱可不能做那缺德事，得讲信誉。有句话怎么说的，就是小偷也讲职业道德？对，盗亦有道。我们只拿别人答应给我们的钱。"

"哥，别把自己抬那么高。我们就是一办假证的。"

"那也得守办假证的规矩。"

子午撇撇嘴嗯嗯地答应，好，守规矩守规矩。

晚饭后回到西苑，子午待在屋里看那台两百块钱从旧货市场买来的电视，我去了文哥的屋里。这个四合院不大，只要敞着门，从我的房间能看见文哥在他屋里的大部分活动。

一个阴天下午，雨下得人万念俱灰，我一觉醒来觉得无聊得要死，一歪头看见文哥的屁股正对着门不停地哆嗦。哆嗦半天，他猛地转身，下身赤裸地亮在门前，一股东西落到雨地里。他站在门边闭着眼享受了半天才提上裤子。有意思,这老东西,生活很有情调啊。上厕所的时候我特地经过他门前,没头没脑地问他,文哥,大阴天的,想不想女人啊?他警觉地向门外看了看,雨不大,该在的东西都在。他就笑了,个王八蛋,笑话老哥?没办法啊,不是虎就是狼,自己动手丰衣足食嘛。你小子不想?我笑笑,没说话。从那以后我和文哥的关系就近了一层,不少风声就是他告诉我的。今晚去他那里,就是想问问,江湖上是不是出事了。

我跟他说反穿夹克。

文哥犹豫半根烟的工夫,说:"兄弟,你的脾气我知道。你还是换个地方吧,丰台,宣武,石景山,哪儿都行。"

"啥意思?"我问。对我来说,海淀就是北京,换个地方没准我路都找不到。这两年搬过几次家,但始终在海淀打转,离不开,也不愿往其他区跑。"老哥你给我两句明白话。"

"你要不问,我还真开不了这个口。"文哥说。眉毛直往上挑,一挑额头上就添了三五条皱纹。有一回说到他眉毛，已经呈八字形了，他说原来不是，起码是平着长的，人一老皮肤就懈，眉毛就掉下来了。他的眉毛一挑我就知道有难堪事了。"现在生意不是有点淡嘛，一紧就这样。有俩哥们儿就从丰台拉过来几个人，跟个帮派似的，收保护费。这事几百年前就有，你该知道。"

"咱们可都是干一行的，犯不着自己搞自己吧。"

"那是你的想法。哪一行其实都一样。生意不好做，总得挣钱。保护费是一笔。不交？那更好，都走了海淀就剩这一帮子，没人抢生意了。"

"操，什么世道！"我在文哥屋里转了两圈，"那你呢？"

"我答应了。要不怎么说开不了口呢。"文哥把头低到裤裆里。过去他老说，奶奶的，五十岁的人了，除了戴大盖帽的，怕谁呀！要挣钱，就得抓一个是一个。现在，他把快五十岁的脑袋低到裤裆里，抬起头的时候说："要不，你就应了吧。挪个窝还不知道哪天能挣到钱，搬家三年穷啊。"

"他们不就几个人嘛，咱们一块对着干，我不信能把我们怎么着！"

文哥捋起袖子,小臂上有一道瘀紫的伤痕。然后撩起上衣,肋骨上也有一块。"前几天的事,"他说,被打了他一直都没吭声,"不软不行啊。老婆孩子还等着钱。"

他的惭愧显而易见,低头等我说话。我只咳嗽了一声就回了自己的屋。子午问我脸阴着是不是撞上鬼了,我说没有啊,我在想明天去趟颐和园吧,就几步路,也没带你去玩过。我只是想空下来一天好好想想。这种事过去从来没遇到过。

"好啊,好啊,早想去了。"子午说,指着电视,"哥,你帮我看看那女的会不会跟她同学上床,我去撒泡尿。憋死我了。"厕所在胡同口。如果一大早去干大事,要排老长的队。

5

第二天子午说,颐和园就算了吧,他想去买个CD播放机。他一直喜欢听怪兮兮的歌。那种像梦话一样的说唱歌曲,他一哼出声我就觉得我们是两代人,尽管我只比他大五岁。买完CD机一定还要去买CD唱片,因为他年轻;我没跟着去，因为我老了。有时候真觉得自己老了。比如现在，我决定不下。我当然不愿意加入那个交保护费的队伍里，太他妈可笑了，但也在担忧换个地方的代价。一切都得从头开始，而子午刚刚尝到挣钱的甜头，我希望他能顺利。当初我跟父母和姑妈保证过，让子午越来越好。

一上午我都坐在电视前面。没装有线，房东说，要装有线，房租还得提。就几个频道，我换来换去就把上午时间忙过去了，什么都没看到。子午发来短信，他在外面吃。我给自己煮了一袋方便面。子午来之前，我几乎每天都有一顿饭是方便面。方便，想啥时候吃就啥时候吃。现在子午不喜欢这东西，我们就下馆子。午饭后眯了一会儿，决定出去看看。在院门口看见老铁推着一辆陌生的七成新自行车进来，我说老铁这就下班了？老铁说没哪，回来喝口热茶。过一会儿我从公厕里出来，老铁端着他的玻璃大罐子茶杯走在前头，自行车不见了。

硅谷门口永远都一堆人。我四处找反穿夹克，没有。后来想想，一伙好多人呢，未必都要反穿夹克冲在最前头。走到北大南门外那条路上，只看见一个有点面熟的同行，看来他们收效显著。我就在路边站住，像往常一样问往来的行人，要证吗？站了一个下午，没人找碴儿，也没人搭茬。一个生意没做成。所有人在今天下午都不需要假东西。

晚上子午回到西苑，除了耳朵上多了一副CD机耳塞，跟往常没有区别。但他拿掉右边的耳塞突然跟我说，他想分出来单干。我一下子没明白过来，他解释了一下，就是我干我的，他干他的。不行，当然不行，根本不需要考虑。这种时候。过了这一段再说。

"我已经做了一单，"他从口袋里掏出四百块钱，"这是订金。一个驾照。"

"子午，听哥的话，最近有点乱。你要用钱我这里有，随你拿。"

"不缺。"

"那为什么不能再等等？"

"那我说缺钱好了吧？我说我想自由支配我挣的所有钱好了吧？"子午的鼻子上开始渗出细碎的汗珠。从小他就这样，一急鼻尖就冒汗。

"过了这段再说。"我只能重复这句话。两个人面对那一伙强盗总比一个人要安全。子午不明白黑吃黑最后结果会有多可怕。我刚来北京那年,一个哥们儿活活被另外两个办假证的踢死了,理由是他抢了他们的生意。那哥们儿是多仗义的一个人。子午才刚刚开始,他不懂。"这样,以后挣的钱放你那里,可以随便用。"

"我不要。该谁的就是谁的。我决定了,你要不答应,我明天就搬出去。"

好吧。都这样了,我只能妥协。他是我弟弟。然后我出门去买烟,一个人在马路上转了两个钟头。回来时子午已经睡着了,CD机还在放。我把他耳机取下来,翻身的时候他吧嗒几下嘴。小时候他就这样,老是做梦吃东西。那时候他喜欢跟在我屁股后头玩,干了坏事就推到我头上。说柿子是我偷的。说邻居家的玻璃是我打碎的。说五块钱是我弄丢的,他用那五块钱买了一把玩具枪。当初我就没打算让他来北京,姑妈也不同意。我们那地方"跑北京的"每年都有几个进去,短的三五个月半年,长的三五年都有。姑妈恨不得天天守着这棵独苗才放心。子午死活要来。我妈在电话里说:"子午少了一根头发,我看你就别回来了。"

早上起来,我再次让他别单干。他眼皮一翻:"哥,昨晚说好了的。"

我们出门。他坐332路公交车,我坐718路,他先走。到了下一站我赶紧下车,换上他之后的一辆332。得盯紧他。他在黄庄下车,我也下,远远跟在后面走到双安商场,我去了马路对面。我一个生意没做,只盯着对面。看子午说话打手势的样子,应该很熟练了。这个我不担心,我担心的是业务之外的安全问题。一上午他和四个人长时间交谈过,起码应该谈成了一个吧。中午时分,突然收到他一条短信:"你累不累?"

我回他:"啥意思?"

他回:"跟了一上午了。过来吧,我们一起去吃饭。"

操,他早发现了。我去了对面,一眼瞥见反穿夹克从四通桥底下经过,突然想起来,一上午很太平啊,子午那边也没事。奇了怪了。"你跟着我干吗呀?"子午说,"我又不是小孩,你就不能让我单独干点事?"

"怕你出事。"

"能出什么事,光天化日的。这是首都。过去没见你这么婆婆妈妈的啊。"

婆婆妈妈。说得好。子午个头比我高,学历比我高,智力和口才都比我高,真需要我婆婆妈妈地护着吗?"放心,"子午又安抚我,"你忙你的,有事我会给你打电话的。"

"刚看见那小子了,他怎么没动静了。"

"都忙赚钱了,谁有工夫理会咱们。你不会闲得自己送上门吧。"

那倒是。我和子午正式各干各的了,但我尽量离子午近一点。几天都没事。同行少了,我们的生意就多了。有几次反穿夹克和另外几个面熟的家伙从我旁边经过,他们没有表示,我也不拿正眼瞧他们。但我想清楚了,只要他们找碴儿,我也不会手软,不管他们几个人,反正子午不在身边。谁也不能总让人欺负。

因为各干各的了,中饭和晚饭也就经常不在一块吃。聊天主要在晚上,说说一天的收成。子午挣得比我多,我很高兴。为此我给姑妈打了电话,告诉她子午是个好同志。姑妈说,你得看好他,这孩子,心野着呢。我说野点好啊,有闯劲,像我这样那能有啥出息。电话过后三天,我在万寿寺附近一个临街的小馆子里吃午饭,几个人从门外经过，我低头继续吃，忽然觉得其中有个人像子午，放下筷子跑出来，他们一伙人已经不见了。我给子午打电话，问他现在在哪里。他说打印社，正请人做一个技师证，有事？没事，午饭吃了？没有。好。挂了电话我回去继续吃。

子午越来越让我放心，我不再跟着他。那天上午没出门，看电视，然后睡了一个漫长的午觉。小型的沙尘暴刚过去，北京的春天一下子浓得化不开，天高云淡，一出门就有脱衣服的冲动。我把夹克和毛衣搭在胳膊上，随便上了一辆往北走的公交车。我在农业大学那站下来。很快接了一个生意，要农大的函授结业证。没问题。拿到订金先买了包烟，刚点上，离校门不远有一伙人在吵架。我凑上去，看见反穿夹克、文哥和另外几个人围住两个陌生人，那架势他们要打，反穿夹克的手已经伸到其中一个的身上了。都不要猜，那两个一定是不愿交保护费的。还是躲开为妙。我往公交站牌走，竟然看见子午站在一棵树的后面，伸着脑袋，他也看见了我，就从树后走出来。

"哥，你也过来了？"子午说，从口袋里掏出耳机，"我刚到。"

"他们在干吗？"我指着闹哄哄的那一群人问他。

"不知道。我刚到。"

不知道最好。我让他跟我一起离开，免得招惹上麻烦。子午有点为难，说和客户约好了在这里碰头。我说好办，你给他打电话，就说到前面见，打车费我报销。子午跟我一起上了车，那时候他们已经打起来了。那两个可怜的哥们儿。

我担心的事终于来了，来了就让你头皮发麻。子午跟着反穿夹克他们一起把别人打了，文哥也去了。群架。那是个周六傍晚，我等子午回来一起吃饭，说好了一起去东来顺吃火锅。很惭愧，都说东来顺有名，我在北京待几年了也没去过。我想有名的馆子应该也贵。但是子午想吃，那就去。天擦黑了他还没回来。我打他手机，一直没人接。正当我在院子里绕圈，院门开了，文哥抱着左胳膊进来，黑着脸看不清表情。他径直进了我的屋，让我把门关上。

在灯光底下我才看见他身上有血，夹克也穿反了。"妈的，搞上了，"文哥说，"帮我扶一下胳膊。"我托着他胳膊，他开始脱他的土黄色双层夹克，他反穿是因为外面的那层右胸口一大团被血浸湿了。"那狗日的不禁打,一拳过去,鼻血就停不下来,我抱住他脑袋让别人打,弄了一身。"文哥说,"哎哟,轻点。"他另一只胳膊紫了一大块,被人用板砖砸的。

"子午,"我一下子慌了,"是不是,也打了?"

"操,这记性,差点忘了。就是来告诉你这事。应该问题不大,我来的时候都跑了,对方有一个趴在地上,不知死了没有。我只看见他眼珠子挂在鼻梁旁边。后来就顾不上了。"

"你说子午?"

"啊?不是。对方那个狗日的眼珠子被拍出来了。真没看见,一大群人,乱打一气,我哪看得清。在清华西门外,不到西门,往圆明园来的那条路。对对,小桥那儿。"

我扔下文哥就往外跑,出胡同开始打车,快到清华西门附近的那个小桥时下了车。这段路上的车辆向来不是很多,今天尤其少,要不他们也不会在这里打群架。靠近圆明园那一边的路旁有一摊血,在路灯下黯淡发黑。那摊血让我陡然心动过速,我不知道那当中有没有子午的。我在周围放声大喊子午的名字，喊得整个人都空空荡荡了，还是没有回答。偶尔有车经过，速度都会放慢，他们一定以为我是疯子。

在那大约十分钟里，我脑子里至少想到了十八种结果。我希望子午能占到最好的一种，毫发无损，现在还和早上出门时一样活得好好的。但这可能性相当小，他正是热血沸腾的年龄，实在没有理由不冲上去。我给文哥打电话，他说子午还没回去，他正收拾东西，马上去火车站，先离开一段时间。他担心当时他们把那人一砖头拍死了。文哥让我帮他照看一下房子，一会儿把下一个季度的房租放我床头，帮他交上。风声过去了就回来。多保重啊。多保重。听得我更急了。我就一路往回走，走几步喊一声子午。快到西苑，手机响了，对方说他是公安局，问我认不认识陈子午。我听到身体里有根绳子断了，嘣的一声。我说是我表弟，他在哪儿？

"公安局。"

我打车直奔公安局。子午在铁栅栏的另一边，整个人极度虚弱，长头发盖在恐惧的眼上，他说："哥，哥，我没打架，真的没打架。"嗓子跟我一样沙哑。我多少放了点心，起码人没事，胳膊腿和脸上都是完整的。

警察跟我说，他们在事发现场附近发现了我表弟。当时子午正倚着圆明园的高墙低着头呕吐，面前一大摊没消化完的汤汤水水，绿汪汪的胆汁都呕出来了。当时人差不多跑光了，有一个趴在地上，头部和脸部重伤，左眼进出。现在在医院救治。有人打电话报的警。

我说："我表弟说了，他没打架，就是经过时看见的。他从小晕血，因为吐得难受才停在那附近的。"

"我们会继续调查，嫌疑人暂时还不能离开。"

我又要求见了子午一面，让他放心待着，没问题，我会跟他们说清楚的。记着，你只是个过路人。我的意思他明白，我希望他能坚持到底。子午绝望地点点头。他哪里经历过这阵势。"哥，"子午说，"你得把我弄出来，我一分钟都不想待了。"我说好。你一分钟都不想在里面待你跟他们混在一起干什么。

可我哪里有那本事。回西苑一路都在想哪个熟人和朋友可以帮上忙，一个都没有。我在北京的朋友差不多都是站在警察对面的人。回到住处，文哥已经走了。他在火车站给我发来短信，说不好意思，走得急，房租给忘了，让我给他垫上，回来就还我。没问题。回完短信我就坐在床上发呆。子午还是太嫩，应该向文哥学习。

然后手机响了，一个客户说，明天他临时出差，要的货只能回来再取了。我说好。正好没这个心思。挂了电话突然就想到了一个警察，我给他办过一本科毕业证、一个研究生毕业证，研究生的是他本人的，本科的是他老婆的。警察也需要证书，因为他也想过上更好的日子。但这家伙牛，上来就说他是警察，别想在他身上动刀子宰。我当时有点蒙，竟然有警察跟我打这种交道。搞不清他到底是不是，干脆有枣没枣打一竿，只收了一个本科的钱。他觉得我这人还挺实在，给他面子，就说有事可以找他。我把手机里的号码一个个往下翻，没有姓居延的。我记得他是这个复姓。我把床腿挪开，垫床腿的砖底下有个薄薄的通信录，通常我只把一些大客户的联系方式记在上面。放床腿底下是为了防止警察突然袭击。在最后一页才找到，拨号时我已经大汗淋漓。

对方那边很吵，有唱歌的声音。我是周子平，给您办过两个证，一个本科的，一个硕士的。对方沉默了几秒钟，说："等一下，我出来说。"皮鞋踩地的声音。背景安静下来。他还是那样洒脱："还记着我的号啊。什么事直说。"我也没客气，把事情说了。我强调子午没打架，只是路过。"就路过？"他呵呵地笑。我猜他笑的时候另一只手一定放在腆起的大肚子上。

"绝对没动手，"我妥协了，"只要能弄出来，多少钱都行。越快越好。"

"应该不贵，不就打个群架嘛，当然了，要弄出来就是没打。这事不归我这摊子管。我先跟一哥们儿问一下。"三四分钟后，他打过来。"明天上班时间去领人。五千。"中间停顿一下，吸一口烟的时间。"咱俩不欠了。从现在开始，你不认识我，我也从来没找你办过什么证。"

"没问题。我已经忘了您的号。"

6

子午从里面出来，我拍拍他的肩膀什么也没说。他为了我们俩才跟反穿夹克他们混到一起的。可是我没钱请他吃上一顿红烧肉了。所有的钱都拿出来也不够五千，我连夜从朋友那里拿了一千二。现在我两手空空，打车的钱都不够，子午口袋里也只有二十。我们去了成都小吃，我吃了两笼包子，他一个没动，脸扭到一边说不饿。见到吃的他就想吐。

昨天他们说要和另一拨人打架，那几个人联合起来抵制保护费。当时子午一点没感觉到怕。他学着反穿夹克和文哥，手里拎块板砖。动起真格的他立马抖了，他们打架都是举起板砖就上，半分钟的工夫就搅成一团。子午吓得直往后躲，他从来没经过这种厮杀，怕弄出人命来。举报电话就是他打的。

"手机呢？"

"扔到圆明园墙里面了，"子午为自己的胆怯难为情，"当时吐得跑不动，腿直软。看见他们过来，顺手就扔到墙那边了。我就是不想惹麻烦。扔了之后好像还听到手机响了，当时很多虫子都在叫，可能听错了。"

那是我打的。还算清醒。"你真晕血？"

"晕什么血？我是看着那家伙眼珠子血淋淋地挂在鼻梁上恶心的。哥，你一辈子没见过那么恶心的东西。就挂着，晃来晃去。"

子午手势做到一半，喉咙里蹿出一串咕噜噜的声音。

幸好肚子里没货,声音出来了也就完了。搞得我也跟着反胃。子午说,当时他回头跑,跑不远就忍不住,跌跌爬爬蹭到墙根下,呕得昏天黑地,都想干脆把脖子撕开,手伸进去把肠子、胃啥的一把掏出来扔掉拉倒。那哪是吐啊,简直就是把自己从里到外反个个儿。

吃完饭子午回去睡了一觉。我把电视抱到旧货市场卖了,一百。一百块钱对我们都很重要。子午要卖CD机,我说不行,这玩意儿拿到手就掉价,卖了顶多一半的价,亏大了。能把这两天打发过去就成。

拿到钱,我和子午买了门票进圆明园公园,在他扔手机的地方做地毯式搜索,没了。被哪个王八蛋捡走了。子午觉得他连累了我,出了公园就要去大街上找生意。我说你省省吧,虽然出来了,难保不会再有事,文哥那种老杆子都跑老家躲了,你还是老老实实给我待屋里,哪儿也不许去。我把他送回西苑,一个人坐车到北太平庄找生意。

那两天我跑了好几个地方,一个收保护费的都没有,总算他妈的太平了,但也没找到一个正经生意。不过还是收了一个要办"文学大师"证书的小伙子的订金,一千。那年轻人说,他毫无疑问已经是当代的文学大师了,但是别人不给他这顶光荣的帽子戴，所以他要自己给自己戴，因为他深刻地认识到了自己的价值。他有十部长篇小说，四部在《红楼梦》之下，六部在《红楼梦》之上。如此高昂的文学成就，难道还不算文学大师？我说算，百分之百算，就是外星人来了也没话说。算就给我办，你开价。两千，订金一千。我咬了好几下牙才开这个口的。没问题，不就是两千块钱嘛，我随便一本书出来，没三五百万根本打不住。他咔嚓咔嚓当场就点了十张老人头给我。我激动成啥样，我面前站个疯子都应该知道。可他不知道，他说书出了一定签名送我一本。

我们有钱了。

这小子走火入魔了，那眼神就不对。《红楼梦》我还真不太知道它的价值，没完完整整看过，念书时不用功，时间都花在武侠小说上了，惭愧。但我知道也不是谁都能说整就整出一部来的，而且还六部在它之上。太离谱了，满打满算他也就二十三岁。

这个证我可以随便搞，自己设计都成，但我不会给他办，这钱不能骗。我就借一千块钱应个急，小兄弟，谢谢了，过几天手头活泛了就还你。我会告诉你，兄弟，没找到"文学大师"证书的母本，钱退给你。再多说一句话，兄弟，曹雪芹有啥好当的？还要到处借债过日子。

靠这一千块钱我和子午把最艰难的几天熬过去了。回去时我给他买了开胃的话梅、酸梅、杨梅、山楂糕、山楂片、果丹皮，香辣豆腐条、香辣鸡胗、麻辣凤爪、久久鸭脖子，一大包提回西苑。子午看了酸得直流口水，一塞到嘴里立刻有不良反应，又像鸽子一样咕噜咕噜叫开了。

我就让他吃香辣的。其实他一直不能吃辣，但是那天他吃了，而且吃得轰轰烈烈，看得我都直咽唾沫，后悔没给自己也买一份。所有辣的一扫而光，子午抹抹嘴说："哥，麻辣的最好吃。"

这就好办了。每天回来我都给他带一大包麻辣食品，也给自己带了一份鸭脖子，这东西我相当爱吃。我的生意很快进入正轨，维持两个人的日常生活毫无问题，就把"文学大师"的订金退了。大师既失望又伤心，说找什么母本呀，做得庄严好看点不就成了？

"那不行，"我谦虚地说，"我这点想象力哪行。"

"那好，我来设计，"大师说，"反正我有那么多想象力也用不完。"

"还是算了吧,我怕做不好。"

"没事,做不好还做不坏吗?你随便做,只要'文学大师'四个字印得大一点就成。"

我终于扛不住了,钱塞给他就走。小兄弟,希望你不进医院也能把自己的头脑调整好。我一边走一边真诚地感谢他。我们的生活好起来了。我又买了一台旧电视,比上次那个大三寸;给子午买了新手机;他的食欲和胃恢复了正常,就是变得嗜麻辣了,不过问题不大,花椒和辣椒都不贵。因为打群架那件事再也没有消息,风声也过了,收保护费的那帮家伙散了,消失不见了,子午也开始出来干活儿了。感谢你,小兄弟,大师不是自己封的。

7

办证。吃饭。睡觉。生活正常起来。警惕着不被警察盯上。闲的时候我看电视,子午听他的CD,或者正聊着天同时走了神,一起发呆。很多次我都产生同一个感觉,就是这样的日子已经过了无数年了,而且还将无数年地过下去。一个人在这浩瀚无边的城市里待了无数年,还将再待无数年。一个人像一只蚂蚁,像沙尘暴来临时的一粒沙子。这种多愁善感的时候我就特别感谢子午,他在我身边;但同时也为此愤怒,他也待在这里,是一只蚂蚁旁边的另外一只,是沙尘暴中一粒沙子身边的另外一粒。我的表弟,像我一样,早早地被这个城市淹没了。

有时候我看着正听CD的子午,觉得他陌生。那一场群架之后,他好像有了后遗症。瘦了,头发长了,人显得柔弱,见到警察就有点胆怯。可能他根本就不适合干这行。

天开始热的时候,文哥听说百无禁忌,就从湖北老家回来了,西瓜正大规模上市。这一趟探亲假把他养肥了,老婆伺候得好,床下的活儿都舍不得让他干,整个人胖了一大圈。因为胖,他空前地想吃西瓜,一到晚上就抱着个西瓜跑我们屋里来吃。有天晚上我们正捧着西瓜在啃,突然听到外面一声大喊:

"不许动!举起手来!"

三块西瓜都掉到了地上。这是职业病。我们面面相觑,很快就反应过来。文哥说,找我的,跟你们没关系。他抹抹嘴站起来要往外走,我让他别出去,话还没说完,子午噌地跳下床,鞋子没穿就往外跑,穿过黑暗的院子继续往院门跑。然后听到他叫了一声。我赤着脚跑出去,几道光柱从头顶上射下来,屋顶上站了十几个警察。子午在院门前被两个警察扭住胳膊,正拎着往光亮处拖。子午一个劲儿地叫哥。我大喊:"子午!"

文哥说:"子午没事,板砖是我拍的。"然后对警察说:"没他的事,放了他。"

所有的光柱一起对准文哥,一个雄壮的声音说:"你就是老铁?"

文哥说:"不是。"

从院门外又冲进来几个警察,三两下把文哥和我押了。他们又重申一遍,谁是老铁?我和文哥在灯光里对了一下眼,原来是老铁犯了事。两颗心就放下来。老铁的屋里是黑的,昨天晚上好像亮过。记不清了。谁会记着眼皮底下的事。灯下黑。

那天晚上我们被带到了警察局里。老铁真犯了事,抢劫,劫的还是警察。看起来老实巴交的,没想到啊,真是开了眼了。最初老铁和那个姓王的警察扯上关系,是因为王警察在值勤时踢了老铁的修车摊子一脚。老铁咕哝一句,王警察认为是骂他的,老铁坚持说没骂。事情最后不了了之，但老铁就和王警察摽上了。他认识王警察，就在附近的派出所工作，经常骑着一辆九成新的女式自行车上下班。老铁逮了个空就把那车子给搞来了，改头换面弄成一辆男式车。具体弄成什么样我不知道，很可能那辆女车和改装后的男车我都见过。老铁的车子推出的和推进的通常都不一样，我分不清楚。他把改装过的车子自己用，整天放在修车摊旁边。竟然被王警察认出来了。他车子丢了以后，四处打探。都偷到自己头上了，实在很没面子。王警察在老铁的自行车大梁上发现了一张棉袜子的广告贴纸，指甲大小，他女儿拆新袜子时顺手贴上的，一年多了都没掉。老铁改装车子时没注意到这个小细节，被抓了个正着。证据确凿，而且一看车子就刚刚组装过的。老铁死不认账，王警察懒得跟他上纲上线，把男车骑走就拉倒了。

事情到这里就可以结束了，可老铁不。他有想法，过两天又把王警察的男车弄过来。要在过去，他倒手就卖了，现在他偏不。跟王警察耗上了，决定死磕到底。继续改头换面，弄成一辆看起来像但又找不到确切证据的女车。这就是他要的效果，还摆在修车摊子旁让王警察看。

王警察当然会过去，他知道这车子的一部分零件是自己的，所以车子也就是自己的，但是找不出理由。老铁忘了，人家一身警服就是理由。王警察找了个同事，一个拦住老铁，一个推上自行车就走。霸王硬上弓，老铁一点办法都没有。但换了个时间他就有别的办法。

我猜整天笑眯眯的老铁其实就是想出口恶气，没想到越出越长收不住了。他想不开，还得把变了好几次的车子给弄到手。王警察每次上班都把自行车放在一楼同事的门口，不再随便扔，偷是不行了。偷不行，只能抢，从王警察手里活生生地夺过来。老铁就这么干的，认死理了。他拎着一个大扳手，昨天晚上埋伏在王警察回家的途中，突然跳出来。该王警察倒霉，住在一个偏僻的地方，前后都找不到一个人。本来老铁只想把自行车夺过来，扳手用来威慑和壮胆。抢夺时争执不下，偏偏远处传来人声，老铁一急，对着王警察脑袋就是一扳手。老铁骑上车就跑。

今天傍晚，王警察在医院里醒来，费了好大的力气才想起老铁的那一扳手。然后公安局开始确定搜索范围，半夜三更爬到屋顶上，包围了整个院子。在警察局里，问我们三个什么都问不出来，老铁家几口人我都不知道。威逼利诱一番没结果，就放我们出来了，临走时嘱咐我们一旦发现老铁行踪，立刻汇报。我们一直点头。出来时天快亮了，天光不明，子午的脸是灰的。

文哥死里逃生一样的快活，西瓜掉下来的时候他还以为后半辈子要在里面过了呢。为了庆祝自由，他坚持要请我们吃油条喝豆浆。我不置可否，他就问子午。子午看看我，我说好吧，吃完了回去睡觉。

那一觉睡得扎实，到下午我才醒来。子午已经起了，坐在我床边的椅子上抽烟，看见我醒来就掐灭了烟，叫一声："哥。"我翻了个身。"哥，"子午又说，"你，是不是觉得我胆子太小，老想着自己？就是，自私？"我慢慢坐起来。他这么一说，我终于发现为什么这段时间莫名其妙地觉得心里堵了，自从上次子午从警察局里出来就这样。没错，是胆小，是自私。我尽管不赞同他冒险，但我希望他能勇敢，不胆怯，遇到事情不要两手一摊就跑掉。我希望他是一个仗义的人。我看了他半天，我表弟，也许他还没有真正长大。我对着他伸出两根手指，子午递过来一根烟。

"慢慢来吧。"我说。

抽完那根烟,我又躺下来。再醒来外面的天已经黑了,日光灯在亮,子午刚进门,他说,哥,你醒了?起来吃点东西吧。我就闻到了"麻辣一锅香"的味道。这是胡同口一家小饭店的招牌菜,主味麻辣,菜随便点,土豆、藕片、海带皮、鸭血、牛肚、豆腐皮等,一锅烧。我们都喜欢吃,懒得出去了就打个电话叫外卖。还有鸭脖子,子午又说。我从床上起来,看见子午的脑袋在灯光底下闪闪发亮。他刚剃了光头。

剃了光头的子午英气勃发,精神多了。我喜欢看到一觉醒来之后的子午。一切可能重新开始。这多好。

8

七月底我回了一趟老家,母亲托人给我介绍了女朋友,要见一面。女孩各方面还都不错,临时工,在一家小超市里做营业员,跟子午一样大。没成。这是第四次没成。前面三个各有原因。第一个觉得我这样长相平庸,这没办法,天生的。第二个说我像个闷葫芦,你说我们头一次见面我跟你说啥?对方倒是挺能说,天文地理巴以冲突一直到化妆品，可在我听来，除了化妆品那点知识可能还靠点谱，其他一概胡扯；化妆品我确实不懂。第三个问我一年内能不能把三居的房子买到手。操，我哪有那本事，我李嘉诚、任志强啊。

这超市营业员第一次见面就黄了，原因是我说这几年没攒下什么钱，而在她看来，跑北京的挣钱如流水。她很直接，我也很直接，的确没存下钱，我也不知道钱他妈的都到哪里去了。我懊丧地回到北京。说实话，我早就想找个老婆了，有个家生活可能会是另一番样子。比如我得时刻想着挣钱、存钱，想着如何安顿一家人现在和将来的生活。就像文哥那样，他能挣也能花，但他花得心里有数，不该花的从来不花。

下了火车回到住处，已经到了吃晚饭的时间。子午还没回来。我没跟他说今天回。放下包冲了个冷水澡，还是觉得烦躁，决定出门走走。三番五次被甩能不烦躁吗。我手插口袋慢慢往前晃，出了胡同上马路，我也不知道去哪儿。回家一周半，西苑没有变化。大酒店门口停了一溜车，有钱人在里面吃饭。练歌房里年轻人在唱歌。和过去一样。我忽然有种无所事事的空虚，得找点事做。就上了

332路公交车。在终点站西直门下车,出了站随便乱走。我跟着脚走,反道,直行,过马路,再直行,拐弯,过马路,面前是一家小夜总会。看到闪烁不定的霓虹灯,我就对自己笑了,右脚踢了一下左脚,狗日的,就让我不学好。心里空落落的原来是想着这地方了。一年前我和朋友来过一两次,他非拖着我过来,他说我这样的光棍再不来看看,那等于慢性自杀。那哥们儿后来进去了,身上三个证。他说过这地方安全,我也觉得挺好。

值班经理是个女的,半老徐娘,居然还认识我,握了手说:"好久不见了,在哪儿发财?"

我笑笑:"有点事,刚回来。"

"怎么说?要休息一下?"

我继续笑笑,说有点累。经理说,那得找张床躺躺,就对旁边的服务生打个手势。我跟着服务生去了。到了另外一个楼层,服务生推开一扇门,十来个女孩穿着低胸裙子在喝饮料,笑作一团。我指着裙子最低的女孩说,就她。

服务生说:"不再挑挑?"

我重复一遍:"就她。"转身继续往前走。

我摸摸口袋里的钱,在沙发上坐下来,开始抽烟。这地方也就工薪消费,我心里有底。女孩先从门外露个头,纯情地说:"大哥,您找我?"我招手让她进来,她刚坐下,我就把烟掐了,说:"脱。"速度有点快,女孩有点愣。我也愣了,竟如此果断,我觉得自己此刻的长相一定更加平庸,而且恶心。恶心就恶心吧,我有种把自己扔出窗外随他飘坠的快意。快了点吗?没办法,你憋了大半年你也急。那哥们儿进去之后,我就再没经过这个门口;子午来到北京后,我就更没想过了。不能把子午带坏。

两次之后,我把掐掉的烟重新点上,抽完了觉得想上厕所。这种简易的包间没有洗手间,只能去外面的公共卫生间。下床时对女孩说,等下,再来。女孩一听,都要哭了。

我撒完尿,正打算出来洗手,一个看起来挺清纯的女孩走到盥洗间,对着水池吐了几口,开始洗手,一个男人站在外面,让她快点。那声音很熟。我身体里的哪个地方咯噔响了一下,伸出半个脑袋往外面看,一个光头。子午。我赶快退回洗手间。那女孩洗完手进了女厕所,我一直等到她出来,走掉。她走出盥洗间就被外面的男人揽住了肩。那个光头，不会错。我跟在后面，看见子午的手从女孩肩膀上下来，温情地扒在她的屁股上，然后进了离我不远的一个包间。门关上。

我的心情一下子坏了，进了房间就脱裤子。女孩说："能不能轻点？"看上去她也就二十出头。我直直地看着她，她往被子里缩了缩，被子拱动，拽出一条刚穿上的丁字裤来。我一屁股坐到沙发上，过了一会儿站起来，转过身开始穿裤子。出门时把一百块钱放到了那条丁字裤上。

我在外面逛了很久，回到西苑时接近午夜。子午还没回来。打他手机，半天才接。在哪儿呢？哥你回来了？你也过来吧，这地方还不错哪。"在、哪、呢？"我一个字一个字地重复。

"怎么了哥？旅馆，就是扣我箱子的那个旅馆。"

四十分钟以后，我打车到了那里。子午正坐在床上看电视，我推门进去时他站起来，说："哥，这床大吧？"是挺大的，我们俩的床并一块也没这么大。很凉快，空调打得够低。我上来就是一脚，踹得子午后退几步坐回到床上。"哥？"子午都没回过神来。

"你跑这边干什么？"我的脸拉得有半里路长。

"我要享受一下，"子午理直气壮地说，"当初我只能住地下室，还被他妈的老板扣了箱子。我对他发过誓，有钱了我一定会回来，我要住最好的一间客房给他看。不就两间破屋子嘛，有什么了不起。"甩手就把电视遥控器扔到复合木地板上。

"这些天就干这个？"我捡起遥控器，在手里转来转去。

"还做了三单生意，就是没挣多少钱，"子午给我倒了杯茶，烟也递上来，"我出来其实是躲查房的。你刚走三天就有人来查房，要看暂住证，我哪来那东西。扯了个谎说是到北京找你的，就跑出来了。文哥说最好躲几天，他们还会去的。我就想起这里了。"

"没别的了？"

"没了。还能有什么？"

我的遥控器就甩过去了，砸到他的光头上。你小子还跟我玩这手！

"你疯啦？"子午从床上跳下来，赤着脚站到我面前，比我高。他捂着脑袋的指缝里渗出了血。"砸我干什么！"

"你他妈的找小姐去了！说，找没找！"

我以为他会抵赖。我希望他死不认账。我弟弟。没想到他跟我一样喊起来："我他妈的找了又怎么样！我为什么就不能找？我就找！我明天还找！"子午声音慢慢低下来，腔调拉长，蹲下身的时候差不多要哭了。"我为什么就不能找？她给我打电话说，那人不要她了，只要我答应她把那狗日的腿打断，她就嫁给我。我成什么人了？捡垃圾的？别人不要了才往我怀里送。还要我替她报仇。我成什么人了？我为什么就不能痛痛快快地去找别人！"

"你是说，你那女同学？"

子午蹲在地板上开始小声地哭，不说话。看来是她。隔壁有人擂墙，声音含含混混地传过来，都几点了，还让不让人睡觉！子午不哭了，站起来对着墙踹了一脚，再踹一脚，又踹一脚，大喊，睡你妈个头啊！那边陡然不吭声了。他还要再踹，被我拉住了。"好了，不说这事了。"我觉得自己有点莽撞，不该上来就发作。我递给他一根烟："我也不是好人。也去了。"

子午一脸泪水就笑了。"哥，你是不是经常去那种地方？"

"没有。一共三次。"男人说话没必要遮遮掩掩。

"我两次。前天晚上一次,今晚一次,就被你撞上了。那女孩长得有点像她,在大街上看见的,我就跟着,一直进了那地方。开始只是想多看她几眼。"

"以后别去了,"我说,"你那同学,怎么回事?"

"我也不知道。突然就给我打电话,问我喜不喜欢她。这还用问吗?不喜欢她我当初跟她在一块儿干吗?有病啊?她说,要喜欢她就替她出口气,把那男的做了,一条腿就行,两条腿更好。做完就嫁给我,彩礼都不要。不答应,拉倒。本来我都让自己忘得差不多了,她又跑出来。"

"她怎么知道你电话?"

"打到我家问的,说是我同学,聚会想联系我。"

"神经病。怎么打算?"

"当然不能干。我是喜欢她,可也没理由做掉人家两条腿啊。"

那就好。那地方别再去了。这女人我看也别拉拉扯扯了。明天给你办个暂住证,假的没用,得真的。当然得要,你不是北京人。没那么多为什么。好好赚两年钱,回家找个合意的好姑娘。你还年轻。我们俩斜躺在那张巨大的床上，有一句没一句地说话。我说不出更多的大道理。我能说出的都是你看见过的生活，你也能说，说得一定比我还好。困意慢慢上来，我就睡着了。

子午的暂住证折腾了好长时间才办好。要房东的产权证和身份证的复印件，要排队，要跟他们说明身份、理由等一系列问题。拿到产权证和身份证的复印件就费了不少嘴皮子，房东不愿意，怕我们拿出去为非作歹。子午都烦了，这么久，枯树都发芽了。他差点跟办事人员吵起来。终于办好了，子午拿到手就扔到地上，连着踩了十几脚才拿起来装进口袋。

9

这之后，子午就变了，有了江湖气。我不知道这好还是不好。我也不知道是他天赋里的野气发作，还是那个光头把他怯缩的生活照亮了，或者是找了一次小姐就增进了勇气，强壮了神经。因为据我的那些不学好的哥们儿说，找过一次小姐之后，整个人的世界观都会变。对我来说，在一定程度上也适用。第一次进入夜总会挑出一个女孩，我几乎是咬牙切齿地克服了过去的那个自己，你必须突破一个底线才行。我给一个旧的周子平松了绑。那是一道坎。

偶尔子午还会去找夜总会的那个女孩，他不再避讳。开始的时候他跟我说，哥，我想去看看她，让我去吧。好吧。也算情义之举。到后来，他直接就说，哥，我想去，难受。他的脸上已经完全是一个男人的表情了。但他这样说时，态度坚决，行色果断。你阻挡不了。他完全可以不跟我说就去，但他跟我说了。那个女孩的意义此刻在于，她有一副女人的身体。我同样不知道这好还是不好。不需要女人身体的男人肯定不是个正常男人，但是，当他是我表弟，他要成为一个嫖客，在我看来比我自己胡来一次问题要严重得多。我知道这很没道理，可不由人啊，他是我表弟。一想到我是做哥哥的，立马就想端出为他负责的做兄长的架子来。

在学校里多年养成的清净干爽之气在子午脸上消失了，子午的皮肤变厚，变糙，毛孔在一夜之间张大。安静的时候脸上也会出现阴影和线条。文哥说，过去没看出来啊,你们表兄弟长得还挺像。他说的是我们俩脸上的阴影和线条。事实上,子午的阴影比我大,线条比我冷,比我硬。他长得比我好。过去是英俊,现在,用时髦的词说,是酷。他开始喜欢像高仓健一样,有事没事就把T恤衫的领子竖起来,出门坐车要戴墨镜。我觉得他身上憋出了一股劲,扑腾扑腾地在跳,而且还在继续膨胀。前女朋友还会给他打电话,他接电话的表情越来越无所谓,甚至有点烦。他经常重复的一句话是:都过去了。或者是,过去的就让它过去吧。然后借口吃饭、出门、洗澡等理由来挂电话。有一天吃饭我问他,还没搞定?

"有钱就让她打吧。"子午说。

"还让你做掉那家伙的两条腿?"

"早就不提了。她说只要我回去,要不答应她过来,什么都无所谓。"

"那不挺好,破镜重圆。"

"我没兴趣了,"子午一边吃饭一边说,表情平静,像在说别人的事,"好马不吃回头草。三条腿的蛤蟆难找,两条腿的女人多的是。"子午想开了。

"是不是有别的目标了?"

"没有。我要找个北京的。"

我笑了。想法很好，可我们这样的暂住户，要啥没啥，北京的女孩哪那么好找。都说北京女孩打死都不愿往外地嫁，宁愿在家蹲着，那也是蹲在皇城根下。"好笑吗？"子午翻了一下眼皮，"什么暂住证、外来户、盲流、京漂，去他妈的。"过一会儿又说，"哥，我想明白了，文哥说得对，大胆大胆再大胆，赚钱赚钱再赚钱。等我赚够了钱，就娶个北京老婆，在北京安家。我干别的营生去，开公司，做老板，开他妈的十家旅馆，第一次来北京的穷人全他妈的免费，想吃吃，想住住，想吃多少吃多少，想住多久住多久。"子午的语气冷静，一点不像头脑发热。到底是年轻人，没有不敢想的。我们的确是两代人。再老一点，像文哥，我敢断定他睡着了都没能力做如此雄伟的梦。于是我说："好。"

子午逐渐改变了往日懒散的生活习惯，从体育用品店里买来哑铃和拉力器，早晚都光着上身哼哧哼哧地练，然后一身大汗去冲冷水澡。要挣钱就得有个好身体。不知道他从哪里看来这句话。除此之外他还坚持看《北京晚报》，一天一份。听音乐的风格也变了，那种类似说唱艺术的娘娘腔歌曲基本不听了,听摇滚、重金属,耳塞一进耳朵血液和筋肉都跟着跳的那种;或者雄壮的,刘欢的、韩磊的、腾格尔的、韩红的。反正他生活变了,向大的、重的、强硬的方向走,他凡事要有自己的主见,像换了个人。接生意的胆子也变大,过去太复杂的我们都不做,现在他也接,当然价钱也高。为了做一个证他甚至愿意坐车跑到平谷和房山找人做。

有天傍晚他给我电话,问我在哪儿,我说北大,在未名湖边交货。他说就待湖边,他马上到,正在从石景山回海淀的路上。刚做完一个高难度的证,挣了,相当可观,要请我吃饭。见了面我们一起出北大西门去找馆子,路上碰巧撞上文哥。老家伙有公交车不坐,一肩膀高一肩膀低地用脚走。"这怎么了?"我问,"给小姐踹床下了?"

"操,别提了,"文哥气呼呼地说,"遇上一个检察官,屁钱没捞着。"

"活该。你也太嚣张了,都敢跟公检法玩。"

"接活儿时我哪知道他是什么鸟检察官。刚交货,他啪地把证件亮出来。操,威胁我呢!我一个屁没敢放,眼睁睁地看他把证拿走。"

"告他个狗日的!"子午说。

"屁!你敢告?再说,他不是给自己办的,要证的是个女的,骚里骚气,八成是二奶。"

"别人能搞我们,我们也可以搞别人啊。"子午说,"办个警察证,交货的时候亮出来。对方不怕,拉倒;要怕,就吓唬一下,私了还是公了?那些胆小鬼,多半得上当,他们拿假证去招摇撞骗也犯法。"

"子午,又瞎整,那种事哪能干。"

子午撇撇嘴说:"说着玩。安慰一下文哥嘛。文哥,一块喝酒去,就当压惊。"

他让文哥挑地方。文哥一听有酒喝,精神立马好了,要去承泽园。喝啤酒,吃烤串,外加麻辣烫。文哥说的地方我知道,在承泽园门口,万泉河桥旁边。白天我常经过那里。文哥说他有个晚上在那里吃过,一个字,爽;两个字,很爽;三个字,我们一起说,非常爽。穿过北大西门对面的蔚秀园,老远就闻到烤串和麻辣烫的香味。

那地方夏天的晚上像个夜市。烤串、麻辣烫、水果、报纸杂志、盗版光盘、煎饼馃子、大饼、小馄饨、小饰品、小玩具,还有一家露天的大排档,大师傅把炒瓢颠到

头顶上。热闹繁华的烟火气。文哥带我们到靠近承泽园门口的那家麻辣烫摊子前,喊一声:

"老板,十瓶啤酒,三只碗!"

老板应声来到,拿出四个小板凳,三个围成一圈,中间一个上面搭了一块形状不规则的薄木板,那就是桌子了。然后是十瓶燕京啤酒和三只碗,每只碗上套一个透明的塑料袋,以示卫生。文哥指着热气腾腾的两口麻辣烫方锅说,自己挑,想吃什么拿什么,不管荤素,五毛钱一串。那麻辣味早闻得我和子午口水直流。文哥是常客,挑得快,挑完了就让师傅烤串,羊肉、牛肉、鸡心、牛板筋、腰子一样不落。尤其腰子,文哥说男人得多吃,补,现在闲着用不上,哪天忙起来,现吃就晚了。

味道真是好,满汉全席都比不了。没杯子,就对着瓶嘴喝。冰过的啤酒,透心凉,不是一般的舒服。麻辣烫的生意相当好,除了我们这样的大老爷们儿三两个搭伙,主要客人还是女人,尤其是姑娘。那热气腾腾的两锅,前后围了两三层,老板和老板娘两人都忙不过来了。所有的菜都穿在竹扦上,各种肉片、猪牛的下水、鸡蛋、鱼丸、肉丸、鸭血、香肠、火腿肠、豆腐、豆腐皮、蒿子秆、香菜、萝卜、平菇、海带、茼蒿、金针菇，菜场有的锅里基本上都有。随便吃，吃完了一起算账，数竹扦，一根五毛。

那顿酒喝得痛快，我们熬走了几十拨人。挑了六七次麻辣烫，又加了五瓶酒。到十点多钟，三个人都高了。文哥忽然色眯眯地笑起来，歪着嘴，费力地拖动大舌头说："屁股。一堆圆鼓鼓的屁股。嗯，好看。"我和子午没听懂，文哥就指给我们看。他面对麻辣烫摊子坐，我们转过身，看见五个穿制服裙的姑娘围在方锅前，一个个伸长脑袋，撅起屁股。文哥说得没错，圆鼓鼓的，好看。包在裙子里面，甚至能看见内裤边缘印在粉红裙子上的痕迹。裙子长及膝盖，十条胖瘦不一的小腿移来移去。身材都不错，应该是附近哪个单位的，集体出来吃麻辣烫。然后她们叫起来，咯咯地笑，好像在抢什么东西。

"她们笑了，多好听！"文哥挥着手，像在演讲，一边打着酒嗝，"那屁股，多好看！嘿嘿。"

我打一下文哥的手："别嘿嘿了，吓跑了都。"

文哥说："跑了好。跑了我去追。"

一个姑娘尖叫起来："我的平菇！给我！给我！"

其他人都说:"谁拿你平菇了!"

老板娘说:"这就煮,一会儿就好。"

尖叫的姑娘说:"哪是一会儿,好几分钟呢!"

子午喊起来:"我这儿有,你要不要?"

尖叫的姑娘转过脸,长得挺不错,细高挑,短头发。"谁啊?有病!"

"病没有,"子午笑嘻嘻地说,"平菇有!"

尖叫姑娘气冲冲地走到我们简陋的酒桌前,溜了一眼,对子午翻了个巨大的白眼,说:"去死!"然后一颠一踬地回到方锅前,同伴的姑娘都捂着嘴笑。

我和文哥也笑起来。我说:"子午,挨骂了吧。"文哥说:"子午,送过去。"我一定是喝得没章法了,竟然也跟着怂恿子午:"对,送过去。"子午真就端起装着平菇的碗站起来,歪歪扭扭地走到尖叫的姑娘面前,双手把碗送出:"平菇,给你吃。"尖叫的姑娘又尖叫一声,一巴掌把子午的碗打掉在地上。"去死吧,你!"她说。我担心子午下不来台会动手打人家,赶紧跑过去要拦,子午却蹲下了,把竹扦一根根捡起来,乐呵呵地说:"你不吃,我吃。"

那群姑娘又笑起来，暧昧地起尖叫姑娘的哄。那姑娘说，有什么好笑的！一甩手，走了。文哥凑过来跟我说，他奶奶的，大姑娘就是好，屁股怎么扭都好看。

10

第二天很迟才起床。起来后子午吧嗒吧嗒嘴问我，他昨晚是不是喝大了，我说都大了。他又回味半天，说，好吃。要不今晚还去？他健身，我们吃早饭，各奔东西，已经是中午了。傍晚他给我短信，七点承泽园门口见。我到那儿时，子午已经摆好了桌子。

啤酒、烤串、麻辣烫，外加两块大饼。很舒服。我们慢悠悠地吃喝。生活挺好。尤其看见所有人都沉浸在烟火中，那种贴心都让我有点感动。和别人一样，此刻我和子午也生活在繁华的生活里。在其他时间里，我们都刻意地接近或躲着大家，那是有预谋的，和你一样，我们也想从这个世界里得到一点东西。我们一直在某个小小的角落潜伏着，即使淹没在人群里，内心里也知道自己十分醒目，就像一枚枚企图揳入正常生活的生锈的钉子。很多人迟早会找你算账，大多数时候是警察，偶尔也会是普通人，当然那是你出了问题。比如子午，有次下午五点半时，就在大街上被两个人追着跑。

在傍晚。北京的傍晚不是个好时候，堵车，拥挤，下班的表情疲惫，人和车一整天的耐心和平静此时已经全部用光。在我们已经吃过三次麻辣烫之后，准备要去吃第四次。约好六点在承泽园门口见面。我从林业大学坐上公交车，五点半，快到北大西门时，子午打我电话。他在电话里气喘吁吁地说："哥、哥，在哪儿？有人追、追我！一个人搞不定，他、他们，不撒手！"

"到北大西门了。你在哪儿？"

"在跑。我往硅谷，那边，跑，你，来接、接我！"

我关上手机就让司机停车，我要下去。离站牌还有一段距离，司机说不能停，这是规定。我哪顾得了那么多，对着车门踹了一脚，大喊："开门！"声音大得把我自己都吓着了。一车的人都往我这边看，旁边的售票员直往后撤。司机猛踩刹车，他也被吓着了。那段时间电视报纸都在说，恐怖分子到处干坏事，世界很不太平。"开门！"我又喊一声。售票员对司机说："开、开了吧。让他下去。"堵在后面的车一个劲儿地摁喇叭。司机只好开了车门。我跳下车的时候听见女售票员啐了一口,说:"什么人哪,丫就一傻逼!"

北京人骂这话听起来特别刻薄,但我没时间理会她,撒开腿就往硅谷方向跑。北大西门到海淀桥这一段,一年到头堵车,这会儿正是高峰的峰顶,挨排排的车在鸣笛,干跺脚走不动。我在车缝里钻来钻去,跑到海淀体育馆附近,看见子午从车缝里钻出来,他跑的是反道。我一边喊他的名字,一边跑着招手。他看见了,速度明显加快,后面的两个男人追得的确挺紧,手里拎着家伙,既像榔头又像勺子。子午到我面前时,我对他喊,拐过去,打车走,我来应付。子午犹豫一下,继续向前跑,刚拐到芙蓉北路上,那两个男人就到我面前了。我一把抱住最前头的那个。

"哥们儿,哥们儿,"我用力抱紧以免被他挣开,"有话慢慢说。跑急了伤身体。"

我怀里的哥们儿对另一个说:"快追!追!"

那哥们儿追了几步停下来,子午已经钻进出租车了。他挥着手里的家伙怒气冲冲地对我来了,果然是长柄勺子。接着我就闻到怀里的那哥们儿一身的油腥味。他嗷嗷地叫，让我放手。我放了他，掏出烟要递过去，拿长柄勺子的那家伙一把打掉了。我捡起来，又给刚刚抱在怀里的哥们儿递过去，他手里拿一把铲子。"哥们儿，有话慢慢说。我弟弟他年轻，不懂事，您多包涵。有事找我。"

"好，这可是你说的。还钱来！"勺子说。

"什么钱？"

"那小子办证不好好办，"铲子用铲子指着子午打车的方向，"冒充警察诈我兄弟！"

一听就知道这事是真的。文哥前两天的教训转眼被现学现卖，也太快了点。为了不惹有关人员注意，我把他们俩拉到前面的大自然花卉市场里说话。卖花的小姐以为我要买花，我说不买，随便看看。哥们儿说吧，到底怎么回事？勺子说，也不瞒你，我想办个红案证书，有证人家饭店才要，就找那小子。他接了，昨天交证的时候突然拿出一个警察证，说他是便衣，专门抓我这种用假证扰乱社会的。他抓住我这只手，就这只，要送公安局，我哪知道轻重，蒙了，死活不跟他走，我头一回干这事，我冤不冤我！他说不想去也行，交五百块钱罚款。我把裤裆里的钱都搜出来,也就剩三百块钱。他说三百就三百吧,收下了。证也没给我。放了我之后,我就觉得哪里有点不对劲儿,警察罚完钱你得给我个单子吧,我不能不明不白啊。回去跟我朋友一说,也觉得有问题,今天就到那附近等。小子胆还挺大,打完一枪还不换地方,我就知道不是个好鸟,冒牌的。果然,咱们俩一露面,他拍屁股就跑。哥们儿你来说,我前前后后花了六百块钱,连个证都没摸着,我他妈的是不是冤大发了?你说,我冤还是不冤?我们他妈的挣钱也不容易啊,一铲子一勺子弄出来的。拿铲子的哥们儿又对我挥了挥铲子。

"六百?"我晃了晃右手的大拇指和小指。

"六百!"勺子理直气壮地把他右手的大拇指和小指推到我面前。

我掏出钱包,三个夹层都找了,只有五百五十块。"不好意思,"我说,"要不给我个电话,明天我把那五十给哥们儿送过去?"

勺子看看铲子。铲子说:"算了,少五十就少五十,就当交了个朋友。"

勺子说:"那好,就五百五。"接过钱他和我亲切握手。分手的时候还语重心长地说:"哥们儿,让你弟弟别瞎搞,干一行讲一行。别为了那点钱坏了名声。不就点钱嘛,算啥,花纸一张。是不?"

我一个劲儿地点头。是是。

这屁股算是擦干净了。完了我给子午打电话,搞定了,我在承泽园门口等他,一定得过来,要不我可得脱裤子当了。子午到了承泽园时我已经开始喝酒了。他坐下来,听说我给了他们五百五,立马跳起来。"操,那孙子,我一共就拿他五百!"子午说,"狗日的,我找他算账去,反过来敲我们了!"

我把一瓶啤酒对地上猛地一蹾,底掉了,啤酒流了一地。"你给我坐下!你能敲别人,别人为什么不能敲你?"

子午嘟囔着坐下,用牙咬开一瓶啤酒一口气喝了半瓶。"我不是想多赚点嘛。"

"有你那样赚钱的吗?拿来!"我伸出手。

"什么?"

"拿来!"

子午磨磨叽叽从口袋里掏出假警察证。这小子,做得还像模像样,真的似的。子午要穿上警服,真没人会怀疑他不是人民警察。我掏出一根烟，点火的时候先点上了假证。子午要抢已经晚了。塑胶封皮烧起来快，火苗很快就爬上来。

"哥，你干什么？"

"我跟你说过，咱老老实实挣钱，别玩那些歪门邪道。"

"歪门邪道？"子午从鼻子里冷笑出声来，"都是犯法的事，偷和抢有区别吗？"

那一瞬间我真给子午问倒了。没错，我们干这个也不是人间正道。法律说了，不许这么干。可是。其实我没有那么多可是。"你说得对，性质是一样的，"我说，"但是，程度不同。偷和抢判的年数不一样，你一定知道。收别人送过来的钱，在我理解，跟拿着刀去逼人交钱，也是不一样的。办假证是一个罪，办了假证还冒充公安，是更大的罪，你知道吗？"我喝了一口酒，吃了一串牛肉丸麻辣烫。"再说，你又不爱听了。还是那句老话，职业道德。假如说你去绑架，钱拿到了你得放人，你不能钱拿了还撕票。这不对。"我拉拉杂杂地说，也不知道说清楚了没有。

应该是说清楚了，因为子午说："哥，你是这一行里的圣人，哪天办假证合法了，我一定推选你去做劳模，全国劳模。"

"那事我没兴趣，要被全国人民看着。我怕被人看。"我谦虚一下，气氛好了就算和解了。

喝完一瓶酒，子午去挑麻辣烫，又让师傅烤串。坐下来他忽然伸长脖子问我："要是我想在短时间内多挣点钱，怎么办？"

"有点困难。你想干吗？"

"谈恋爱。"

"有目标了？带给哥看看？"

"我也就见过一次。"

"靠谱吗？"

"靠。我让它靠它就得靠。你也见过的，就那天晚上要吃平菇的那个。"

我觉得这太不靠谱了。就见过一次，还让人骂了一顿，其他一无所知，这也能谈恋爱？恋爱我是谈得比较少，没什么经验，但我总知道得有个八九不离十吧。你知道人家多大？有男朋友没有？说不定都结婚生孩子了。就算单身，人家凭什么非要跟你谈？到底年轻。一点办法没有。但子午明明是一张成熟男人的脸。他的表情正大庄严。"哥，你为什么非要八九不离十才觉得可以去做呢？"子午很严肃地跟我说，"她有没有男朋友、结没结婚、生没生过孩子有什么关系？我那个都发过誓了不照样跟别人跑？什么事都有可能，只要你想。"

子午说这话的时候脸上风轻云淡。正因为这个无所谓的表情，反而让我觉得他有点不好捉摸了。于是我说："人家若是有家庭，你可别乱来。"

"行了哥，又职业道德是不是？别抱着你那套老八股不撒手。爱情里头没职业道德，要有，那也是你想，还是不想。"

这小子，还一套一套的。但我还是认为这事严重不靠谱。我不跟你争，看你这把火能烧几分钟。你连人家在哪儿住哪儿都不知道。

"我等。"子午蹾了蹾他的碗，我才发现他挑了满满一碗的平菇串。"我就不信她不来。"

"你不是要找北京的姑娘吗？"

"那舌头卷得，还有那刻薄劲，绝对是北京人。"

11

那天晚上没等到。子午一次次去挑平菇,为了让那姑娘找不到平菇然后跟他搭茬。他一个人几乎把那晚上所有平菇串都包了。喝到十一点,那姑娘也没来,她的同事也没出现。我跟子午说,还真当回事了,回去吧,还得举哑铃呢。

我想子午头脑热一热这事就过去了,没想到他动真格的了,每天晚上都过去,下雨天也不例外,因为下雨天麻辣烫摊子照样开。摊子摆在一个大棚底下,白天那地方修车、修鞋、配钥匙,晚上他们走了,麻辣烫来了。我陪子午连续又去了四次,开始是想看他到底能否成事,后来只是为了一顿痛快的晚饭。表弟认真要谈一场恋爱,我这做哥哥的当然要支持。

那四次里我没见着尖叫姑娘,倒是等到了几个她的同事,还穿那身好看的制服裙。眼看那几个姑娘也走了,尖叫的还没来,子午怕失去机会,上去跟她们搭茬。都认识,那晚被骂了嘛。子午说你们女孩子为什么都喜欢吃平菇，她们说，就喜欢呗。

"那我请你们，"子午说，"不过你们得告诉我个事。"

"好。吃完了再说。"她们明显在集体捉弄子午。但子午装作没看出来，该怎么请就怎么请。一共花了他三十块钱。她们说不好意思放开了吃。吃完了，一个说："人家有男朋友了。"另一个说："都快结婚了。"又一个说："别想了。"还一个说："不过，多请我们吃几次，说不定还有机会啊。"然后几个人笑成一团。

"她人呢？叫什么名字？总可以说吧。"

"才几串就想知道名字，太急了点吧？请假回外婆家了，我们可不知道什么时候回来啊。"

子午得到的另一个信息是，她们都是附近一个疗养院宾馆里的服务员。那家疗养院我知道，我们经过它门口好多次。子午谢过她们，邀请明晚继续过来吃。她们果然就来了，大老远就捂着嘴乐。不吃白不吃。子午花了四十。她们说，看在麻辣烫的面子上告诉他，明天就该上班了。叫什么不能说。子午第二天真就去疗养院找她了，在大厅的服务员标兵的光荣榜里看到她的照片和名字：闻敬。子午向值班经理打听，经理说请假呢。那帮丫头把他涮了。子午忍着不生气，晚上照样请她们吃。吃完了他说，做人要厚道啊。她们就笑起来，说快了快了，明天准上班。

白天子午挑吃饭的点儿去疗养院门口等，直接进去找怕影响人家工作，还可能弄巧成拙。她总归要下班吃饭的。午饭没等到，他去北大附近站了一会儿街，接了一单小生意，晚饭的点儿又跑回来。等到了。闻敬和几个同事端着饭盒一出宾馆大厅，他就叫她名字，后面的同事赶紧嬉笑离开。闻敬径直走过来，第一句就是："你有病啊！"

子午摸了摸脑袋，说："我找了你很多天。"

"去死！"闻敬转身就走，走两步又停下来，"以后也别骚扰我同事！"

子午晚上又去了麻辣烫。约我一块儿，我没去，这段时间总喝酒吃麻辣烫，胃有反应，上厕所干大事都不利索。据他说，闻敬和一帮同事去吃麻辣烫了，只是一看见他扭头就走，小皮鞋咯噔咯噔地响，一个人回疗养院了。子午挺住了，继续给那一帮丫头埋了单。她们吃完了觉得有点对不住子午，就说，闻敬好像没有男朋友，不过她好像对你不感冒，其实你挺帅的。子午回来跟我说，当时他感动坏了。一个胖丫头见他不说话，不负责任地鼓励他一句，要不你再试试？女人嘛，哪有攻不下的。她们就笑她，干脆攻下她算了。子午谢过她，坐下来继续喝啤酒，决定再攻一下。

那段时间子午白天晚上都在承泽园附近转悠，他发现闻敬家就住在海淀体育馆旁边的芙蓉里小区。小区楼下是一个开放的小公园，公园里有一处石头设置的景点，很多块巨大的条形石，横着排竖着摆，猛一看既像圆明园的大水法废墟遗址，又像我在报纸上看到的那个神秘的英格兰巨石阵。巨石阵旁边有个巨大的喷泉，只在重大节日才会出水。冬天我经常和几个朋友到那里晒太阳，眯缝着眼抽烟，北方的太阳晒得人浑身无力，神仙似的。现在轮到子午去了。如果我们碰头，白天一般是在巨石阵，傍晚通常就是麻辣烫摊子。有一天子午跟在下班的闻敬后面，一直看她上了楼。然后在六楼的一扇窗户打开了，露出一张脸，随即窗户又关上了。子午没看清那张脸，但他断定那就是闻敬。她家住那栋楼的最顶层。

然后子午想到了最俗也最管用的一招,送花。

我没给哪个女人送过花,送不出手。满大街都是人,你拿着一束花像猴一样被大家盯着看,感觉一定很不好,一想我就浑身炸痱子,出汗的方式都变了。子午拿得出手,这点我很佩服。他说不就花嘛,假证跟炸药似的,我都整天拿在手上。公园旁边就是花卉市场,那时候北大的畅春新园研究生公寓还没有开始建,花卉市场生意很好,硅谷周围飘满花香。子午挑红玫瑰和香水百合送,每周总要送两次。他不直接迎着闻敬的面送上去,而是在她回家之前或者回家之后送到她家门口。进楼要刷卡,他只好等别人进去和出来时混上去,放下花就走。有时候实在没人进出,他只好硬着头皮拨她家的对讲机,捏着嗓子说:"您好,闻敬小姐家吗?我是花店,有位先生给您预订了一束鲜花,请您下楼取一下。"等闻敬下了楼,子午已经跑掉了。

子午的等待和送花工程持续了两个月,深秋都到了。北京的天开始高,云开始淡,空气开始发干,落叶满地,北大西门里的两棵连抱的银杏树金黄耀眼,如同燃烧一树的黄金火焰,树底下则像铺了一圈黄金。那一天子午远远

地跟在闻敬后头,闻敬突然转身,说:

"你玩够了没有?"

子午说:"你忙你的。"

"我连你叫什么都不知道,你老跟着我干吗呀?"

"我叫陈子午。"

"讨厌!没见过脸皮这么厚的。"

"有人比我还厚。"

然后闻敬就笑了。一笑就露馅。子午眼泪哗地就一眼眶,他知道有戏了。

闻敬经常幸福地向我转述这段对话,她说你表弟的脸皮怎么就这么厚呢。我说不知道,打小他的脸皮挺薄的,见女同学脸都红,谁知道见了你突然就厚起来,那一定是一物降一物。死敌,克星。闻敬就更幸福了,眼角眉梢都是子午所有者的灿烂的笑。子午的脸皮突然如此之厚也让我想不通,别说人,就是一条狗摇了几个月的尾巴还没人理,那自尊心也受不了啊。所以我问子午:"实话实说,秘诀在哪儿?"

子午冷静地说:"我女朋友就是这样被那个浑蛋抢过去的。"

"比你还厚?"

"厚多了。不光送花,还请人帮他写情书,一天两封。那肉麻话说得,一般人神经都扛不住,要是你,看完非疯了不可。"

噢,我就明白了,实践出真知。接下来我高度警惕:"你不会就为了把人家闻敬弄到手才这样干的吧?"

"不瞒你,哥,开始我就是想,我就不信搞不到北京女孩。他妈的,凭什么。追的时间久了,才真正喜欢上她。要不我哪撑得了这么久。"

子午的确是硬撑到现在。一直围着闻敬转,生意撂得差不多了,挣一个花一个,又没积下老本。眼下他连一千块钱都拿不出来,为此他比没追到手的时候更焦虑。追要花钱,追到了更得花钱。我说没问题,应急的时候找我。子午说不行,这几年你也一分没攒,以后找女朋友、结婚、生孩子,都得靠现在。我说咱别想太远,我都三十了还没动静,这辈子说不定就光棍过去了,攒钱有屁用。子午还是不愿意。会挣到钱的,他说,当务之急是,怎么样让她死心塌地。子午说这话时像个老谋深算的家伙,一道冷光从眼里进去,经过脸从下巴出来。吓我一跳。

12

他们发展得不错,具体到哪个部位了我不好问。我是大伯子,不着调的话不能说。我就知道他们"快了,快了"。子午挂在嘴上的,像安慰我也像给自己打气。有天晚上,月亮又大又好,月光落到地上跟铺了一层水似的,看了让人想家。子午出去找闻敬了,我一个人在屋里抓老鼠。平房就这点不好,夏天受苍蝇蚊子和蟑螂害,天冷了受老鼠害。我屋里的老鼠半夜里喜欢拖着一张纸到处走,拖拖拉拉的声音像有人穿拖鞋在走路。你想想吧,睡得迷迷糊糊有人穿着拖鞋在你床边走来走去,那个恐怖。得坚决镇压掉它们。我把原来吃饭的小桌子搬开,正撅着屁股准备往老鼠洞里灌水,子午带着闻敬来了。这是闻敬第一次来我们住处。屋里乱糟糟的一片,现收拾都来不及,真是丢人丢到家了。

我让子午招呼她坐。"不好意思,你头一次来就赶上阶级斗争,"我努力让自己也让闻敬放松点,"灌完水就好。"

闻敬说："没事，哥，你忙。"

子午说："没时间忙了。"他把半桶水都灌进去，顺手把桶倒扣在洞口。"哥，收拾一下我们去圆明园。"

"半夜三更去圆明园？"我说，"你把桶扣那儿干吗？"

"闻敬说夜游园才好玩，月亮亮堂堂的，人少园子大。"

好嘛，一恋爱就浪漫了。闻敬说有条小道可以进园子，得翻一道墙。正说着停下来，屋里响起吱吱嘎嘎声。我到处找声音的来源，子午往小桶上一指，原来是老鼠淹得受不了，爬出洞来要往外跑，拼命地抓桶壁。闻敬说，看你弟弟，坏死了。子午说，这才到哪儿，我还有更坏的你不知道。好了好了，该走了。出门时正赶上文哥倒洗脚水，问我："还出去？"

"逛圆明园去。"

"我操，那地方，找鬼呀。"

都说圆明园里过去死了好多人，皇帝住的地方，妃子、丫头、太监可没少给他们弄死。闻敬带我们从一条巷子里进去，然后再拐，再拐，反正我是晕了，就到了一个死胡同里。胡同底有个公共厕所，老远就闻到臭味。闻敬说一年前她跟一帮老同学来过，翻过厕所旁边的墙就是。墙不高也不矮，墙根有根枯藤，正好踩着上去。我先爬上去接应，因为闻敬一个姑娘家爬不上去，上面得有人拽着她手，下面还得有人托着她屁股往上送。我当然不能托她屁股。我爬上墙，另一边立刻开阔了，道路、树丛、小桥、湖水，在幽幽的月光底下诡异地展开了。哥。子午在下面小声叫我。我骑到墙头上，发现离我手很近的地方堆了一坨坨东西，竟然是大便。一定是从这厕所里直接甩上来的。看来大家都知道这是不花钱进园子的捷径，圆明园的管理人员设防了。我抓住闻敬的手，不由自主地哆嗦了一下。清凉，柔腻，娇小。但我头脑里突然出现的却是夜总会里那个小姐葱白一样的大腿。闻敬一脚踩空，尖叫一声。我骂了自己一句，让她踩好，子午用点力。

夜晚的圆明园大得让人难受，死一样的安静。图片中的、电影电视里的以及想象里的景物在月亮地里无谓地睡着了。现在深夜十一点半，没有管理人员在巡逻，但我们不自主地怕，声音往低处压，再压。风从水面上吹过来，凉飕飕阴森森湿漉漉，像有很多潮湿透明的小手拂过我的脸。闻敬有点怕，抱紧子午的腰，子午把她搂在怀里。闻敬开始还小声地向我们介绍她从小听来的圆明园故事，越说速度越慢，逐渐前言不搭后语。走神了。他们的脚步也在走神，绕过水，走过桥，我听到哪个地方有声怪异的鸟叫，转过身去找，再回头他们已经不见了。

我一个人在巨大的园子里晃荡，后悔跟他们一起来了。这么好的月亮对我其实没有意义。这样的夜晚，我应该睡觉、看电视，或者随便找个地方喝点酒。四周空无一人。一个人面对浩浩荡荡的月光无论如何是件让人悲伤的事。过去的那些年，我在这样的好月亮底下都干什么了。想不起来，就像第一次迎头撞上一大片月光似的。本来一直想去的地方陡然就没有兴致了。我随便走，有一搭没一搭地抽着烟。当年的圆明园极尽繁华，所以皇帝们才乐意来这里住，要是也像现在这么孤寂冷清，打死他们也不会来。

正走着，突然从灌木丛里钻出来一个黑影，吓得我心脏都蹦到嗓子眼里了。我后退了好几步。是个人，一看就是傻子，流浪汉，现在就穿着一件军用棉大衣，头发乱蓬蓬的，像顶了一个喜鹊窝。"烟。烟。"他伸手向我要，嘴半张着歪在一边，兜不住口水。月光照不到他嘴里，一个不规则的黑洞。我往灌木丛里看，中间有两床烂被子。一定还有其他的墙头可以爬，要不这傻流浪汉是没法进来的。他倒会挑地方。我递给他一根烟，帮他点上，然后又给了他几根。他呵呵地笑，吐烟的时候伸长下巴，舍不得它们这么快地离开他的嘴。

继续往前走，我小心地防备，担心哪个黑暗的角落里冷不丁再蹿出个人来。这么大的地方，不藏几个人是不可能的。你没看见，是因为他们没有及时地跳出来。

慢慢就走到大水法那里了。很多石头高高低低散乱地矗立在夜里，阴影处看起来充满可怕的玄机，让我想起小时候见过的乡村里的乱坟岗子。我试探着往那边靠近，上一次看它是几年前，刚来北京的时候。第一个月挣的钱全花在传说中的景点上了。我靠近，再靠近，听见了奇怪的声音。两个人的粗重的喘气声。天大地大，人还真不少啊。我放轻脚步，慢慢往声音发出来的方向走。走到一半，突然想到可能是子午和闻敬，我停下来。我想转身走回去，可是有个东西拽着我的脚。向前走，再向前走。那个东西说。我顺从地向前走，绕过一块雕琢精美的大石头，看见两个人在动。上面的那个裤子堆在脚踝上，光屁股上下耸动。底下的那个人死死地抱住上面那人的腰，一条白腿泛着幽蓝的光，从躺着的大石头上垂下来。她的嗓子里有混乱的声音发不出来。子午和闻敬。我转身离开，越走越快，直到任何声音都听不到。我对着路边的一棵树送出拳头，疼痛一直贯穿到头皮上。

我很恶心是不是？我既觉得自己恶心，也难受得要死。难受得把眼泪都憋出来了。不是身体的欲望让我难受，而是心里空荡荡的感觉让我难受。那是两只手伸出去，什么都抓不到的空落。那些跟我一拨来北京的，一部分人早就回去了，一部分人做大了，发了，或者改行了。我还两手空空地在北京的街头乱走，站街。所有的繁华近在眼前，但是距我却极其遥远。我不知道这些繁华具体都是什么，也许不是女人，也不是金钱，那它到底是什么？我在水边蹲下来，开始洗脸，把脸上的角角落落都洗到了。然后坐在一块石头上开始抽烟。

一根烟抽完了。我平静下来，就像什么都没发生过。就像这几年里的任何正常的一天一样。子午和闻敬从身后过来了，子午说，哥，你怎么坐这儿？冷死了！闻敬掐了他一把，子午哈哈地笑起来。闻敬小声说，讨厌！

从原路返回，翻过那堵放了大便的墙，我感觉重新回到了北京。本来我想找一找傻流浪汉进入园子的通道，打算从那地方出去，但子午说那太耽误时间，闻敬急着回家，怕挨爸妈训。我们翻过墙，先打车把闻敬送回家，然后打车回西苑。路上子午说：

"哥，搞定！"

"你们俩的事？"

"应该没问题。她还是第一次呢。"

13

他们关系一直很好，用如胶似漆来形容应该不过分。看得出来的。在谈恋爱方面子午显示了良好的耐心和温柔，他把闻敬料理得妥妥帖帖。时间对他们来说，快也快，慢也慢，因为日常和沉醉，世界变了他们也浑然不觉。事实上世界也没怎么变，还那样，晃晃悠悠天就凉了，冷了。

如果你不在风雪天出门，北京的冬天还是蛮舒服的。

屋子里有暖气,外面阳光也好,这种好天气让你觉得一切都有可能。生意也会很好,因为拖了一年的事情都急着要了结,想办假证的会主动找上门来。手写和印章的广告不怎么用了,改用口取纸,广告写在上面,有背胶,随便往哪里一拍就行。这种小广告快捷、方便,跟北京一起现代化了。但子午口袋里还装着签字笔,他还有到处乱写的习惯。我偶尔会在广告牌上或者光滑的墙面上看到他的字。他写北京是个好地方,写他喜欢一个女孩,还写一些莫名其妙的话,比如,你突然拿到两百万你第一件事干什么?比如,修路为了通畅,但所有的路现在都很堵。比如,报纸上说,一头猪变成了象,我们都知道是假的。还有,假如你去圆明园,建议你躺在那些大石头上。等等。

我们几乎每天都能找到点生意,大小而已。我和子午依然在海淀一带活动。他喜欢围着疗养院和芙蓉里转。闻敬上班的时候我们去站街,烦了或者没生意就去巨石阵晒太阳。北京冬天里的太阳很好,阳光毫无阻碍,劈头盖脸地就落满一身,穿过棉衣照进骨头里,一照后背就开始咝咝地往外冒油汗。大自然花卉市场开始要拆,花一朵朵地从温室里被搬走,北大打算在那里建研究生公寓。我们晒太阳的时候经常免费给北大规划公寓，觉得应该建成什么样的楼房最好看，想来想去也没能想出"蛋壳""鸟巢"那样匪夷所思的形状来。我们也经常去吃麻辣烫，但不太喝啤酒了，凉。要喝就喝白酒，二锅头，一口下去就是一溜火线，从舌头一直烧到胃里。

子午偶尔夜不归宿。挺好。年轻人满身的力气，需要夜不归宿。文哥此时就会跑到我房间里，大惊小怪地说，我操，子午老婆长得不错，有点意思。这话他说了不下三十次。本来我打算把老铁的那间屋租下来给子午住，闻敬来了也方便，但想想又算了。这院子里都是大老爷们儿，见到女人眼里恨不能伸出手来。老铁跑了以后，再也没露过面，除了两床烂被子，值钱的家当早带跑了。就没打算回来。房东又安排进一个房客，公司的小职员，戴眼镜，挺清高的好像，整天仰脸望天不搭理我们，不知道脑子里在想些什么。不理拉倒，缺谁不一样活。

我一直担心的是，闻敬家里不同意他们俩的事。虽然该干的事都干了，但这年头，有几个能把裤腰带守到洞房那晚的，所以这也不算个事。等我知道闻敬父母不同意，冬天已经过完了。草长莺飞，杨花飞舞，沙尘暴都到了。

反对的理由都不要想。子午是外地人，还是个办假证的。老两口接受不了。我也觉得有点悬，可能源于我一贯的自卑，你想，职业和出身，没办法。但子午和闻敬有信心，都决定要在一起过一辈子。子午说，只要你扛住红旗不动摇，我来解决你爸你妈。闻敬说，只要你敢往上冲，我就能挺住。子午说，好。闻敬也说，好。为了向闻敬父母表示决心，两人决定出来租房子。就在承泽园里，一居室。子午他们到西苑来收拾东西，正值一天中沙尘暴最疯狂的时候，漫天黄尘，风也大，马路上一个接一个的旋风涡，垃圾袋像鸟一样在半空里飞。我刚从院子里逮了一只野猫进屋，想让它抓两只老鼠。子午和闻敬灰头土脸地进来了。

"哥，我想搬出去住。"子午说。

"啥意思？"我看闻敬也跟在后面，想是不是有什么地方让人家不高兴了。

"你别多心，哥。"闻敬说。这丫头我很喜欢，爽快，不跟你玩弯弯绕。"就是想给爸妈一点压力。我们也想经常在一起。"

我当然支持。子午的家当很少，两个人两只箱子就拎走了。但搬完之后我的屋里倒是空了一大块，心里跟着空了更大的一块。其实我不希望子午走，你不知道，在这么大的城市里举目无亲，有一个伴儿是多么重要。本来我想过去帮着一起收拾房子，想想又算了，看到他们更大的房子我可能会更难受。一居室，对我来说已经很大了。更大得空空荡荡。这种烂天气，一个大老爷们儿也免不了要多愁善感。我把他们送到马路边，我说，常过来玩啊。子午也有点不舍，闻敬替他说，哥，回吧，有空也到我们家里看看。她说"家里"，沙尘暴的春天也一下子温暖起来。多好的姑娘。

后来我倒是常去。子午让我去喝酒吃饭，有时候我在硅谷附近做生意，到了吃饭的点儿，也会买点鸭脖子、鸭翅或者叫一份水煮鱼外卖带过去。闻敬的手艺不错，尤其是红烧鲫鱼和麻辣鸡胗，每顿饭都吃得我百感交集。所以我想，以后真要能找着老婆，得挑个厨艺好的。进一步又想到别人总结出的那个道理：一手好菜就能守住老公。你让他想着，从一张嘴开始，一直想到肚子里。他永远跑不掉。

他们租的房子离麻辣烫摊子不远，从巷口往里走，两百米,三楼。一个月一千五,这是个不小的数目。看起来他们俩还应付得了。除了房东提供的几样大件,没添什么新东西,沙发倒是新的,那是因为子午喜欢躺着看电视和报纸。闻敬两头跑,有时回自己家里住,在哪儿住那得看那几天和爸妈的关系如何。通常很僵,所以大部分都住在承泽园。她爸妈跑到他们的房子里闹过几次,威胁闻敬时说:你再跟他混在一起我们断绝关系!威胁子午时说:你再缠着我们女儿,我们去公安局告发你!当然一直没有忍心断,也没忍心告。究竟还是自己生养成人的,骂完了还是自己的孩子。子午也懂事,他的态度相当好,脸上赔笑,低头随你怎么骂就是不吭声。

子午甚至给闻敬爸妈写了一封信,拿出他平生所学,打了草稿再认真誊抄,大意是:他会一辈子对闻敬好,绝不负她;会好好挣钱,尽快换个正当体面的工作,让闻敬尽快过上好日子;他会孝敬好二老,当亲爹亲妈一样奉养。他写得很真诚,自我感觉不卑不亢。

写这封信之前子午问过我,写信合不合适。我说当然合适,他们不愿意跟你坦诚交流,总得有个表达自己的方式啊。我觉得合适的原因还有一个,那就是子午一手不错的字。这很难得。我一直认为所有字写得好的人学问都不会低。希望闻敬爸妈也相信这个貌似有理的逻辑。子午写了,特地强调了钱,他会拼命挣钱,两三年内把房子问题解决。子午私下里跟我说,说到底不就是钱的问题嘛,要是手里攥着一千万,他们想什么我给什么,我就是他妈的黑社会,她爸妈一个屁也不会放,没准一天咧三次嘴迎我进家门呢。有了钱,没人管你是干什么的。

这封信写完之后,子午和她爸妈之间突然就平静了。他们不再闹到门上来,有事找闻敬就打电话,如果闻敬不在家,啪地就挂电话,跟子午没一句废话,当他不存在。不知道闻敬爸妈是不是在乎钱。反正子午跟我说,哥,看出来了吧,没有人不爱钱的。别以为北京这地方又怎么样,哪儿都一样,最后都要钱来总结发言。我说别瞎猜,人家也不会傻到连你的空头支票都相信。大概闹不动了。女儿都睡过去了,还能怎么样,总不能一天到晚磨嘴皮子。

"还是因为他们看出来我有'钱途'。"

"钱呢?"我说,"我看看?"

"你放心,哥,我不会让你们失望的。"子午都咬牙切齿了。

自从子午咬牙切齿地要挣钱,我们见面的机会就少了。见也多是在街头的某个拐角处碰见。他忙,一打电话就说他要去站街、去制作证件、去交货,想一块儿喝两杯都没机会。电话打到他住处,一般都是闻敬接。有几次天都晚了,子午还没回来,闻敬说,去丰台了,去宣武了,去房山了。操,这小子连房山都去。在我见过的办假证的人里,子午差不多是最拼命的一个了。我跟闻敬说:"让他悠着点,银行也不是一天挣出来的。"

"我说很多次了,"闻敬说,"我说爸妈现在已经不太反对了,他们从来也没提过钱的事。可他不信,说我在骗他。哥,有空你说说他,咱不能为了钱不要命啊。"

我给子午打电话,他根本就不理你的茬。"你不懂,哥,"他说,"他们想要什么你不明白。"

我觉得子午内心里还有顽固的自卑,因为自卑导致自负,他以为他是对的,以为钱可以把所有问题都解决。但我跟他说不拢,他不听你的这出戏。他觉得他比我懂得北京,比我知道怎么样才能在北京这种地方扎下根来。一点办法也没有。慢慢地,我跟子午越来越远,最多有过一个月没联系。他忙着赚钱，我也忙着赚钱，还要忙着安慰文哥，陪他喝酒聊天，帮他解解闷。文哥离婚了，老婆提出来的。听到这消息我都呆了，他老婆四十五岁，这把年纪突然提出来要离婚，而且刻不容缓。她威胁文哥说，不离就让他戴帽子，绿的。这是大问题。文哥火速回家，像子弹一样快，东西都没来得及收拾。他说这女人能整，最好她说什么你信什么。十天以后文哥回来了，离完了，也像子弹一样快。这次他说的是：这女人能整，最好她说什么你做什么。回来了以后文哥的难过才涌上心头，在家里他憋着，觉得自己还挺悲壮，一见到我立马老泪纵横。文哥说：

"兄弟，老哥我瞎了！"

我说怪谁，让你在北京待这么久。老婆三天两头让你回去你不回，这下好了，不用回了。还"瞎了"，这是你们湖北话吗？你活活让北京给坑了。

"我也没闲着啊。我给她们娘儿俩挣钱，像小偷又像强盗，今天躲明天避，我容易吗我！"

"现在容易了，光棍一身轻。"

挖苦完了，我开始安慰文哥。五十岁的男人掉眼泪，那一定是伤到心里去了。我说节哀顺变吧,有走的就有来的,钱难挣不是还挣了一堆嘛。毛主席说得好,世上无难事,只要肯登攀。放下包袱,开动机器,备战备荒为人民。继续干吧。文哥悲伤地说,兄弟,别的还能怎么办?走,喝酒去。我差不多安慰了一个月文哥的情绪才稳定。人老了,安慰起来难度也大了。平常看起来硬邦邦的,其实里面最软,一碰就烂。

有一天闻敬突然给我打电话,让我过去吃饭。我一进门就傻了,新添了几个大家伙,超薄液晶电视、豪华音响、电脑,还有一台跑步机,都闪动着鲜亮的高科技的光芒。我说你们改行卖电器了?闻敬说,子午刚买的,让哥过来看看,一块吃个饭。好长时间没聚了。子午正在倒腾电脑,从网上下载歌曲,然后打开,刘欢的《好汉歌》。大河向东流啊。风风火火闯九州啊。我问子午哪儿来的钱,挣的啊。在哪儿挣的?还能在哪儿。干什么挣的?还能干什么。

"怪了,我干这么多年了怎么就没发现它能一下子挣这么大的钱呢?"

"那是你。"

我就无话可说了。在办假证这方面，子午的确比我强。

14

那顿饭吃得爽歪歪。疗养院姑娘的手艺就是不一样。吃完了闻敬去上班，我跟子午剔着牙坐在沙发上聊天，一边看液晶电视里的智商在五十以下的娱乐节目。大，清晰，有钱人的感觉很好。可是，我越看越觉得不对头，子午怎么会这么快就有一大把钱呢。我挺起腰，准确地将牙签扔进废纸篓里。"子午，"我说，"跟哥说实话，哪儿来的钱？"

"不是说了嘛，假证。"

"什么样的假证？"

"你就别问了。"

"一定要问。说。"

"别人送的。"

谁会送给一个办假证的钱。子午说，一个公司的经理送的，三万。他运气好。

半个月前接了一单生意,交货是在对方单位不远的街道拐角。对方是小职员,正交货,小职员忽然把子午拉到一棵树后,说,别动,有人。躲在那里大气都不敢出。子午伸着脖子看见一个西装革履的男人挺着小肚子从本田车里出来,拎着公文包往斜对面的大楼走。子午觉得那人挺眼熟,尤其是他尖溜溜鸭蛋壳似的后脑勺,一般人很难长成那样。谁呀?子午问。鸭蛋后脑勺进了楼那小职员才说,我们头儿,部门经理,刚提的,厉害着呢,被他发现就死翘翘了。子午说,我好像认识他啊,什么学历?小职员说,硕士,比我这假的厉害多了,正宗的中国人民大学国际金融专业研究生。

"姓刘?"

"你真认识啊?"

"那就对了。"当时子午有种强烈的自豪感。这是职业的光荣。

"牛得很。训人的时候从来都是背对着你,屁股底下那老板椅能转十八圈。"

这事说完就算了。交完货他在周围溜达一会儿,突然就想去看看鸭蛋后脑勺到底是怎么牛的。他给刚才那个小职员打了个电话,让他下楼带他上去,他想看看刘经理,老熟人了。小职员带他进去,一路叮嘱让子午别把他假证的事捅出去,捅出去他就完了。子午说没问题。小职员把他带到刘经理的办公室门口就回去了。子午敲门,里面说进来。推开门子午先看见的是鸭蛋后脑勺。刘经理。鸭蛋后脑勺慢慢转过来,两只眼猛地开始放光。你是?不认识了?我是陈子午啊。噢,你好你好。他们亲切握手。然后刘经理关上门,脸一下子撂下来,你来干什么?

"没事。刚在楼下看见你,顺路上来看看。"

有人敲门。鸭蛋后脑勺对着门外说:"我有点事,过会儿再来!"门外的高跟皮鞋咯噔咯噔走远了。"你想怎么样?"他的神情极为凝重。

"不想怎么样,就是过来看看你。"

刘经理盯着子午,手指在宽阔的紫红色老板桌上敲来敲去,然后坐下来拉开抽屉。一捆钱像薄砖头一样放在桌面上。"这个你拿走,"他说,"以后别在我面前出现。"

子午眼都大了。天地良心,他当时的确没想到会出这事，都结巴了。"我不是，为这个。"

"嫌少？"鸭蛋后脑勺又从抽屉里摸出一捆，推到子午面前。

"不是我要的，他主动给我的，"子午跟我说，"哥，你别训我。你看，我也没办法。不拿不行啊。不拿他一定不相信我。那我就拿，不拿白不拿。正好又有人敲门，那家伙看我还站着不走，急急忙忙又从抽屉里拿出一捆，说，这是极限了，再玩下去我可要报警了。我就把钱装口袋里了。你别怪我，我跟他说过谢谢了。那家伙从抽屉里摸钱出来跟玩魔术似的，我怀疑我继续站下去，他会源源不断地摸出钱来。哥，你看你还是要怪我。跟我没关系呀，他心虚怪谁。"

"那你也不该拿。"

"又来了。现在不是我想拿，是他非要给。我不收他心里不踏实，没准回过头算计我。上午他又给我打电话了。"

"还要给？"

"那倒不是。让我给他写个条，收据，加保证书。彻底把这事了了。"

"赶快写了给人送过去。这种事以后别干了。"

"我才不给他送,想要自己过来取。这点钱也没买着啥东西,全自动洗衣机我还没买。天冷了,闻敬洗衣服我还心疼她的手。"

"好了,你打住。别跟闻敬说,谁也别说。你先给我保证,不再瞎搞,出了事闻敬怎么办?人家可是不管不顾一头钻到你这里的。"

"我知道。我不也为了她嘛。哥,我清楚,我还得挣钱,就是她父母答应了,没钱我在他们家也直不起腰来。"

子午还守着他的逻辑,相当顽固。我说不通这个表弟。回去以后,我一直隐隐地替子午担心。这小子心野,说不好。所以我隔三岔五给他电话,揪着耳朵叮嘱他,也算有半个家的人了,凡事得想清楚。他让我放一千零一个心。他没让我失望,四个月后,他告诉我,他和闻敬决定领证,挣到房子的首付再举行结婚仪式。这四个月里,风平浪静。

风平浪静。这是个好词。那段时间想到子午和闻敬,我就觉得最好的生活其实就是这个"风平浪静"了。你还想要什么。你还能要到什么。

领证那天我去了,他们一辈子的大事。我买了一包鸭脖子坐在车上,边看景边吃。麻辣的味道真好。我表弟结婚了。北京这几年变化实在太大,短时间内看不出来,眼光往远里放,沧海桑田就出来了。我刚到北京那会儿,海淀这一片到处都是野地和平房,低矮破旧,自行车过去都能卷起尘土。才几年啊,海淀桥往南一幢幢楼房竖起来,一夜之间从土里长出来似的。到处都是钢筋水泥混凝土,到处都是在阳光底下闪闪发光的玻璃。北京越来越像一个巨大的玻璃城,走到哪里都能感觉到阳光照在身上。因为玻璃无处不在,阳光也就无处不在,北京的气温在一天天升高,像房价一天天在涨。子午要结婚了。他即将如愿以偿地把家安在北京,非常好。北京离他比我近,北京跟我没关系。那一包麻辣鸭脖子吃得我心里五味杂陈。我在想,也许我真该回老家了,找一件值得花一辈子的时间来做的事情干。三十而立,成家立业。我三十都过了,还是两手空空。

民政局在双安商场对面。结婚的人很多,有喜气洋洋的,这很正常,本来就是喜事嘛;有心事重重的,我就不太明白了,好像别人搞他们的拉郎配似的。我想跟那些心事重重的人说,这种事都露不出来一个笑,还是回去吧。我只见到闻敬一个人,脸颊红扑扑地坐在大厅里的椅子上。看得出来,她有点激动。只要真想结婚,这种事放谁身上都激动。她招呼我坐下,说子午半路上接了个电话,有点事先去处理一下,马上就过来。太浑蛋了,还有什么事比这个还重要?我说,要给他打电话。

"他说很快就回来。"闻敬拦住我,"他说你总教训他,干一行讲一行,得敬业。领完证他就不再干了,想找一个好工作。"

不干了好。早该这样了。我的目光躲躲闪闪,是我把他带进来的。然后我看见闻敬包里的喜糖,我就说:"能不能让我提前吃两颗喜糖。"

"看,我都忘了,"闻敬说,赶紧把喜糖拿出来给我,"他说我们得隆重点,所有的喜糖都是上等的巧克力。"

巧克力就是好。我把两块一起放嘴里,那个甜,齁得我牙根发疼,眼泪都出来了。我表弟今天结婚了。那个甜啊。那些看起来像新郎新娘的人,走来走去。天也好,基本上感觉不到风。在北京，没风的日子几乎是难以想象的。空气里充满没有来由的香甜气息。

十点半了子午还没回来。眼看着一对对新人进去了又出来，我和闻敬都急了。我给他打电话，半天没人接。刚断掉，手机响了，是子午。"在哪儿？"我很生气，钱不是在任何时候都重要的。

"哥，哥……"子午断断续续地说，声音里像灌进了风，唑唑啦啦听不清楚。那声音把我吓坏了。他又说，"闻敬，闻敬……"

我把手机赶快给闻敬。闻敬说："子午，你在哪儿？你在哪儿？子午你在哪儿？"子午一直没有回答。闻敬喂了半天，只听到子午在手机里咕噜了一声。"哥，子午是不是出什么事了？"闻敬把手机直往我手里塞，整个人都抖起来了，一瞬间就泪流满面。"哥，子午是不是出事了？哥，子午他在哪儿？"她突然感觉很不好。

我哪里知道。再拨子午的手机，一直没人接，最后自动挂断。连拨三次。我问闻敬是否知道子午去哪儿了，她说不太清楚，就听他在电话里咕噜一个地名，好像是六郎庄那边的什么地方。六郎庄在四环外，再往外走就是一片荒地。我怀疑当时我的头发都竖起来了。我猜是出事了，赶紧征求闻敬意见，问她要不要报警。闻敬已经没主张了，筛糠一样抖。报，报。

三个小时后，我们和警察在离六郎庄两公里的野地里找到子午。仰面朝天，两条腿呈现痛苦的弯曲状，左手抓着地上的荒草和泥，右手握着打开翻盖的手机。人已经僵硬了，两眼圆睁看着天空。脖子底下有道刀口，血染红了新买的白衬衣和咖啡色西装，头底下的泥土都是潮湿的，颜色紫红。新买的皮鞋上蹭了很多泥。闻敬看到子午，尖叫一声人就瘫软下去，包掉在地上，巧克力撒出来。花花绿绿的一地。接着闻敬开始哭，可她的哭声出不来，噎得脖子一挺一挺的，我拍她后背她也哭不出来。警察让我把她架到一边，找个地方坐着顺顺气。不远处有条小路，路边有两块大石头，我把闻敬架过去。她一点反应都没有，像个植物人。刚要坐下，我看见石头上有一行字，子午的笔迹，不会错的：

老婆，今日坚决收手，从此我们天上人间。

"子午的字！快看，子午写的字！"我指着石头对闻敬说。

闻敬缓慢地扭过头，身子剧烈地抖几下，突然哭出来。尖叫一样的声音出来了，像竹子一样一节一节地往外长。

案子破起来没遇到太多麻烦。公安人员从子午的手机里调出所有号码，一个一个核实调查，很快就找出凶手。一个报社分管广告的业务主管下的手。审问时那人说，本来没起杀心，只是子午胃口太大，一再敲诈。他们见面时说好了付最后一次钱，但他看到子午穿着那么光鲜来收钱，很不痛快，就骂了他一句，其实没什么，就是关于他老婆的，子午火就上来了，然后两人扭打起来。

那水果刀是子午口袋里的，应该是用来应付危险情况的，他干这个，应该有个防身的准备。那人在扭打时无意中摸到了，情急之下就掏出来，对准子午的脖子就一刀，没想到切断了大动脉。一看见血他也吓坏了，撒腿就跑，跑到路上才发现刀在手里，就找了个水沟扔进去。警察找到了那条水沟，打捞出了那把水果刀。的确是子午的。

石头上的那行字，应该是子午在等对方的时候随手写下的。

根据警察的调查，被子午敲诈过的有九人之多。办假证的时候就留下了他们的联系方式。警察又搜查承泽园里的房子，搜出了子午藏在沙发底下的一本手机大的通信录和一本存折。通信录上有一大串名字和电话，其中一部分人警察已经联系过，被敲诈过的名字后面都打了钩。存折上一共十九万两千三百元。

15

子午出事以后我一直失眠，睡不着，一闭眼就是子午，他在我眼前一遍遍从小长到大。第一次看见他我才五岁，刚记事不久，那时候子午刚出生，脸皱巴巴的像个小老头，我很不喜欢，不想再看第二眼。后来他长开了，慢慢就好看了，简直是变成了另外一个人。他喜欢跟在我后头拍着小手，喜欢把脑袋抵在我的屁股上说，牛牛拉拉到家没？他说到了吗？我说没有。后来他长大了，有了小小的坏心思，凡做错的事就往我身上赖。我已经习惯了有个弟弟要我承担责任。他长高了，变成大人了，然后按照自己的方式生活，一切逐渐与我无关。然后就是到北京来，我们又成了兄弟，哥哥和弟弟，但是他从我的生活里再次逸出去，我有点难过，更为他担心、高兴和自豪，我希望他一帆风顺，一帆风顺。可是我的弟弟，一下子戛然而止。一个人戛然而止。我想得脑袋疼鼻子发酸。我睁开眼，睁开眼又想该如何向姑妈姑父交代，如何向我父母交代。他们两天后就来北京。我如何说得出口。

那几天我不断地给闻敬打电话。其实我也不知道该说什么，只是想让她知道，子午留下的巨大的空虚有人愿意和她一起分担。这个人甚至比她还痛苦，他是子午的哥哥，他看着子午长大成人。我说到姑妈来京的事，闻敬主动提出和我一起去接站，她哭着说，她想看一看子午的父母。她还说，得让他们挺住。

我在她家楼下等她。她下来的时候我心冷得难受，她把一根黑布条钉在衣袖上。多水灵饱满的一个姑娘，施了淡妆，但收拾过了还是干。头发，脸，整个人，都干，只有眼睛还饱满，又红又肿，眼泪永远擦不完。她像一张旧纸片从楼上飘下来。她说：

"哥。"

我眼泪就出来了。我把自己耗在北京还不够嘛,还把子午也带来。

2007年3月27日,芙蓉里

2008年1月6日,海淀南路

图书在版编目（CIP）数据

跑步穿过中关村 / 徐则臣著. — 北京：北京十月文艺出版社，2021.10
ISBN 978-7-5302-2182-2

Ⅰ. ①跑… Ⅱ. ①徐… Ⅲ. ①中篇小说—小说集—中国—当代 Ⅳ. ①I247.5

中国版本图书馆 CIP 数据核字（2021）第 159406 号

跑步穿过中关村
PAOBU CHUANGUO ZHONGGUANCUN
徐则臣 著

出　　版	北京出版集团
	北京十月文艺出版社
地　　址	北京北三环中路 6 号
邮　　编	100120
网　　址	www.bph.com.cn
发　　行	新经典发行有限公司
	电话（010）68423599
经　　销	新华书店
印　　刷	北京盛通印刷股份有限公司
版　　次	2021 年 10 月第 1 版
	2021 年 10 月第 1 次印刷
开　　本	787 毫米 ×1092 毫米　1/32
印　　张	11.5
字　　数	174 千字
书　　号	ISBN 978-7-5302-2182-2
定　　价	52.00 元

质量监督电话　010-58572393
如有印装质量问题，由本社负责调换。

版权所有，未经书面许可，不得转载、复制、翻印，违者必究。